-A.W. BENEDICT-

Beanstock

-DAS HAUS DER LADY SHERRY-

a.w.benedict@t-online.de
Facebook: A.W. Benedict
Instagram: @awbenedict_autorin
Webseite: Signierte Taschenbücher unter awbenedict.de/shop

Umschlaggestaltung: www.wolf-photoart.de

Schriftdesign: Tobias Wieduwilt

Korrektorat: SchriftWerk - Jona Gellert

©2020
Herstellung und Verlag: BoD - Norderstedt
ISBN: 9783752669510

Bibliografische Information der Deutschen Nationalbibliothek:
Die Deutsche Nationalbibliothek verzeichnet diese Publikation in der Deutschen Nationalbibliografie; detaillierte bibliografische Daten sind im Internet abrufbar

Willkommen in Parsley Field

Die Bewohner stellen sich vor

Der Butler eines vornehmen Haushaltes ist der Vermittler zwischen der Familie und der Dienerschaft. Er ist stets darauf bedacht, die Bedürfnisse seiner Herrschaft vorauszusehen und die Dinge zu ihrer vollsten Zufriedenheit zu erledigen. **Arthur Reginald Beanstock**, Butler auf Parsley Manor, liebt seine morgendliche Musik, die Tasse Earl Grey zum Frühstück und die immer gleiche, vorschriftsmäßig dunkle Bekleidung. Denn seine Philosophie besagt, nichts ist der perfekten Erledigung der kommenden Aufgaben zuträglicher als eine ausgewogene, tägliche Routine. Beanstock ist nicht nur Butler, sondern auch verständnisvoller Zuhörer, guter Ratgeber und manchmal sogar ein Romantiker. Halten sich alle an seine Regeln, von denen es derzeit einundvierzig gibt, dann ist Beanstock der verträglichste Mensch im Haus. Sein einziges Hobby gehört dem Kriminalroman. Vor allem die Lady of Crime, Agatha Christie, hat es ihm angetan. So kommt es von Zeit zu Zeit und bei Gelegenheit vor, dass Beanstock selbst zum Ermittler wird. Nicht immer zur Freude der ansässigen Polizei.

Seit einiger Zeit lebt ein kleines Mädchen im Haushalt der Baronets. **Lucinda Parish**, zehn Jahre alt, ein aufgewecktes Kind mit sehr viel Fantasie, verliert ihre Eltern im Krieg und lebt seitdem bei ihrer Oma in der Baker Street in

London. Nein, Sherlock Holmes wohnt nicht nebenan. Nachdem ihre Oma schwer erkrankt, nimmt Beanstock das Mädchen mit Genehmigung der Großmutter zunächst mit nach Parsley Field, um es vor einem Waisenhausaufenthalt zu bewahren. Als die Oma dann leider stirbt, wird das Kind von ihm offiziell als Pflegekind angenommen. Die Baronets von Parsley Manor sind einverstanden.

Sir Percival of Parsley, achter Baronet of Parsley. Er interessiert sich brennend für Legenden und Sagen, liebt Spaziergänge mit dem Beagle Junior und zeigt jederzeit ein besonderes Interesse an den Backergebnissen der Köchin. Das sieht man an seiner rundlichen Mitte. Es macht ihm nichts aus und er lacht zu gern schallend über seine eigenen Witze. Sein lautes Lachen bringt den ein oder anderen Ahnen an der Wand zum Wackeln.

Lady Fedora, seine Gattin, sieht es ihm nach. Sie liebt ihren Perci viel zu sehr. Sie ist eine nette, resolute Dame, stets mit einem Lächeln auf dem rosigen Gesicht. Ihre Lieblingsbeschäftigung ist das Malen von Blumen in ihrem Garten. Sie hat mehrere Bücher mit ihren Zeichnungen veröffentlicht. Kinder haben die Baronets nicht, was Lady Fedora traurig stimmt. Dafür verwöhnt sie die Nachbarskinder und im Besonderen die kleine Lucinda ordentlich.

Die Hausdame **Mrs Argyle** überwacht hauptsächlich die Arbeit des weiblichen Personals im Haus. Aber sie nimmt die Dinge auch mit viel Geduld und Nachsicht schon einmal selbst in die Hand. Da der Haushalt der Baronets nicht so viele Dienstboten besitzt wie üblich, ist das unumgänglich. Sie respektiert und verehrt den Butler Beanstock und ist ihm in vielen Situationen eine gute Freundin.

Filomena Arbuckle. Die Zofe Lady Fedoras hat so ihre Probleme mit dem Leben an sich. Ihre Fahrigkeit und Schusseligkeit bringen nicht nur sie, sondern vor allem Lady Fedora in komische Situationen. Da ist eine vergessene Papillote im Haar My Ladys beim Empfang der adligen Verwandtschaft nur eine Kleinigkeit. Aber Lady Fedora hält große Stücke auf die junge Frau und will sie behalten.

Enrico Gonzales. Der Chauffeur mit einem großen Wissen, was Motoren und Automarken angeht, kommt vor dem Zweiten Weltkrieg nach England und lernt Sir Percival während des Krieges kennen. Er wird aufgrund seiner Fähigkeiten von ihm eingestellt. Besonders gern unterstützt Gonzales den Butler, wenn es um einen neuen Kriminalfall geht. Auch wenn er so manches Mal abschweift, weil ein Küchenmädchen so nett oder ein Stubenmädchen sehr hübsch ist, er ist immer zur Stelle, wenn Gefahr droht. Beanstock versucht meist vergeblich, ihm das Fluchen abzugewöhnen.

Mrs Porkpie. Die Köchin in einem solch herrschaftlichen Haus muss schon etwas Besonderes sein. Und das ist diese Dame. Ihr Rezept für den Victoria Spongecake ist legendär und wird immer gern genommen. Sie hat ein Rezeptbuch angelegt für die beliebtesten Gerichte und hegt es wie ihren Augapfel.

Phillis Partridge. Küchenmädchen und, wie so viele Damen reihum, vernarrt in den Chauffeur. Sie soll einmal die Küche übernehmen, was, laut Mrs Porkpie, in weiter Ferne liegt. Sie ist liebenswert und fleißig, aber des Öfteren auch etwas einfältig.

7

Lizzy, Elizabeth Trilby. Sie ist vor kurzem nach Parsley Manor gekommen. Das Hausmädchen Bernice, ihre Vorgängerin, ist einem Mord zum Opfer gefallen. Sie ist eine resolute junge Dame, sehr hübsch und vollkommen abgebrüht gegenüber den Avancen des Chauffeurs Gonzales, der das nicht verstehen kann.

William Herringbone, Gärtner. Ein fröhlicher Zeitgenosse, der das Glück hat, neben dem wunderschönen Gewächshaus eine eigene kleine Wohnung zu haben. Er ist groß und muskulös und hat einen grauen frechen Kater namens Mortecai. Mit ihm unterhält er sich am liebsten. Mortecai ist ihm angenehmer als die Menschen, was auf seine Erlebnisse in der Vergangenheit zurückzuführen ist. Aber Mortecai ist auch der liebste Feind des Beagles Junior. Ausgerissene Fellteile zeugen auf beiden Seiten davon.

Harrison, der Knecht. Der Mann für das Grobe, der Retter, wenn etwas verstopft ist, und ein wortkarger Zeitgenosse. Sein kräftiges rotes Haar ist kaum zu bändigen. Er liebt seine Sonntagsausflüge in die Umgebung und seinen guten Tabak.

Gehen wir nun hinaus aus dem Haus und begeben uns zu dem Ort Parsley Field, der seinen Namen den Baronets verdankt. Wie man sich denken kann, wird hier ringsum sehr viel Petersilie angebaut.

Bauer Pitsch. Mit ihm will ich deshalb auch beginnen. Er lebt mit seiner Frau und den drei Kindern, Sammy, Bronté und Tara sowie einer bunten Menge an Tieren auf einem schönen, großen Bauernhof zwischen den Feldern. Er hat das Land vom Baronet gepachtet und ist zufrieden mit dem Arrangement. Sein ältester Sohn Sammy hilft bereits tatkräftig auf dem Hof und wird ihn wohl eines Tages übernehmen. Die beiden Mädchen sind seit Kurzem mit Lucinda befreundet und haben eine Menge bunte Würfel im Kopf, die jederzeit zu Komplikationen führen können.

Sean O`Donoghue**. Der Wirt des Pubs *Jack O`Lantern* kommt aus Irland. Ein Mann wie ein Freibeuter aus einem Roman von Robert Louis Stevenson, groß, breite Schultern, blaue Augen und langes lockiges Haar. Es fehlt nur die Augenklappe und der Affe auf der Schulter. Wie kann es anders sein, er ist beliebt. Seine einzige Angestellte ist die alte **Donna, manche nennen sie sogar die uralte Donna, mit einem Gesicht wie eine verschrumpelte Rosine. Sie wirtschaftet in der Küche und ist meist schwerhörig, aber manchmal auch nicht. Wie es ihr gerade gefällt.

George Hoppleton. Der Apotheker des Ortes hat das Geschäft von seinem Vater und Großvater übernommen. Er lebt dort mit seiner Frau Sybill, dem Sohn Brian und der Tochter Pamela, die sich zu einem Leben in Hollywood berufen fühlt. Ihr Bruder verwendet immer gern den Ausdruck, sie würde wie ein aufgedonnerter Pfau herumlaufen. Aber ansonsten sind die beiden ein Herz und eine Seele.

Die **Witwe Bloom.** Der allseits beliebte Landmannladen führt alles, was das Herz begehrt. Ob feines chinesisches Porzellan, Gummistiefel für den Garten, Kosmetik für die Dame, Marmeladen von Bauer Pitschs Gattin, es gibt alles. Und was nicht vorhanden ist, kann bestellt werden. Das ist die Philosophie der Witwe Bloom. Ihr Mann, Oberst Bloom, ist im Krieg gefallen. Er hat den Laden mit aufgebaut. Besonders stolz ist die weißhaarige Dame mit der runden Brille auf der Nase auf das große Sortiment an Süßigkeiten. Hier bestellt Beanstock seine Kriminalromane.

Inspector Richard Greenwood kam vor ein paar Jahren aus London in den kleinen Ort, um der Hektik zu entfliehen. Er mag Beanstock, duldet aber keine Einmischung und ist so manches Mal an den Grenzen seiner Geduld. Geduld muss er auch mit seinem **Constable Donegal** haben. Der kennt jeden Bewohner von Parsley Field und lebt seit seiner Geburt hier im Ort. Er hat nur ein Problem, er kann Tote nicht sehen, da wird ihm schlecht. Ein Faible von ihm ist, alles wortwörtlich aufzuschreiben. Die Notizblöcke stapeln sich in der kleinen Polizeistation. In seiner Freizeit schnitzt er gern Figürchen.

Der Bahnhofsvorsteher **Mr Templar**. Er sitzt auf seiner Bank vor dem Bahnhof. Er schlürft seinen Tee aus seinem Lieblingsbecher. Er krault den Kopf seines Dackels Anton und ab und zu, wenn sich ein Zug nach Parsley Field verirrt, steht er langsam auf und pfeift zur Abfahrt. Ein geruhsames Leben ist das Beste für den Mann.

Pfarrer Wilson, ein Mann der Kirche. Sein weißes Haar fliegt wie ein Heiligenschein um seinen Kopf. Er liebt seine schöne Patchworkkirche, die so viele Baustile in sich vereint, dass es ihn an jedem neuen Tag, den der Herr ihm schenkt, überglücklich macht. An seiner Seite ist neuerdings der junge **Vikar Burton**. Gern überlässt der Herr Pfarrer ihm die Kanzel, dann hat er mehr Zeit für seine zweite große Liebe, dem Lesen von Westerngeschichten.

Dr. Timothy Winterbottom, der begehrteste Junggeselle am Ort. Er versorgt die großen und kleinen Wehwehchen der Menschen. Seine Schwester **Dr. Rachel Winterbottom**, hat es eher mit Vierbeinern oder Federvieh zu tun. Sie ist Tierärztin. Das Wartezimmer teilen sich die beiden Geschwister. Da sitzt dann schon mal der kleine Timi mit Ohrenschmerzen neben Mrs Pommertons Wellensittich Geronimo oder Mrs Blooms Kater Peter mit Bauchschmerzen, weil er von den Bonbons genascht hat.

Davinder Divari. Er ist der Besitzer des Golfhotels *Rosebud*, direkt am *River Shirty* gelegen. Seine Heimat Indien verließ er vor langer Zeit, kaufte das Anwesen eines Künstlers, pachtete Land von Sir Percival und baute die alte Villa zu einem modernen Hotel um. Er ist ein eleganter Herr, trägt maßgeschneiderte Anzüge und ist sehr zurückhaltend. Seine Sekretärin **Miss Summerset** ist schwer in ihn verliebt. Sie ist eine schöne Frau mit glänzend blondem Haar, hautengen Kleidern und schwindelerregend hohen, eleganten Schuhen. Ihre Stimme gleicht einem Hauchen im Wind und sie kann einen Mann schon durcheinanderbringen. Der Postbote Mr Partridge bekommt in ihrer Gegenwart ständig rote Ohren.

Mr Partridge ist der Postbote am Ort und der Vater von Phillis Partridge. Leider verließ er Parsley Field mit seiner Frau vor einiger Zeit. Er fehlt an allen Ecken. Die Post wird im Moment von einem sehr unfähigen Herrn gebracht, der absolut kein Interesse an seinem Beruf zu haben scheint. Beanstock hat sich dahingehend bei der Postbehörde ihrer Majestät bereits beschwert.

Mrs Pommerton. Was soll man über diese Dame sagen?

Eine pensionierte Lehrerin, die die Schulklassen reihenweise zur Verzweiflung treibt. Das geht so lange, bis der arme gebeutelte Schuldirektor sie einfach in Pension schickt. Sie wohnt am Ende des Ortes in einem Cottage, das wie ein steriles Labor wirkt. Die Dame ist ständig am Putzen. Ihr Wellensittich Geronimo kann ein Lied davon pfeifen. Ihm fallen reihenweise die Federn aus. Ein Hobby der Dame ist, da sie keine Kinder zum Quälen mehr hat, das Notieren von Verfehlungen ihrer Nachbarn. Sie ist ein nicht besonders gern gesehener Gast bei Inspector Greenwood, den sie ständig mit Anzeigen und Beschwerden bombardiert.

Viel Spaß beim nächsten Besuch in Parsley Field.

-A.W. BENEDICT-
Beanstock
-DAS HAUS DER LADY SHERRY-

„Das älteste und stärkste Gefühl ist Angst,
die älteste und stärkste Form der Angst
ist die Angst vor dem Unbekannten."

Howard Phillips Lovecraft

Lady Leonora Eglington

Ein halbes Jahr vorher

Die Stellung der Hausdame in einem herrschaftlichen Haushalt bedarf einer besonderen Qualifikation. Sie ist für das weibliche Personal im Besonderen und für die Überwachung der täglichen Routine im Einzelnen verantwortlich. Sollte es in dem Haushalt keinen Butler geben, der für die Belange der männlichen Angestellten gebraucht wird, was eine eingeschränkte Haushaltsführung und Probleme aufwerfen könnte, hat die Hausdame auch dessen Aufgaben zu übernehmen. Sie verwahrt die Schlüssel zum Vorratsraum. Im Falle eines fehlenden Butlers verwaltet sie ebenfalls den Weinkeller sowie das abendliche Schließen sämtlicher Türen. Über all diese Dinge sollte die Hausdame exakt Buch führen und auf Anfrage der Herrschaft sofort Auskunft geben können. Werden Gäste erwartet ist es ratsam, die Zimmer bereits am Vortag vorbereiten und säubern zu lassen. Somit wird das Haus auch nach außen hin repräsentabel sein.

Mrs Abernathy war ihr Leben lang hier in dem riesigen Haus auf den Klippen. Sie war hier geboren und sie wollte hier sterben.

Ihre Eltern arbeiteten im Haus als Hausdame und Gärtner. Dazwischen war nicht viel. Als Kind spielte sie im Gartenhaus des Vaters und half ihrer Mutter bei der Arbeit im Haus. Es gefiel ihr und sie fühlte sich zuhause. Nur einmal verließ sie diesen Ort, als sie die Schule in Aberdeen besuchte und anschließend zur Hausdame ausgebildet wurde. Ihr Vater war zu diesem Zeitpunkt bereits krank und lebte in einem Heim in Aberdeen.

Als Miss Abernathy mit fünfundzwanzig Jahren zurückkam, hatte Leonora Eglington gerade geheiratet.

Leonoras Eltern waren dagegen gewesen. Ihre Mutter, Lady Patricia, hatte ihr gedroht.

„Wenn du diesen Mann heiratest, gehörst du nicht mehr zu uns. Dann wirst du niemals Lady in diesem Haus werden. Dann kannst du in Aberdeen in einem Hinterhaus wohnen und vom Gehalt dieses Mannes leben!", hatte sie geschimpft.

Leonoras Schwester, die hübsche Maureen, hatte versucht, ihr gut zuzureden. Aber Leonora hatte schon immer ihren eigenen Kopf. Da kam es ihr gelegen, dass ihre Eltern bei einem Segeltörn ertranken. Nun war sie, als älteste Tochter, Lady Eglington und konnte tun, was ihr gefiel. Sie heiratete den mittellosen George Boman, einen Lehrer an einer Schule in Aberdeen. Wie sollte sie auch wissen, dass Miss Abernathy in ihn verliebt war und dass dieser George Boman ihr die Ehe versprochen hatte, lange vor Lady Eglington. Doch ein großes Haus und ein Vermögen können einen schwachen Geist verführen. Glück brachte diese Ehe niemandem von den beiden. Die Ehe war am Ende, bevor sie richtig angefangen hatte. George ergab sich dem Whisky. Aus Leonora Eglington wurde Lady Sherry und aus der jungen Miss Abernathy die verbitterte Mrs Abernathy.

Sie war nun, nachdem ihre Mutter bei dem Vater in Aberdeen lebte, die Hausdame bei der Frau, die ihr alles genommen hatte. Sie kümmerte sich vor allem darum, dass immer genug Sherry im Haus war. Im Grunde genommen gehörte ihr das Haus. Stille Rache tut gut.

So vergingen die Jahre und vieles änderte sich. George Boman verließ das Haus und verschwand. Niemand wusste, wohin. Lady Leonoras Schwester heiratete und bekam ein Kind, ein kleines, süßes Mädchen. Sie nannten es Samantha. Maureen Eglington und ihr Mann Robert vergötterten sie. Dann schlug das Schicksal erneut zu und nahm der kleinen Samantha die Eltern. Eine vollkommen von der Situation überforderte Leonora und eine griesgrämige Hausdame sollten nun für das Kind sorgen. Kein gutes Omen.

Wie ein Schatten lief die Dame des Hauses nächtelang durch die einsamen Flure des Hauses, erschreckte das Kind in seinem Bettchen und haderte mit ihrem Schicksal.

Mrs Abernathy hatte sich einen eigenen, dicken Panzer zugelegt. Sie trug stets gestärkte schwarze Kleider. Lang mussten die Kleider sein und hochgeschlossen. Ihr einst ganz ansehnliches Gesicht bekam einen harten Zug und ihr Mund wurde schmal vom vielen Zusammenpressen. Das Haar wurde dünner, auch dem geschuldet, dass sie es dicht am Kopf eng zusammensteckte. Aber sie war noch hier und beobachtete die Hausherrin. Wie froh sie war, an dem Tag, an dem dieses wehleidige Geschöpf Samantha endlich ihre

Sachen nahm und das Haus, ihr Haus, für immer verließ.

Nun konnte sie schalten und walten, wie es ihr beliebte. Die Hauptsache war, der Sherrypegel My Ladys war immer hoch genug.

Dann kam der Tag, der alles wieder verändern sollte.

Am Abend vorher hatte Lady Leonora ein seltsames Verhalten an den Tag gelegt. Etwas seltsam war sie schon lange Zeit gewesen, aber in jener Nacht wurde es gefährlich. Sie begann, in den Zimmern zu stöbern und räumte sämtliche Schränke aus. Es war ein Chaos. Überall flogen alte Kleider und Stoffe herum. In der Bibliothek warf sie die Bücher aus den Regalen und einige flogen auch ins Kaminfeuer. Dabei lachte sie wie wahnsinnig. Als die Hausdame versuchte, sie ins Bett zu bringen, lief sie davon und streifte die gesamte Nacht durch den Westflügel, der seit langer Zeit unbenutzt war. Dort hatte ihre Schwester mit ihrer Familie gewohnt. Sie warf alles durcheinander und schrie herum. Dann wieder schien sie mit jemandem zu erzählen. Sie unterhielt sich plötzlich ganz normal. Im nächsten Moment heulte und schrie sie herum. Ständig wiederholte sie den einen Satz.

„Du kannst mir nicht helfen, du kannst es nicht, du bist schuld an allem, du Teufel willst mich holen. Ich habe es nicht gewollt!"

Schließlich überließ Mrs Abernathy sie ihrem Schicksal. Morgen würde sie aufräumen und alles wieder in Ordnung bringen. So wie nach jeder dieser seltsamen Nächte. Nur gut, dass das Personal hier nicht mehr wohnte. So blieb alles schön unter Verschluss.

Aber am nächsten Morgen war nichts mehr in Ordnung.

Lady Leonora Eglington lag mit dem Kopf nach unten auf der großen Treppe zur Halle. Ihr Gesicht war zu einer Maske verkrampft, als ob sie einen furchtbaren Schock erfahren hätte. Ihre Augen waren blutunterlaufen und weit offen.

Mrs Abernathy machte das, was sie für richtig erachtete. Sie schleppte My Lady in ihr Zimmer, drapierte sie in einem neuen Nachthemd auf ihrem Bett, schloss der Lady die Augen und danach telefonierte sie nach einem Arzt. Vorher ließ sie noch sämtliche Gläser und Flaschen verschwinden, die überall im Haus herumstanden. Schließlich war man ein anständiges Haus.

Dass sich nun einiges verändern würde, hatte die Hausdame nicht erwartet. Sie hatte nicht mit Samantha Eglington gerechnet. Das war eine Situation, der sie sich nun stellen müsste. Sie straffte den Rücken und würde auch dieses Problem aus der Welt schaffen.

Das Haus auf den Klippen

Zwei Wochen vorher

Kann eine Nacht mehr sein als nur dunkel?

Kann sie so dunkel sein, dass man meint, sie würde sogar sämtliche Geräusche verschlucken? So dunkel, dass man keinen Meter weit sehen kann. Wie ein Panzer, der dich eng umschließt, dir den Atem raubt. Schwärze greift nach dir. Du siehst sie nicht. Du fühlst sie nur, diese Leere hinter der Dunkelheit.

Sie schreckte hoch aus einem Traum, einem schlimmen Traum. So wie jede Nacht in der letzten Zeit.

Sie war wieder dort an der Tür zum Westflügel gewesen. Sie hatte versucht, die Tür zu öffnen. Es war ihr nicht gelungen. Der Türknauf war vor ihren Augen davongeschwommen. Dann hatten ihre Finger doch noch einen Widerstand gefunden. Aber als sie daran gedreht hatte, war er weich und glitschig geworden. Sie hatte auf ihre Hände geblickt. Etwas war von ihren Händen getropft und als sie an sich hinabgesehen hatte, war ihr weißes Nachthemd rot und voller Blut gewesen. Die Tür war aufgeflogen und sie hatte einen langen Flur gesehen.

Zu ihrer Linken, soweit sie hatte sehen können, hatte es eine Flucht hoher Fenster gegeben. Sie waren geöffnet gewesen und der Wind des Meeres war ungehindert hereingekommen. Die langen Vorhänge hatten bis zur nächsten Wand geweht, waren klatschnass gewesen und hatten die Farbe des Meeres gehabt, grün und undurchdringlich. Sie war schnell an den Fenstern vorbeigelaufen. Dann war einer der Vorhänge zur Seite geglitten und eine Gestalt dahinter erschienen. Es war eine Frau gewesen. Sie war riesig gewesen und mager wie ein dürrer Zweig. Ihr strähniges aschgraues Haar hatte im Wind geweht. Den knochigen Leib hatten zerfetzte Kleider umspielt, Nebelschleiern gleich. Sie hatte zu dem Gesicht geblickt, voller Angst und …

Das war in jeder Nacht der Punkt, an dem sie erwachte. Den Mund geöffnet zu einem stummen Schrei, die Kehle trocken und rau.

Die Hände klatschnass, tastete sie nach dem Lichtschalter der Nachttischlampe. Die Lampe war nicht an dem Platz. Ihre klammen Finger suchten zitternd auf dem Nachtschrank.

Mit ihrer gesamten Willenskraft schob sie ihre Füße aus dem Bett auf den Boden. War da überhaupt ein Boden?

Die nackten Zehen strichen vorsichtig über das Holz. Ihr Atem ging stoßweise. Sie erhob sich und ging langsam in Richtung der Fenster. Die Hände weit von sich gestreckt, tastete sie nach den Möbeln auf ihrem Weg. Da war die alte Kommode, der Lehnstuhl vor dem Kamin, der kleine Tisch mit ihrem Buch vom Abend vorher. Daneben musste die Stehlampe sein.

Ihre tastenden Finger konnten sie nicht finden. Also ging sie weiter bis zu den hohen, dunklen Fenstern, riss den Vorhang auf und ließ endlich Licht ins Zimmer.

Der Mond stand wie ein bleicher Knochen am Himmel, nur eine schmale Sichel umtost von grauen Schleiern.

Unter ihr rauschten die Wellen und spülten im Sekundentakt Schaum und Salzwasser an die Klippen. Aber sie war dankbar für dieses Geräusch. Sie öffnete einen der hohen Fensterflügel und atmete tief die salzige Luft ein. Es ging ihr besser. Der Knoten in ihrer Brust löste sich langsam. Schon Morgen würde sie nicht verstehen, warum diese bleierne Angst sie in jeder neuen Nacht überfiel.

Wie spät würde es wohl sein? Die alte Uhr unten in der Halle hatte noch nicht wieder geschlagen. Man konnte dieses hässliche Ding durch das ganze Haus schlagen hören. Ein Ton, um Tote aufzuwecken, wie die Glocken von Big Ben. Sie sehnte sich so nach London zurück. Morgen würde sie Brandon anweisen, die Uhr hinauszuwerfen. Da konnte Mrs Abernathy noch so viel reden. Dieses Mal würde sie sich nicht davon abbringen lassen. Nicht dieses eine Mal. Sie war die Hausherrin, nicht Mrs Abernathy.

Da war er, der Schlag dieser vermaledeiten Uhr. Sie horchte und zählte. Nur ein Schlag. Im dunklen Zimmer knackte es. Das Holz arbeitet, hatte Brandon gesagt. Wenigstens arbeitete das Holz. Brandon hatte die Arbeit nicht erfunden. Einmal hatte sie ihn mit aufgelegten Beinen auf dem Schreibtisch des Arbeitszimmers gefunden. Schlafend und faul.

In ihrem Rücken knarrte die Tür.

Ein flackernder Lichtschein fiel auf die Dielen. Mit einem ängstlichen Ruck drehte sie sich um und schrie laut auf. Im Türrahmen stand sie. Sie musste es sein. Schon früher fand sie es lustig, unvermittelt mitten in der Nacht mit einer Kerze über ihrem Bett zu stehen. Sie erinnerte sich genau daran.

Manchmal konnte sie nicht wieder einschlafen vor Angst, ihre Tante würde irgendwo im Zimmer stehen.

„Kann ich etwas für Sie tun, Lady Eglington?", fragte die Gestalt im Türrahmen und hielt einen Kerzenleuchter empor. Die Frau hatte nicht ihre Stimme. Sie war es nicht.

Samantha atmete auf.

Aber diese Stimme war genauso furchteinflößend. Der Ton, mit dem diese Frau sprach, schien aus der Tiefe zu kommen. Sie hatte einen dumpfen Unterton, als würde sie in einer Kiste sitzen. Sie sprach ohne jede Betonung, in einem seltsamen, eintönigen Singsang. Dazu der eisige Ausdruck auf ihrem Gesicht, die stets mahnend erhobene Augenbraue, das tiefschwarze Haar, zu einem strengen Knoten gebunden, der zu einem schmalen Strich gepresste Mund und der fast weiße Teint ihrer Haut. Die Frau trug nur lange schwarze Kleider und glitt wie eine Schreckgestalt durch das Haus, die klappernden Hausschlüssel an einer Kette. Als sie, noch ein Kind, diese Hausdame zum ersten Mal wirklich wahrgenommen hatte, hatte sie einen Hustenanfall bekommen.

„Wir haben wiederum keinen Strom. Ich dachte mir, dass Sie eine Kerze benötigen. Das Haus ist dunkel. Sie sollten nicht in den Gängen herumlaufen. My Lady kennt sich hier noch nicht aus. Ich kenne jede krumme Stiege und jeden

Treppenabsatz ganz genau. Wie schnell kommt man ins Straucheln und stürzt. Ich werde gleich morgen den Elektriker anrufen", erklärte die Hausdame in ihrem seltsamen Singsang.

„Wollten Sie das nicht schon gestern tun?"

Samanthas Stimme zitterte.

„Die Aufgaben waren wieder einmal so vielfältig. Ich habe sehr viel zu tun in einem Haus wie diesem. Gute Nacht, My Lady." Sie beugte leicht den Kopf, stellte den Kerzenleuchter auf dem Nachtisch ab und drehte sich, den Rücken kerzengrade gehalten, zur Tür um.

„Möchten Sie Ihr Frühstück wieder in Ihrem Zimmer einnehmen?" Sie stand mit dem Rücken zu Lady Samantha im Türrahmen. „Lady Eglington nahm ihren ersten Sherry stets im unteren Salon ein. Dort hat man den Blick über die Klippen. Sie sind wunderschön, finden Sie nicht? So nah."

Samantha atmete tief ein.

„Ich nehme mein Frühstück hier ein. Ich trinke so früh noch keinen Sherry. Gute Nacht."

Die Hausdame beugte wiederum leicht den Kopf und ging oder schwebte auf den dunklen Flur hinaus. Samantha hatte manchmal den Eindruck, als würde diese Frau fußlos durch das Haus schweben. Die Tür fiel ins Schloss und sie war endlich wieder allein.

Ihr war kalt. Mit schnellen Schritten lief sie zurück in das Bett und warf die Decke über sich. Ein Glas warme Milch wäre jetzt angenehm. Aber mit der Kerze hinabgehen und riskieren, Mrs Abernathy zu begegnen, lieber nicht.

Die Hausdame benötigte keine Kerze. Sie lief im dunklen

Haus herum wie eine schwarze Katze mit Röntgenaugen.

Morgen, redete sie sich ein, morgen wird alles besser werden.

Der Brief

Meine liebe Feddy!

Sie ist tot.

Nun ist der Tag doch gekommen. Stell dir vor, die ´gute´ Tante Sherry ist von uns gegangen.

Wie habe ich mich vor dieser Frau gefürchtet. Nun erscheint mir diese Angst dumm und kindisch gewesen zu sein.

In meiner Erinnerung ist sie so groß, ja riesig, düster und voller hässlicher Boshaftigkeit. Stets mit diesem grünlichen Glas Sherry in der linken Hand. Ständig hat sie damit herumgefuchtelt, die Hälfte verschüttet und dann andere dafür verantwortlich gemacht.

Sie hieß nicht umsonst Lady Sherry.

Hat sie mich nicht ständig kleingemacht? Erinnerst du dich nicht? Einmal warst du mit mir in den Sommerferien dort, in jenem dunklen Haus auf den Klippen. Du hast sie kennengelernt. Ihre ständigen Vorschriften und Nörgeleien. Nichts konnte ich recht machen. Manchmal dachte ich, dass ihr Hass gegen mich so abgrundtief sein müsse wie das tosende Meer jenseits des Hauses.

Meine Eltern waren fort und ließen mich bei ihr zurück, ein verlassenes, verängstigtes Kind.

Wie froh war ich im Internat mit dir. Ich wollte niemals zurück in dieses Haus. Als ich 21 Jahre alt war, hielt mich dort nichts mehr.

Und dann kam vor einem halben Jahr dieser Brief. Ein Anwalt schrieb mir in unbeteiligter Form, Lady Leonora Eglington sei gestorben. Ich sei die einzige Erbin. Das Haus gehört nun mir.

Ich bin seit einem Monat hier und fühle mich immer noch nicht zu Hause. Es ist und bleibt ein seltsamer Ort. Bedrückend und kalt wie Tante Sherry. Ich bin mir sicher, noch nicht einmal der Sherry konnte ihr kaltes Herz aufwärmen. Ich habe aber festgestellt, dass Sherry ein angenehmes Getränk ist.

Darum bitte ich dich zu kommen. Ich brauche dich und deine Ratschläge, die mir immer so viel Hoffnung schenkten. Ich weiß nicht, an wen ich mich sonst wenden kann. Du weißt, Bradley ist seit Langem nur noch eine alte Geschichte am Rande. Ihn kann ich auf keinen Fall bitten. Dann habe ich dauernd Ärger mit dem Personal. Ich bin doch nicht gewöhnt, ein großes Haus zu führen. Dieser Brandon bringt mich noch zur Weißglut und Mrs Abernathy, die Hausdame, an die wirst du dich wohl erinnern?

Komm bitte nach Schottland und hilf mir.

Dein Freundin Sunny, Lady Samantha Eglington

Lady Fedora legte den Brief auf ihren Schoß und sah aus, als hätte sie einen Geist gesehen. Die Hand zitterte leicht.

Beanstock stand in diesem Moment mit der Teekanne neben Sir Percival und wollte ihm nachschenken. Die beiden Herren sahen den seltsamen Ausdruck auf dem Gesicht Lady Fedoras und hielten inne.

„My Lady, geht es Ihnen nicht gut?", fragte der Butler besorgt.

Sir Percival stellte seine Tasse auf dem Tisch ab und sah verängstigt zu seiner Gattin.

„Was ist passiert, Darling? Was ist das für ein Brief?", fragte er.

Lady Fedora reichte den Brief über den Tisch ihrem Gatten.

„Sieh selbst. Er ist von Sunny. Wir waren zusammen in der Internatsschule in der Nähe von Bradfield. Es war eine wunderschöne Zeit am Witfield College. Wir haben uns sofort gut verstanden und wurden die besten Freundinnen. Durch dick und dünn, wie man so sagt. Sie lebte seit ihrer Kindheit bei einer Tante in Schottland. Aber die meiste Zeit war sie am College und in den Ferien war sie manchmal auch bei mir. Ich erinnere mich an Tante Sherry. Einmal habe ich Sunny für ein paar Tage dort in Schottland besucht. Ich war so froh, als ich nach dieser Zeit von meinen Eltern abgeholt wurde. Es gruselt mich heute noch, wenn ich an diese Frau und dieses Haus denke. Aber Sunny? Sie hieß unter uns Schülern nicht umsonst so. Ihr richtiger Name ist Samantha oder Sam. Sie war so fröhlich und lieb. Ich war damals ziemlich schüchtern. Sie hat mich zum Lachen gebracht."

Sir Percival las den Brief und sah dann besorgt zu seiner Frau.

„Aber was siehst du aus diesem Brief, dass es dich so ängstigt? Sie hat das Haus geerbt und findet es nicht sehr wohnlich. Dann sollte sie es verkaufen und sich irgendwo anders niederlassen", sagte Sir Percival.

„Perci, Darling, sie hört sich in dem Brief überhaupt nicht wie meine Sunny an. Als ob sie wieder das verängstigte, einsame Kind wäre, das am Ende des Schuljahres zu ihrer Tante fahren soll. Ich werde niemals diesen Blick vergessen, wenn der Chauffeur kam und sie abholte. Darum habe ich sie auch, so oft es ging, zu mir eingeladen. Meine Eltern mochten sie und dieser Tante war sie egal."

Sir Percival ließ sich Tee nachschenken und dachte nach.

„Darf ich Beanstock den Brief zeigen?", fragte er dann seine Gattin. Sie nickte. Die beiden verließen sich in vielen Dingen auf ihren Beanstock. Er war fast schon Familie und da sie seine kriminalistische Ader nun schon erlebt hatten, war es nicht ungewöhnlich, ihn um Rat zu bitten.

Beanstock nahm den Brief mit einer leichten Verbeugung und las aufmerksam. Er kannte die Dame nicht, aber aus dem Brief sprach eine tiefe depressive Gefühlslage.

Das bemerkte er gegenüber den Baronets.

„Vielleicht sollten Sie dem Wunsch der Dame nachkommen, My Lady. Sie scheint sehr verunsichert und benötigt vor allem Hilfe bei der Organisation des Haushaltes", fügte Beanstock hinzu.

Lady Fedora nickte zustimmend.

„Sie begleiten uns, Beanstock. Dann können wir doch Colonel Morris besuchen", sagte der Baronet und rieb sich die Hände in froher Erwartung des Wiedersehens mit ihm.

„Eine Fahrt nach Schottland ist doch sehr schön. Wir nehmen den Bentley und bleiben ein paar Tage in Edinburgh bei unseren Freunden Colonel Gordon Morris und seiner Gattin Gladys. Was meinst du, Darling? Sie haben uns doch damals auf der Kreuzfahrt eingeladen, zu kommen. Sie sind vor kurzem nach Edinburgh zu ihrem Sohn gezogen."

Sofort nach dem Frühstück bekam Beanstock den Auftrag, ein Telegramm aufzugeben. Er nahm in der Halle den Hörer ab und wählte die Nummer der Telegrammannahme. Nachdem er den Text und den Zielort durchgegeben hatte, legte er auf. Er bekam einen furchtbaren Schreck, als er sich umdrehte und Lucinda hinter ihm stand. Er überspielte die Schrecksekunde mit seinem üblichen Räuspern.

Dem Kind standen Tränen in den Augen. Zu ihren Füßen saß der Beagle Junior. Beanstock konnte sich des Eindrucks nicht erwehren, dass der Hund ebenfalls weinen würde. Auf jeden Fall machte er das passende Gesicht zu der Situation. Was war geschehen? Sofort dachte er an die Schule und die übliche Horde Rüpel, die es in jeder Schule auf der Welt gab. Hatten sie dem Mädchen wehgetan? Das war inakzeptabel.

„Luci, was ist passiert? Ich sehe einmal davon ab, dass du hier im vorderen Bereich des Hauses eigentlich nichts zu suchen hast", sagte Beanstock und zückte eines seiner blütenweißen Taschentücher, die er stets bei sich trug. Er reichte es dem Kind und Luci schnaubte laut trötend hinein.

„Luci, eine Dame schnäuzt sich leise und unhörbar. Nun berichte. Was ist in der Schule vorgefallen?"

Das Kind konnte kaum sprechen.

Das Ende des Tränenwasserfalls war noch nicht erreicht.

Schließlich putzte sie ihre Nase erneut und steckte das Tuch in ihre Hosentasche.

„In der Schule? Nein, das ist es nicht. Sie wollen mich schon wieder allein lassen? Ich kann doch mitkommen. Ich würde mich ganz klein machen. Ich kann das. Ich brauche auch gar nicht viel zu essen. Ach bitte, Mr Beanstock, fragen Sie doch Sir Percival, ob ich mitdarf, bitte", schluchzte Luci.

Beanstock griff ihre Hand und zog sie nach hinten in den Dienstbotenbereich. Mrs Porkpie sah die Tränen auf dem Gesicht des Kindes und blickte den beiden ängstlich nach. Phillis hielt bei dem Putzen des Gemüses inne und sah die Köchin fragend an. Diese zuckte nur die Schulter. Beanstock setzte sich mit Luci an den großen Tisch im Essraum des Personals. Junior machte es sich sofort zu ihren Füßen unter dem Tisch bequem und ließ nur ab und zu einen leisen Schnaufer verlauten. Er verstand die Aufregung nicht. Sein Hundeinstinkt erkannte aber die Traurigkeit seiner Freundin Luci.

Mrs Porkpie und Phillis streckten ihre Ohren in Richtung des Essraums. Phillis putzte weiterhin die Mohrrüben und die Schalen flogen anstatt in die Schüssel auf dem Boden herum. Die Köchin sagte nichts dazu. Sie war vollauf mit Lauschen beschäftigt und vom Löffel in ihrer Hand tropfte die gute Bratensoße. Das wiederum fiel dem Hund auf. Er schnüffelte, kam unter dem Tisch hervor und lief in die Küche zurück. Das war ein Festmahl. Junior leckte den Fußboden sauber. Dann sah er erwartungsvoll zu dem großen Löffel der Köchin. Es könnte sich ja noch ein Tropfen lösen. Er wippte leicht mit den Pfoten. Dann nahm er sich ein Herz und leckte den Löffel ab, den die Köchin, ohne es bemerkt zu haben, nach unten hielt.

Mrs Porkpie sah endlich die Bescherung. Sie schimpfte mit dem Hund. Junior zog sich mit eingezogenem Schwanz unter den Esstisch zurück. Phillis klaubte schnell die Schalen vom Boden auf, bevor Mrs Porkpie noch wütender werden würde.

Beanstock und Luci saßen am Tisch und der Butler suchte nach Worten. Noch immer schluchzte das Mädchen herzerweichend.

„Luci, als du vor einiger Zeit zu uns gekommen bist, habe ich dir erklärt, was meine Stellung hier im Hause betrifft. Dazu gehört vor allen Dingen die Sorge um die Herrschaft. Ich bin seit langer Zeit für ihr Wohlbefinden verantwortlich. Ich hatte dir damals auch erklärt, dass du mich hierher begleiten darfst, im Haus wohnen kannst und ich mich um dich kümmern werde. Das bedeutet aber nicht, dass du die Baronets jederzeit begleiten kannst. Es ist ein Privileg, hier zu wohnen. Das weißt du sicher. Meine Aufgaben sind vielfältig auf Parsley Manor. Ich muss alle Zusammenhänge im Auge haben und ich bin verantwortlich, dass alles vorschriftsmäßig abläuft. Dazu gehören auch Reisen. Es wird nicht das letzte Mal sein. Du musst dich daran gewöhnen. In meiner Abwesenheit kümmert sich Mrs Argyle um deine Belange. Du magst doch Mrs Argyle, oder?", fragte Beanstock.

Das Mädchen sah Beanstock aus tränennassen Augen an. Dann sprang sie plötzlich auf und umarmte den Butler.

Beanstock wurde wohl zum ersten Mal in seinem Leben

so richtig tiefrot. Er klopfte dem Kind beruhigend auf den Rücken.

„Du hast es doch hier sehr schön. Ist es nicht so? Und deine Freundin Bronté ist auch in der Nähe. Außerdem musst du zur Schule gehen. Du kannst auf keinen Fall längere Zeit fehlen", sagte Beanstock.

Luci hob ihren Kopf von seiner Schulter und sah ihn entsetzt an.

„Wie lange wollen Sie denn in Schottland bleiben? Sind Sie denn zum Weihnachtsfest wieder zurück? Ich hatte gedacht, vielleicht zwei Tage oder drei?", fragte Luci.

„Nun, es werden schon ein paar Wochen sein. Wir besuchen zuerst Freunde der Baronets in Edinburgh und danach fahren wir weiter zum Haus der Lady Sher …" Beanstock räusperte sich. „… zum Haus der Lady Eglington." Das hätte noch gefehlt, wenn er dem Mädchen erklären sollte, warum jemand wie ein alkoholisches Getränk hieß.

Luci wischte sich die Tränen mit dem Ärmel ihres Pullovers ab. Beanstock verdrehte in Gedanken die Augen. Er wollte sich so etwas nicht angewöhnen. Das war nicht angemessen als Butler dieses Hauses. Also verdrehte er sie in Gedanken.

„Luci, du hast ein Taschentuch. Benutze es bitte und nicht den Ärmel deiner Bekleidung. Sind wir uns einig? Hast du alles verstanden und kannst du damit zurechtkommen?"

Das Mädchen nickte und setzte sich zurück auf ihren Stuhl. Sie ließ den Kopf hängen.

„Wird Señor Gonzales auch mitfahren?", wollte sie mit einem Hoffnungsschimmer im Gesicht wissen.

„Aber natürlich. Er wird den Wagen fahren. Er ist ja der Chauffeur der Baronets", antwortete der Butler.

Phillis kam herein. Sie stellte eine Tasse vor Luci ab und nickte ihr aufmunternd zu. Beanstock warf einen Blick in die Tasse, aus der es verführerisch duftete.

„Kakao, Phillis?", fragte er das Küchenmädchen.

„Mein Vater sagt immer, geht es dir schlecht oder hast du Sorgen, ein Heißgetränk vertreibt jeden Ärger, vor allem ein leckerer Kakao", sagte Phillis und zwinkerte Luci zu.

Beanstock sah ihr nach, wie sie in die Küche zurückging. Da sah er die Bescherung. Gonzales, Mrs Argyle, die Köchin und Harrison drängelten sich in der Tür zur Küche. Mrs Argyle wischte mit ihrem Tuch in den Augen herum und Gonzales lächelte den Butler an. Alle waren in der Zwischenzeit gekommen und hatten die ganze Geschichte mit angehört.

Beim nächsten Mal sollte er wirklich sein Büro für derlei Aussprachen nutzen, nahm sich der Butler vor.

Luci schlürfte ihren Kakao. Beanstock trommelte mit dem Finger auf dem Tisch herum. Dem Mädchen fiel ein, dass junge Damen nicht schlürfen. Sie sah schuldbewusst zu dem Butler. Aber Beanstock lächelte ihr zu. Dieses eine Mal würde er sie nicht darauf aufmerksam machen. Er war froh, dass sie nicht mehr weinte.

„Sind deine Schulaufgaben für heute erledigt?", fragte Beanstock. Das Mädchen nickte.

„Wenn du ausgetrunken hast, geh doch mit Junior hinaus in den Garten. Ich glaube, er wartet darauf."

Luci stellte die leere Tasse ab und lief mit Junior hinaus.

Schon bald hörte man die beiden herumtollen.

Kinder, dachte Beanstock, *wie schnell sie weinen und wieder fröhlich sein können.*

Dann fasste er einen Entschluss. Er begab sich zu Sir Percival und unterbreitete ihm einen Wunsch, den der Baronet mit einem dicken Grinsen honorierte. Er gab ihm sehr gern die Genehmigung. Nahm doch der Butler viel zu wenig Freizeit in Anspruch.

Beanstock ging zurück in die Küche.

„Mrs Porkpie, am morgigen Sonntag bitte ich Sie um die Bereitstellung eines Picknickkorbes. Ich werde mit Lucinda einen Ausflug unternehmen."

„Ich bin dabei, Señor, wo soll es denn hingehen?", fragte sofort Gonzales und trank dabei den Rest seines Kaffees. Es gab einfach zu viel Tee in diesem Haus, hatte Gonzales des Öfteren verlauten lassen. Deshalb bekam er an jedem Tag von Mrs Porkpie eine extra Ration starken schwarzen Kaffee mit einem Hauch Zucker.

„Das ist sehr nett, dann erübrigt sich meine Frage. Wir werden das Wasserschloss des Earls of Southcoffelton besuchen. Ich werde dahingehend noch bei Henry, dem Butler Sir Mortimers, vorsprechen. Lucinda hatte sich diesen Besuch vor einiger Zeit gewünscht. Ich schlage den Defender vor und habe bereits bei Sir Percival um Zustimmung angefragt. Morgen nach dem Kirchenbesuch der Baronets können wir starten", verkündete Beanstock und erntete allgemeines zustimmendes Nicken der Anwesenden.

„Ach, wie wird sie sich darüber freuen", erklärte strahlend Mrs. Argyle.

Beanstock räusperte sich. Das war das Signal für die Anwesenden, an die Arbeit zurückzukehren. Mrs Argyle ging in die obere Etage, wo Lizzy mit dem Säubern des Schlafzimmers beschäftigt war. Freudestrahlend erzählte sie von dem Vorhaben des Butlers.

„Das ist sehr schön. Das Mädchen hat mir grad letztens von einem Buch erzählt, das sie gerade liest. Es geht um Elben und tapfere Ritter. Ich glaube, auch Zwerge oder kleine Menschen mit großen, behaarten Füßen spielen eine Rolle. So eine Art Märchen mit vielen schönen Frauen und einem furchtbar bösen Drachen, der auf einem Berg Gold in einer Höhle hockt. Das Schloss wird ihr gefallen. Wird denn Mr Beanstock einmal etwas anderes als seinen dunklen Anzug tragen?", fragte Lizzy und strich dabei das Laken des Bettes glatt.

Mrs Argyle überlegte.

„Ich denke, Mr Beanstock hat gar keine andere Bekleidung. In irgendeiner Art leger zu wirken, würde ihm höchstens einfallen, wenn er Undercover ermittelt, wie im Frühjahr beim Blumencup. Da hatte er sich etwas von unserem Harrison geborgt", erklärte sie. Dann mussten die beiden Frauen herzhaft lachen.

In der Küche machte Mrs Porkpie bereits einen Speiseplan für den Picknickausflug am nächsten Tag.

„Phillis, wenn du mit dem Gemüse fertig bist, geh bitte in den Hauswirtschaftsraum. Auf dem großen Schrank steht der Picknickkorb. Hol ihn herunter und säubere ihn. Der steht schon sehr lange da oben. Die Baronets machen leider kein Picknick mehr. Früher sind die beiden des Öfteren in die Wälder ringsum gefahren. Das war immer sehr schön. Manchmal bin ich mitgefahren und habe die Speisen gerichtet, wenn Mr Beanstock verhindert war", schwärmte sie.

Gonzales stellte die leere Kaffeetasse in die Spüle, lächelte, ging durch die Tür in den Küchengarten und steckte sich eine seiner braunen Tabakschönheiten an. Sein Blick ging zum Himmel.

Es war ein schöner Sonnentag und morgen würde es auch noch sehr schön warm werden. Aber die ersten herbstlichen Boten waren angekommen. Am Morgen waren Nebelschwaden über den Boden gekrochen. Es duftete nach dem nahenden Herbst, nach Blätterregen und den letzten Blüten des Jahres. Krähen würden wieder die Oberherrschaft auf den Feldern übernehmen.

Gonzales ging langsam zurück in die Garage. Es waren noch einige Vorbereitungen für die Reise nach Schottland nötig. Er hatte sich über das Wetter im hohen Norden erkundigt. Da konnte es um diese Zeit schon manchmal ungemütlich werden. Auch frühen Schnee hatte es schon einmal gegeben. Darum würde er die Reifen des Bentleys vorausschauend wechseln.

In zwei Wochen wollten sich die Baronets auf den Weg nach Schottland machen.

Am nächsten Tag brachte Gonzales die Baronets wie an jedem Sonntag zur nahen Kirche. Das war Pflicht für Sir Percival und er hörte nicht auf, sich über diese lästige Angelegenheit zu beklagen. Zumindest war es seit einiger Zeit etwas interessanter, da der neue Vikar Burton ab und zu die

Sonntagspredigt für Pfarrer Wilson übernahm. Der junge Vikar hatte sich wunderbar eingelebt und schien sich inzwischen in Parsley Field wohlzufühlen.

Beanstock hatte bis zum Morgen gewartet, um Lucinda die frohe Botschaft von ihrem Ausflug zum Wasserschloss zu verkünden. Sonst hätte das Mädchen möglicherweise die halbe Nacht vor Aufregung wach gelegen. Die Freude war am frühen Morgen nach dem Frühstück umso größer. Luci hatte rosa Wangen bekommen und war sofort mit Mrs Argyle in ihr Zimmer zurückgekehrt, um sich umzuziehen. Natürlich fragte sie der Hausdame nun Löcher in den Bauch.

„Waren Sie auch schon einmal in einem Schloss? Kennen Sie eine richtige Prinzessin? Hat Sir Mortimer Pferde? Vielleicht sogar ein weißes Pferd? Werde ich auch in das Schloss gehen? Haben Sie Queen Elizabeth schon einmal richtig gesehen? Ich meine so richtig?", plapperte Luci, ohne viel Luft zu holen. Auf eine Antwort wartete sie nicht, sie dachte sich die Antworten in ihrer Fantasie selbst aus. Mrs Argyle lächelte nur milde und band dem Mädchen die kleine rote Samtschleife am Kragen ihres Pullovers fest. Dann wies sie auf die dunkle Hose.

„Anziehen, Luci, Mr Beanstock fährt sonst ohne dich."

„Kann ich kein Kleid anziehen? Das passt doch besser in ein Schloss. Wie wäre das hübsche violette mit den kleinen Röschen? Das ist so schön. Ach bitte, Mrs Argyle", sagte Luci.

„Eine Hose ist angemessener. Ihr wollt ein Picknick im Schlosspark machen und da könnte dein hübsches neues Kleid Schaden nehmen", meinte sie halbherzig. Sie konnte das Kind so gut verstehen. Ihrem flehentlichen Blick entkam sie jedenfalls nicht. Sie seufzte.

Dann nahm sie das neue Kleid aus dem Schrank. Es war auch wirklich etwas Besonderes. Lucinda hatte vor ein paar Wochen Geburtstag gehabt. Von den Hausangestellten hatte sie eine Puppe bekommen, von Beanstock ein großes Märchenbuch und zu ihrem großen Erstaunen von Lady Fedora dieses wunderschöne Kleid. Es war in einem zarten violett mit kleinen rosafarbenen Rosenblüten darauf. Am Halsausschnitt gab es einen breiten weißen Kragen aus feiner Spitze, die auch am Saumabschluss des Rockes hervorblitzte. Eine violette Schleife rundete das Bild ab.

Lucinda sprang freudig auf und ab. Dazu zog sie ihre geliebten schwarzen Lackschuhe und weiße Söckchen an.

Mrs Argyle seufzte erneut. Was würde Mr Beanstock davon halten? Ärger war vorprogrammiert.

Aber sie sollte eines anderen belehrt werden.

Beanstock war vom Anblick dieses hübschen Mädchens in dem schönen, neuen Kleid so gefangen, dass er die Einwände für sich behielt. Luci sollte ihren Spaß haben. Das war heute wichtig.

Mrs Argyle flüsterte Lucinda noch etwas ins Ohr.

„Ich werde mich ganz besonders vorsehen. Versprochen", sagte sie zu der Hausdame.

Beanstock trug natürlich seinen dunklen Anzug. Was sonst. Er musste zu jeder Zeit eine respektable Figur abgeben. Er griff nach dem Picknickkoffer und die beiden gingen durch die Küchentür nach draußen und zur Garage.

Gonzales war zurück von der Kirche und wartete neben

dem Defender.

„Que chica tan linda!", rief Gonzales aus, als er Luci sah. Luci machte einen Knicks vor dem Chauffeur.

Gonzales öffnete die Autotür und mit einer Verbeugung half er dem Mädchen einzusteigen. Am Fenster zum Salon standen die Baronets und freuten sich unsagbar über den Spaß, den Lucinda haben würde. Lady Fedora beglückwünschte sich zu dem Kleid, in dem Luci wie eine kleine Baroness aussah. Eine Träne rann über ihre Wange. Sir Percival wusste genau, was sie bedrückte. Er seufzte. Kinder waren ihnen leider nie vergönnt gewesen. Deshalb liebte seine Gattin das kleine Mädchen umso mehr.

Die Fahrt dauerte nicht lange. Nach einer halben Stunde kamen schon die dichten Wälder in Sicht, die sich um das Schloss des Earl of Southcoffelton zogen. Als der Wagen in die Auffahrt zum Castle einbog, hielt es Luci kaum noch auf ihrem Sitz.

„Wie wunderschön!", staunte sie. „Das ist ja wirklich ein Dornröschenschloss. Genau so habe ich es mir vorgestellt."

Gonzales fuhr über die Brücke und hielt am hinteren Dienstboteneingang. Dort wurden sie bereits von Henry erwartet. Beanstock hatte ihn gebeten, bei den Herrschaften um die Erlaubnis einer kleinen Besichtigung anzufragen. Sir Mortimer war an diesem Tag in London und Lady Marjorie hatte Besuch eines Hundezüchters, der an den neuen Welpen aus ihrer Zucht Interesse gezeigt hatte. Man erlaubte Luci gern, sich etwas im Castle umzusehen.

Sie betraten die große Empfangshalle, von der eine breite Marmortreppe nach oben führte.

„Gehört das hier wirklich nur zwei Menschen, Mr Beanstock?", fragte sie verwirrt. Der Butler nickte.

Dann sahen sie sich die Gemäldegalerie an. Luci gefiel vor allem das Porträt des Earl of Ale mit seiner dicken roten Nase. Aus einem großen Ohrensessel schauten ein paar Beine hervor. Luci stupste den Butler an und wies darauf.

„Ist das ein Gespenst?", fragte sie.

„Das ist Emmet, der alte Butler seiner Lordschaft. Er darf hier weiterhin wohnen und ist eben manchmal sehr müde", erklärte Beanstock.

Leise schlichen sie an dem schlafenden Emmet vorbei.

Als besonderes Geschenk durfte sich Luci in einem der alten Ankleidezimmer die dort verwahrten historischen Kleider ansehen. Lady Marjorie hatte mit sehr viel Mühe und einem herbeigeholten Restaurator aus London die alten Roben ihrer Vorgängerinnen restaurieren lassen. Nun standen einige der schönsten auf Figurinen in Glasvitrinen.

Gonzales beugte sich zu dem aufgeregten Kind.

„Aber du, Señorita Luci, bist heute die schönste Prinzessin", sagte er lächelnd zu ihr.

Nach einiger Zeit verabschiedeten sich die Gäste von Henry und stiegen wieder in den Defender. Beanstock war sehr zufrieden. Luci hatte sich ausgesprochen wohlerzogen benommen.

Ganz in der Nähe am Ufer des Sees, der sich rings um das Schloss zog, hielt Gonzales an und Beanstock nahm aus dem Fond des Wagens den Picknickkorb. Die drei machten es sich bequem, wobei Luci sehr darauf bedacht war, ihr gutes Kleid nicht zu verschmutzen. Sie hatte es der Hausdame versprochen. Dann ließen sie sich die wundervollen Dinge schmecken. Mrs Porkpie hatte eine Thermoskanne Tee, ein paar Scones, Butter, saftige Hähnchenschenkel und kleine Butterfly Cakes eingepackt. Die Herren saßen mit dem Kind auf der Decke, schmausten und sahen den Gänsen und Schwänen auf dem See zu. Es war ein wundervoller Tag.

Am Abend, zurück auf Parsley Manor, erzählte Luci den versammelten Angestellten von ihrem wunderbaren Tag in dem Schloss und dem Picknick am See. Am Ende ihres Berichtes konnte sie kaum noch die Augen aufhalten. Mrs Argyle nahm sie an der Hand und brachte sie zu Bett.

Beanstock sah später nach ihr und deckte sie sorgfältig zu. Das neue Kleid wanderte zurück in den Schrank.

„Kein noch so kleiner Schmutzfleck ist daran. Sie hatte es versprochen. Diese Tatsache sollten wir im Gedächtnis behalten, bis sie wieder einmal mit zerrissener Hose oder schlammverspritztem Kleid vom Spielen kommt", flüsterte die Hausdame.

Luci öffnete noch einmal kurz die Augen und griff nach der Hand des Butlers.

„Vielen Dank, Mr Beanstock. Das war so ein toller Tag. Ich habe sie sehr lieb", sagte sie leise und schlief ein.

Beanstock räusperte sich.

Mrs Argyle grinste.

Eine Epidemie bricht aus

Einige Tage vor dem Reisetermin saß Beanstock in der Küche und trank seinen Nachmittagstee. Vor ihm lag die Tageszeitung. Er war vertieft in einen Artikel über ein erneutes Erdbeben auf der griechischen Insel Kefalonia. Luci kam vom Spielen mit ihrer besten Freundin Bronté zurück und schlich betont langsam an dem Butler vorbei.

„Alles in Ordnung?", fragte Mrs Porkpie, die mit einem frischen, noch warmen Apple Pie auf dem Weg in die Speisekammer war.

Luci sah zu Boden und wirkte verschwitzt. Als sie den Kopf hob, sah man viele rote Pünktchen in ihrem Gesicht und auf den Armen. Mrs Porkpie hätte beinahe den guten Kuchen fallen lassen. Sie schrie auf.

„Mr Beanstock, sehen Sie nur, das Kind!", rief sie panisch.

Der Butler war bereits bei Luci und sah ihr in die Augen. Er fühlte ihren Kopf.

„Du bist ja ganz heiß. Geh bitte nach oben, ich werde den Arzt rufen. Leg dich ins Bett. Ich schicke dir gleich Lizzy oder Mrs Argyle zur Hilfe", sagte er und schob Luci in Richtung der hinteren Dienstbotentreppe. Dann klopfte er am Büro der Hausdame. Mrs Argyle öffnete die Tür und sah den Butler fragend an.

„Das Kind ist krank. Ich rufe Dr. Winterbottom. Bitte kümmern Sie sich darum, dass sie im Bett bleibt", unterrichtete er sie, lief in die Halle und nahm den Telefonhörer ab. Als sich die Sprechstundenhilfe meldete, schilderte er die Symptome und wurde zum Arzt durchgestellt.

Er versprach, sofort zu kommen. Bis dahin sollte Mrs Argyle Fieber messen und gegebenenfalls Wadenwickel machen.

Beanstock war furchtbar nervös. Das machte sich bei ihm durch ein leichtes Prickeln im Nacken bemerkbar. Er hoffte inständig, dass es keine ansteckende Krankheit war. Das gesamte Haus müsste unter Quarantäne gestellt werden. In Gedanken rechnete er die Vorräte in der Speisekammer und dem Keller zusammen. Man würde eine Zeit lang auskommen, ohne das Haus zu verlassen. Was würde das für die Baronets bedeuten? Er schloss kurz die Augen. Dann ging er vor die Tür und wartete auf den Arzt.

Dr. Winterbottom stieg nach ein paar Minuten lächelnd aus seinem Wagen. Er nahm die schwarze Arzttasche vom Rücksitz und ging langsam zu dem Butler, der nervös am Eingang auf und ablief. Inzwischen hatte Gonzales natürlich die Aufregung des Butlers aus seiner Garage beobachtet und kam, während er sich die öligen Hände an einem Lappen abwischte, neugierig zum Eingang.

„Wer ist krank, Mr Beanstock? Geht es den Baronets

gut?", fragte er besorgt.

„Es geht um Luci, Gonzales, der Arzt muss sie sich ansehen. Sie kam mit Fieber und Ausschlag vom Spielen", erklärte Beanstock. Dann geleitete er den Arzt ins Haus.

Gonzales ging zurück in die Garage, wusch sich die Hände und lief dann in die Küche, um zu hören, wie es dem Kind ging.

Sir Percival war mit Junior unterwegs zu einem Pächter und Lady Fedora saß in ihrem Atelier und malte. Beanstock musste sich um die Baronets also keine Sorgen machen.

Während die beiden Herren die hintere Treppe hinaufstiegen, versuchte Dr. Winterbottom, den Butler zu beruhigen.

„Kinder haben des Öfteren hohes Fieber. Auch Bauchschmerzen oder harmloser Ausschlag sind nicht selten. Machen Sie sich keine Sorgen. Wenn es Masern oder Röteln sind, wäre es schon schlechter, aber auch das ist heilbar. Es sollten sich nur nicht unbedingt Erwachsene anstecken. Da ist der Krankheitsverlauf schwieriger."

Beruhigt hatte diese Ansprache des Arztes den Butler keinesfalls.

Die beiden betraten das Krankenzimmer. Das Mädchen lag mit geschlossenen Augen blass und ruhig unter der Bettdecke. Mrs Argyle nahm das Thermometer unter dem Arm Lucis hervor und reichte es dem Arzt. Er warf einen Blick darauf. Dann sah er sich den Ausschlag an. Der Arzt hatte verstanden. Er schüttelte besorgt den Kopf.

„Lassen Sie mich doch kurz mit der Patientin allein. Ich werde Sie in ein paar Minuten rufen", sagte er und setzte sich auf die Bettkante. Dann öffnete er mit einem sorgenvollen Blick die Tasche und nahm eine riesige Spritze heraus. Beanstock wurde flau im Magen. Mrs Argyle schob ihn aus der Tür auf den Gang. Dann schloss sie die Tür hinter sich. Sie streichelte beruhigend die Schulter des Butlers.

„Dr. Winterbottom ist ein guter Arzt. Er wird das schon richten. Keine Sorge, Mr Beanstock", erklärte sie ihm.

Nach ein paar Minuten öffnete sich die Tür zu Lucis Zimmer und der Arzt erschien mit einem besorgten Gesichtsausdruck. Er schüttelte seinen Kopf und murmelte etwas Unverständliches. Beanstock konnte es nicht mehr erwarten. So schlimm stand es um das Mädchen?

„Mr Beanstock, das ist ein klarer Fall von Dolorem Separationis verbunden mit einem schweren Verlauf von Pictura Rubrum", erklärte der Doktor.

Beanstock wurde schwindlig.

„Können wir etwas tun, um es ihr leichter zu machen? Welche Therapie empfehlen Sie?", fragte er heiser den Doktor.

„Ich empfehle ein Bad mit viel Seife und eine dicke Umarmung."

Beanstock verstand nicht das Geringste.

Mrs Argyle wunderte sich. „Ein Bad? Das soll helfen? Was ist es denn nun, Doktor?", fragte sie nun.

„Mit dem Bad lassen sich die aufgemalten roten Flecken entfernen, ich vermute, der Tuschkasten war der Täter, und die Umarmung hilft gegen den Trennungsschmerz. Das Mädchen ist einfach traurig, dass Sie schon wieder verreisen, Mr Beanstock.

Da hat sich die Freundin hingesetzt und ihr rote Punkte aufgemalt. Man sollte denken, Luci hätte die Masern. Die Fantasie eines Kindes birgt die tollsten Ideen. Sie sollten nett sein und sie nicht bestrafen. Sie wollte nichts Böses. Ich habe ihr schon einen gewaltigen Schreck mit der großen Spritze eingejagt", erklärte der Doktor. Dann verabschiedete er sich lächelnd und ging zu seinem Auto.

Als er durch die Küche kam, traf er dort auf einen völlig aufgelösten Gärtner. Er hielt seinen Kater Mortecai auf dem Arm und das Tier sah seltsam aus.

Herringbone sah den Doktor ängstlich an.

„Hat mein Kater etwa die Masern? Sollte ich zu Ihrer Schwester mitkommen?", fragte er.

Mortecai war über und über mit roten Punkten verunziert.

Dr. Winterbottom nahm aus der Spüle in der Küche einen feuchten Lappen und strich damit über das Fell des Katers. Da Wasser und Mortecai keine besonderen Freunde waren, miaute der kläglich bei der Prozedur.

Dr. Winterbottom hielt dem Gärtner den Lappen vor das Gesicht.

„Das ist Farbe? Wie kommt die Farbe auf den Kater?", rief Herringbone entsetzt.

„Da sollten Sie Luci fragen. Ich denke, sie wollte testen, wie die Farbe wirkt, und hat dafür den Kater genommen. Das wird das Tier nicht umbringen. Aber Sie müssen es abwaschen und das gefällt ihm nicht", antwortete der Doktor schmunzelnd.

Alle atmeten auf. Da nun klar war, dass es sich um einen von Lucis Streichen handelte, waren alle beruhigt.

„Dieses freche Gör", sagte der Gärtner leise. Dann ging er mit Mortecai unter dem Arm zurück zum Gewächshaus. Der Kater konnte sich wahrscheinlich denken, was ihm blühte, und wehrte sich kräftig. Aber es half ihm nichts. Eine halbe Stunde später saß er nass auf einem Handtuch und machte einen kläglichen Eindruck. Herringbone wusste, wie er ihn wieder versöhnen könnte und öffnete eine Büchse mit Heringen.

In Lucis Zimmer saß der Butler Beanstock auf einem Stuhl vor Lucis Bett und sah Mrs Argyle zu, wie sie mit Wasser und Seife die Flecken entfernte. Danach sah sie das Kind strafend an und ging hinaus.

Luci versteckte sich unter der Bettdecke.

„Komm schon hervor. Ich bin dir nicht böse. Es sagt mir ja nur, dass du gern hier bei uns bist und dass du mich wirklich magst. War es deine Idee oder ein Gemeinschaftswerk von dir und Bronté?"

„Das war ganz allein meine Idee. Brontés Eltern sollen bitte nichts erfahren. Ich bin ganz allein schuldig", sagte Luci kleinlaut.

Beanstock erhob sich und ging zur Tür.

„Zieh dich bitte wieder an, Luci. Es gibt bald Abendessen. Nach so einer aufregenden Sache musst du Hunger haben. Na, komm schon. Ich verspreche, ich werde Bauer Pitsch nichts sagen."

Er wartete vor der Tür und nach fünf Minuten kam das Kind heraus. Dann tat Beanstock etwas, das der Arzt verschrieben hatte.

Er beugte sich hinab und umarmte Luci. Er hielt sie einen Moment fest im Arm.

„Ich habe dich sehr lieb, Luci. Aber du musst auch lernen, dass ich Aufgaben zu erfüllen habe. Darüber haben wir ja schon gesprochen. Also? Gehen wir zum Abendessen?", fragte der Butler auf dem Weg über die Dienstbotentreppe nach unten und Luci lächelte.

Lady Fedora stand in ihrem Atelier vor dem großen Regal und wunderte sich. Hatte sie in den letzten Tagen so viel von der roten Farbe verbraucht? Sie erinnerte sich an genügend Vorräte. Seltsam. Dann zuckte sie die Schulter.

Morgen sollte gleich etwas nachbestellt werden. In den nächsten Wochen wollte sie an einem Mohnblumenbild arbeiten. Da war viel, sehr viel Rot nötig.

Schottland

Vier Wochen vorher

Der Weg zog sich endlos, bis das Taxi, das Samantha in Aberdeen am Bahnhof genommen hatte, den kleinen Fischerort Rosefield durchquerte und endlich die enge Kurve zur Einfahrt nahm. Vorbei am Torhaus schlängelte sich der Weg dann nochmals endlos zwischen knorrigen Bäumen, die ihre verknoteten Wurzeln bis auf den Weg streckten. Die dunklen Baumriesen schienen mit ihren Kronen zusammengewachsen zu sein. Die Sonne hatte ihre liebe Not auf ihrem Weg zum Boden. Nur winzige Sonnenflecken schafften es mühsam durch das dichte Blätterdach. Im Unterholz suchte sich Efeu seinen Weg und wenn der Gärtner nicht aufpassen würde, würde dieses schlängelnde Gestrüpp bald auch im Haus ankommen. Zu diesem Zeitpunkt wusste Samantha noch nicht, dass es seit langer Zeit keinen Gärtner mehr gab.

Dann kam endlich das Herrenhaus in Sicht. Es sah nicht belebt aus.

„Hier wollen Sie wirklich bleiben, meine Dame?", fragte der Taxifahrer zweifelnd. Als sein Fahrgast bejahte, zuckte er nur die Schulter und sagte *Aye*. Das schottische Wort für ja, na gut oder wie Sie meinen.

Die hohen Fenster waren dunkel. Die Wolken spiegelten sich in den Glasscheiben. Inzwischen hatte sich die Sonne verabschiedet und dunkle Regenwolken jagten über den Himmel.

Als Samantha aus dem Taxi stieg, stand Mrs Abernathy mit ihrem altbekannten Zitronengesicht vor der Tür, den Mund abweisend zu einer Spitze geformt, die Hände vor dem Bauch gefaltet, in ihrem langen schwarzen Kleid, als würde sie demnächst zu einer Beerdigung gehen. Herzliche Worte fand sie für die neue Besitzerin nicht. Nur ein leichtes Kopfnicken. Als wäre Samantha nicht vor vielen Jahren, sondern erst vor einigen Tagen gegangen.

Der Taxifahrer nahm die Koffer und Taschen in Windeseile aus dem Kofferraum, schnappte sich das Geld und verschwand, ohne sich umzusehen.

Regen fiel. Der Sommer war noch nicht ganz vorbei, aber es fröstelte sie trotzdem. Das Haus war so furchtbar grau. Die Mauern aus dem Granit, der hier in der Gegend abgebaut wurde, strahlten eine Kälte aus, die nach Samantha zu greifen schien. Die nistete sich in den Knochen wie ein eisiges Geschwür ein.

Das Herrenhaus hatte viele kleine Türmchen und breite Erker zogen sich über die Etagen. Der Eingang bestand aus hohen Säulen mit einem Baldachin aus dem gleichen grauen Granit. In kleinen Nischen neben dem Eingang saßen Fantasiegeschöpfe, halb Mensch, halb Löwe. Auch hier angelte bereits Efeu nach den seltsamen Geschöpfen. Es sah aus, als wollte der Efeu die Löwenmenschen erdrosseln.

Bei ihrem letzten Besuch hier im Haus hatten noch Blumenkübel den Eingang etwas bunter gemacht, aber jetzt wuchs nur noch vertrocknetes Gras in den breiten Steintrögen. Verfall war allerorts zu sehen. Sie hätte nicht zurückkommen dürfen. Das war ein Fehler.

Der Knecht Walter griff wortlos die Koffer und brachte sie in Samanthas Zimmer, während Mrs Abernathy sie durch das Haus führte.

Sie begann in der riesigen, eiskalten Halle, wo auch diese furchtbare Uhr stand, die so laut war, dass man sie in jedem Zimmer hören konnte. Zur Rechten standen die Doppeltüren offen und man sah in die Bibliothek. Dahinter führte eine Tür in den unteren Salon. Samantha konnte sich an das Mobiliar gut erinnern. Vor einem Kamin standen ein geblümtes Sofa und am Fenster ein runder Tisch mit vier Stühlen. Daneben gab es den alten Sekretär mit dem cremefarbenen Büttenpapier und den verschiedenen Federhaltern. Vor dem Fenster ging es damals steil einen gepflegten Rasen hinab bis zu den Klippen. Samantha fragte sich, ob der Rasen noch gepflegt wurde oder ob er genauso sich selbst überlassen war wie der Rest des Anwesens. In ihrer Fantasie stellte sie sich erschauernd vor, wie Efeu nachts den Hang hinaufkroch, um sich ein Opfer zu suchen.

Dahinter tobte das unbändige Meer. An Sturmtagen flog die weiße brodelnde Gischt bis hinauf zum Rasen. Dann sollte man es vermeiden, dort spazieren zu gehen, denn der Untergrund war glitschig und leicht konnte man ausrutschen. Das war nicht zu empfehlen am Klippenrand.

Zur Galerie in der ersten Etage führte eine breite Marmortreppe mit kunstvoll geschnitztem Geländer aus dunklem Holz. Die meisten Zimmer, durch die sie geführt wurde, erschienen unbewohnt. Die Hausdame erklärte in ihrem seltsamen Tonfall, dass Lady Eglington in den letzten Jahren nur noch ein paar Räume bewohnen wollte.

Den unteren großen Salon, ihr Schlafzimmer natürlich und die Bibliothek. Wahrscheinlich saß sie hier an jedem Abend bis in die Nacht, weil sich dort auch in einem großen Globus der Sherryvorrat befand. Samantha fröstelte. Auf ihre Anfrage zur Heizung zog die Hausdame die Augenbrauen nach oben.

„Die Heizung beschränkt sich auf die Kamine. Es werden an jedem Tag die Kamine befeuert. In der Bibliothek, im unteren Salon und in den Schlafräumen."

Als sie dann oben in der letzten Zimmerflucht angekommen waren, verstand Samantha, warum die Dienstboten hier nicht wohnen wollten. Von einem endlosen, engen Flur gingen mehrere Türen ab, von denen die Farbe abblätterte.

Als sie in eines der Zimmer einen Blick warf, sah sie nur ein schmutziges Fenster, einen kalten rußschwarzen Kamin und ein altes Eisenbett.

Mrs Abernathy erklärte auf ihre Anfrage, dass sie selbst im Erdgeschoss neben der Küche in ihren Büroräumen schlief. Ihre Beine wollten am Ende eines arbeitsreichen Tages nicht mehr bis hier oben klettern. Deshalb kümmerte sich niemand mehr um diese Zimmer.

Samantha nahm sich vor, auch diese Tatsache zu ändern. Es musste so viel verändert werden.

Bis sie sich hier wohlfühlen könnte, würde viel Zeit vergehen. Aber diese Herausforderung wollte sie annehmen.

Vor vier Wochen war sie so sicher gewesen.

Damals.

Es erschien ihr endlos lange her zu sein. Wie schnell doch die guten Vorsätze verloren gegangen waren.

London war so weit weg.

An dem heutigen Tag waren es tatsächlich schon vier Wochen. So lange wohnte sie nun schon in diesem Haus auf den Klippen. Zurück konnte sie nicht, jedenfalls nicht sofort. Sie hatte alle Brücken abgebrochen, die sie mit London und ihrem Leben in dieser Stadt verbunden hatten. Als sie von der Erbschaft erfahren hatte, hatte sie ein Hochgefühl ergriffen. Sie hatte das neue, wunderschöne Leben vor sich gesehen, als Lady Samantha mit Dienern und Pächtern und einem Chauffeur. Wie doch die Fantasie Streiche spielen konnte.

Es hatte keine Woche gedauert und sie war in der Realität gelandet. Das Haus der Lady Sherry war schon lange kein hochherrschaftlicher Haushalt mehr.

Der Chauffeur war nach dem Tod ihrer Tante einfach gegangen. Den Wagen hatte er gleich mitgenommen und die Anzeige bei der Polizei hatte bis jetzt nichts gebracht.

Von den Pächtern waren die meisten über siebzig Jahre alt und hatten selbst kaum genug zum Leben. Nur ein kleiner Teil zahlte noch regelmäßig.

Die Dienstboten waren reduziert auf die Köchin Mrs Brans, das Hausmädchen Juliette, die auch manchmal das

Küchenmädchen ersetzen musste, und den Knecht Walter, der alle schweren Arbeiten erledigte.

Und natürlich Mrs Abernathy, die Hausdame.

Dann war da noch Brandon. Was tat eigentlich dieser junge Mann im Haus?

Jeden Abend zur gleichen Zeit verabschiedete sich das Personal von Lady Samantha. Sie wohnten seit Langem nicht mehr in dem riesigen Haus. Das Personal hatte das Torhaus in Benutzung, weit genug weg von diesem seltsamen Wohnsitz.

Am Anfang hatte Samantha das nicht begriffen, aber nachdem sie nun einige Wochen hier war, verstand sie die Leute sehr gut. Unheimlich war die richtige Bezeichnung für dieses Haus.

Nur Brandon wohnte noch oben im alten Dienstbotentrakt. Sein Zimmer hatte ihr die Hausdame nicht gezeigt. Samantha hatte nicht danach gefragt.

Wie schnell doch alle neuen Ideen für das Haus verloren gegangen waren. Lady Samantha Eglington war eine andere Person. Sie war nicht mehr die unbeschwerte, positive Samantha, sie war My Lady. Die Hauptschuld an ihrem Versagen gab sie nicht sich selbst und ihrem fehlenden Durchsetzungsvermögen. Die Schuld gab sie vor allem Brandon und Mrs Abernathy. Sie hatte wohl doch einiges mehr von ihrer verstorbenen Tante geerbt. Lady Sherry hatte die Schuld auch stets bei anderen gesucht.

Brandon!

Er war nicht sehr groß, hatte schulterlanges dunkles Haar und eigentlich ein nettes Lächeln. Aber das konnte nicht über seine ewige Faulheit hinwegtäuschen. Dieser junge Mann brachte sie an den Rand der Verzweiflung.

Ständig fand sie ihn irgendwo sitzend vor. Er saß in dem Sessel vor dem Kamin und blätterte gelangweilt in einem Buch. Er saß an ihrem Sekretär und blickte hinaus zu den Klippen. Dann kam er die große Marmortreppe heruntergeschlendert. Wenn sie etwas von ihm verlangte oder ihm einen Auftrag gab, lächelte er sie nur an. Dann traute sich Samantha nicht mehr, etwas zu sagen. Vor ein paar Tagen hatte sie von ihm verlangt, diese schreckliche Standuhr aus der Halle zu entfernen.

Er hatte nur mit der Schulter gezuckt, hatte sich aus der Obstschale einen Apfel genommen und war gegangen.

Wenn sie Mrs Abernathy darauf ansprach, sah man nur Unverständnis in ihren kalten Augen. Aber sie versprach, mit ihm zu sprechen. Samantha vermutete, dass Brandon ihr Sohn war und deshalb Narrenfreiheit besaß.

Gut, dass der Brief nach Parsley Field unterwegs war. Sie war sicher, dass ihre alte Freundin Fedora kommen würde. Dann würde alles gut werden. Ganz bestimmt.

Fedora würde Rat wissen.

Seit ein paar Tagen hatte sie eine seltsame Lethargie befallen. Sie konnte sich kaum dazu aufraffen, morgens aufzustehen. In ihrem Kopf war es bereits wieder Abend und die Nacht brachte diesen beängstigenden Traum zurück. Warum also aufstehen?

Diese verdammte Uhr.

Morgen würde Sam etwas unternehmen.

Morgen war auch noch ein Tag.

Bereits am nächsten Morgen kam das heiß erwartete Telegramm aus Parsley Field. Fedora würde kommen.

Ihr Mann wollte sie begleiten. Sam hatte ihn nur einmal getroffen, während der Hochzeit der beiden auf Parsley Manor. Sie erinnerte sich an einen netten, stets lächelnden Mann mit einem leichten Bauchansatz.

Warum aber brachten die beiden den Butler mit? Nun, das würde sich zeigen. Es mussten also Zimmer vorbereitet werden.

Als sie Mrs Abernathy über den Besuch der Baronets informierte, wurden die Augen der Hausdame ganz klein und ein abschätziger Blick traf sie.

„Wie My Lady wünschen. Doch gebe ich zu bedenken, dass dann mehr Zimmer geheizt werden müssen", sagte sie in ihrem eintönigen Singsang. „Das bedeutet mehr Arbeit für Walter und mehr Holz. Welche Zimmer gedenken My Lady zu nutzen?"

Samantha war, wie immer, unsicher.

„Nun, ich denke, für die Baronets ist das große rote Schlafzimmer in der ersten Etage angebracht", sagte sie und streckte den Rücken durch. Aber stolzer erschien sie deshalb nicht. „Außerdem muss das große Esszimmer vorbereitet werden. Im Salon können wir nicht dinieren."

„Ich gebe zu bedenken, dass der Kamin im roten Zimmer defekt ist. Ich hatte darauf hingewiesen", antwortete die Hausdame.

Hatte Samantha da ein Lächeln gesehen? Diesen Gedanken verwarf sie schnellstens.

„Dann das grüne Zimmer neben mir im Ostflügel. Das ist

sogar noch besser, dann sind sie in meiner Nähe", sagte Samantha. „Für die Dienstboten lassen Sie dann in der oberen Etage etwas vorbereiten."

„Wie My Lady wünschen. Welche Instruktionen haben Sie in Bezug auf die Menüfolgen? Sie sollten das vielleicht direkt mit der Köchin besprechen. Es müsste sehr viel mehr eingekauft werden. Der Weinkeller ist dagegen sehr gut gefüllt", erklärte die Hausdame.

„Über den Füllstand des Weinkellers habe ich mir noch niemals Sorgen gemacht, solange ich hier bin. Ich werde mit der Köchin reden. Vielleicht sollte Ihnen Brandon einmal in seinem Leben helfen", erwiderte Samantha und ging davon. Sie hatte wirklich ein Hochgefühl. Sie hatte diesem Drachen die Stirn geboten. Zum Glück sah sie nicht den verächtlichen Blick, der ihr folgte. Sie sah auch nicht, wie Brandon lächelnd hinter einer Säule hervortrat und in der Bibliothek verschwand.

Schottlands Schönheit

Dann war es soweit.

Die Koffer standen gepackt vor dem Eingang und Gonzales belud den Bentley. Seine eigene Reisetasche fand ihren Platz und Beanstock erschien in der Tür mit seinem Koffer und einem Kleidersack. Darin befand sich sein guter Frack für abendliche Festivitäten der Baronets. Ein Butler musste zu jeder Zeit auf alle Eventualitäten vorbereitet sein. Dazu gehörte der Frack für Abendgesellschaften der Baronets und natürlich das gute Fleckenmittel *Patch Devil*. Das war bei jeder Reise dabei.

Die Zofe Filomena Arbuckle würde sie nicht begleiten. Lady Fedora wollte ihre alte Freundin Samantha nicht zu sehr belasten, indem sie mit zu viel Personal anreiste. Sie wusste auch nicht, was auf sie zukommen würde, und die Zofe war in der Vergangenheit mit schwierigen Situationen nicht zurechtgekommen. Deshalb war sie nach dem Vorfall mit der vermeintlichen Mumie zur Kur in Bath gewesen. Ihre Zerstreutheit hatte sich gebessert, aber sie vergaß immer wieder mal etwas. Letztens hatte Beanstock sie darauf hinweisen müssen, dass sie zwei verschiedene Schuhe trug. Die Zofe hatte an sich hinuntergesehen, gekichert und gemeint, das wäre ihr gar nicht aufgefallen. Sie habe es übersehen, hätte sich nur gewundert, dass ein Schuh ein Band hatte und der andere nicht. Das empfand der Butler als nicht annehmbar und wies sie streng zurecht.

Nun war man zur Abfahrt bereit und die Baronets kamen aus dem Haus. Lady Fedora in einem dunkelgrünen Reisekostüm und Sir Percival in seinem karierten Lieblingsanzug.

Luci und Junior standen neben dem Butler. Sie sah zu ihrem Freund empor, der ihr aufmunternd zulächelte.

„Ich vertraue darauf, dass du den Anweisungen Mrs Argyles folgst. Du wirst dich vor allem abmelden, bevor du das Gelände von Parsley Manor zum Zwecke des Spieles mit deiner Freundin verlässt", sagte Beanstock.

Luci nickte.

„Du kümmerst dich bitte auch gut um Junior. Ich glaube, er ist traurig, dass Sir Percival verreist."

Luci nickte.

„Bleib abends nicht zu lange auf, Schlaf ist in deinem Alter sehr wichtig zur Bildung der kleinen grauen Zellen."

Luci sah den Butler verwirrt an.

„Das bedeutet, wer genug schläft in der Jugend, der wird schlau im Alter. Oder so ähnlich. Mein Vater hat etwas in der Art immer gesagt."

Luci nickte.

Beanstock wollte noch etwas hinzufügen, holte Luft und bekam einen sehr unangebrachten Knuff von Gonzales. Bevor er dem Chauffeur einen Tadel erteilen konnte, sah er die großen Augen der Hausdame. Dann hatte er verstanden und verzichtete auf den Tadel. Er räusperte sich.

„Nun gut, das sind genug Anweisungen. Du willst ja auch noch ein bisschen Spaß haben, nicht wahr, Luci?", sagte er stattdessen und rückte dabei das Tuch an Lucis Hals gerade.

Luci umarmte Beanstock ganz fest.

„Kommen Sie bald wieder zurück. Das versprechen Sie doch?", fragte sie traurig.

Beanstock nickte.

Gonzales hielt die Tür auf und die Baronets nahmen im Wagen Platz. Beanstock setzte sich neben Gonzales auf den Beifahrersitz und man fuhr ab. Als der Butler in einer Kurve in den Rückspiegel sah, stand Luci immer noch mit Junior an ihrer Seite vor dem Haus und winkte ihnen nach.

Dieses Kind, dachte Beanstock. Wenn er sich an das erste Mal erinnerte, als er Luci damals in London gesehen hatte, fiel ihm ein, wie das Kind vor der Tür des *dünnen* Hauses in der Baker Street eine heiße Diskussion mit seiner Großmutter gehabt hatte. Es war eisig gewesen und Schnee hatte auf den Straßen gelegen. Das Kind hatte Mütze, Schal, Handschuhe und noch einiges mehr anziehen sollen. Sie hatte sich geweigert und dann einen Vorwand gefunden, ihre Großmutter abzulenken. Dann war sie ohne zweite Mütze und zusätzlichen Schal verschwunden.

Beanstock erinnerte sich gut, als er etwas später auf der Treppe mit dem Kind gesessen hatte. Es war traurig gewesen und hatte von seinen Eltern erzählt.

Jetzt erschien es dem Butler, als hätte Luci schon immer auf Parsley Manor gelebt. Sie gehörte zum Haus und er hatte sie in sein Butlerherz geschlossen.

Er nahm sich vor, für Luci etwas besonders Schönes aus

Schottland mitzubringen. Bei dem Gedanken, wie sie sich freuen würde, musste er unbewusst lächeln.

Gonzales sah den Butler an und wunderte sich. Was war mit Mr Beanstock los? Er lächelte tatsächlich grundlos.

Die Reiseroute hatte Gonzales vor der Abfahrt mit Beanstock und Sir Percival abgestimmt. Es sollte zuerst bis nach Scarborough gehen. Dort würde man den Lunch einnehmen. Vorher musste man die Themse queren. Gonzales schlug dafür den alten Blackwell Tunnel im Osten Londons vor. Lady Fedora mochte keine Tunnel. Das machte sie auch an diesem Morgen im Auto den anwesenden Herren klar.

„Was haben die Leute nur mit diesen Tunneln? Sehe ich aus wie ein Maulwurf? Hat niemand sonst hier ein Problem damit, dass hunderte Tonnen Wasser über uns plätschern?", fragte sie in die Runde.

„Darling, es ist doch nur ein kurzer Moment und er spart uns Zeit. Möchtest du lieber nach London hinein bei diesem Verkehr und über die Tower Bridge fahren? Ich bin fast sicher, dass den Tunneln die Zukunft gehört. Ich bin sogar sicher, dass es irgendwann einen Tunnel unter dem Ärmelkanal geben wird. Dann kann man die Fähren einmotten", bemerkte Sir Percival und lachte schallend über seinen Witz.

Lady Fedora schüttelte den Kopf über die ausgefallene Idee ihres Gatten.

„Mit dem Auto durch einen Tunnel unter dem Meer? Eso es una locura!", flüsterte Gonzales dem Butler zu und schüttelte den Kopf.

Als der Bentley den Blackwell Tunnel dann vor sich

hatte, wurde es still auf der Rückbank. Beanstock war sich sicher, My Lady hatte die Augen geschlossen und wollte es schnellstens hinter sich bringen. Der Wagen fuhr durch den ziegelroten Eingang und schlängelte sich zur anderen Seite. Denn der Tunnel hatte so einige enge Kurven. Warum man ihn im Jahre 1897 mit so vielen Kurven gebaut hatte, verstand Beanstock nicht. Die einen meinten, man wollte einen alten Friedhof nicht stören. Andere waren der Meinung, es hatte seinen Grund in den damals noch vielfach verkehrenden Pferdefuhrwerken und Droschken. So wurde verhindert, dass die Pferde durchgingen. Das erschien Beanstock sehr weit hergeholt. Vielleicht hatten sich die Arbeiter einfach nicht an den Plan gehalten und waren vom Weg abgekommen. Sie hatten sich vertan. Dann hatte man einfach Kurven eingebaut.

Aber schließlich waren die Reisenden auf der anderen Seite und der Bentley fuhr in Richtung Cambridge. Zuerst passierten sie den kleinen Ort Grantchester. An der mittelalterlichen Kirche *Church of Saint Andrew and Saint Mary* hätte Lady Fedora zu gern angehalten und ein Stoßgebet zum Himmel gerichtet, um für die sichere Unterquerung der Themse zu danken. Aber ihr Gatte mahnte zur Eile.

„Wir haben einen straffen Zeitplan, Darling."

Vorbei an den wunderschönen Flussauen Grantchester Meadows fuhr Gonzales nach Cambridge. Die Universität kam in Sicht und im Wagen sinnierte man über die Ereignisse auf Parsley Manor, als herauskam, dass der Verleger My Ladys, ehemaliger Student der Universität, ein Spion gewesen war.

„Wussten Sie, Beanstock, dass es in Cambridge eine Mathematiker-Brücke und eine Seufzer-Brücke gibt?", fragte Sir Percival.

Gonzales lächelte und antwortete anstelle des Butlers.

„Das kann ich gut verstehen. Erst studiert man Mathematik und dann geht man seufzend über diese Brücke und fragt sich, warum man dieses Fach gewählt hat."

Beanstock schüttelte den Kopf über die seltsame Fantasie des Chauffeurs.

Nachdem man die sanften grünen Hügel von Grantham passiert hatte, kam Doncaster in Sicht. Es wurde langsam bergiger und waldiger. Dann bog der Bentley nach Osten in Richtung Scarborough ab. Man fuhr zum Meer. Dort hatte Beanstock den ersten großen Halt geplant. Er hatte im dortigen *Grand Hotel* zwei Plätze für den Lunch reserviert. Gonzales und er selbst würden ein kleines Café auf der weitläufigen Promenade des bekannten Kurortes bevorzugen. Es waren fünf Stunden seit ihrem Aufbruch von Parsley Field vergangen.

Gonzales summte ein Lied, leise natürlich, aber Beanstock verstand. Die alte Volksweise Scarborough Fair war hier in dem Ort überall bekannt. Sir Percival brummte auf dem Rücksitz mit seiner tiefen Stimme die Melodie mit.

Der Bentley parkte vor dem *Grand Hotel* in der Nähe der Uferpromenade. Beanstock hielt die Tür des Wagens auf und sah zu der gelben Backsteinfassade hinauf. Was für ein beeindruckendes Bauwerk, riesig in seinen Abmessungen.

„Was ist das für ein wuchtiges Haus?", staunte Gonzales.

„Es ist aus der Zeit Queen Victorias. Es hat sogar ein

Thema. Die Zeit", erklärte Sir Percival und setzte seinen karierten Hut auf. „Vier Türme für die vier Jahreszeiten, zwölf Stockwerke für die Monate, zweiundfünfzig Schornsteine für die Wochen, dreihundertfünfundsechzig Zimmer als Symbol für die Tage des Jahres. Ziemlich beeindruckend, nicht wahr? Als Scarborough noch ein richtig berühmtes Seebad war, soll es in den Zimmern sogar zwei Wasserhähne gegeben haben, einen für normales Trinkwasser und einen für Meerwasser."

Das Innere des Hotels war nicht weniger beeindruckend. Marmor und Säulen wohin man sah. Ein Kellner mit einem Gesicht wie eine unzufriedene Bulldogge brachte die Baronets zu ihrem Tisch. Beanstock und Gonzales würden in einer Stunde wieder hier sein und auf die Herrschaften in der Halle warten.

Es war nicht schwierig, an der Uferpromenade ein kleines, gemütliches Café zu finden. Es gab Sandwiches und Mixpickles. Gonzales wurde ganz still, als er auf seinen Teller sah.

„So einen Teller habe ich vor einiger Zeit im *Three Chattering Ducks* von Pam serviert bekommen. Ich kann es immer noch nicht begreifen. Wie konnte sie nur", sagte er leise.

Beanstock wusste, dass der Chauffeur ziemlich an dieser Geschichte zu knabbern hatte. Verrat war eine schlimme Sache, noch dazu, wenn man sich in diese Person verliebt hatte. Er schwieg und nickte nur verstehend mit dem Kopf.

Nachdem man wieder im Bentley saß, ging die Fahrt weiter in Richtung Norden. Beanstock fragte, ob der Lunch zu der

Zufriedenheit der Herrschaften ausgefallen war. Es war alles in Ordnung, wie erwartet war das Steak etwas zäh und der Salat dafür sehr weich. Sir Percival freute sich bereits auf ein gutes Dinner am Abend bei Colonel Morris und seiner Frau Gladis.

Die Landschaft änderte sich mit jeder Meile. Gonzales nahm die Küstenstraße bis Edinburgh. Schroffe Felsen und grüne Hügel mit dichtem Heidekraut wechselten sich mit kleinen Fischerdörfern ab, deren weiß getünchte Häuser sich wie Schutz suchend aneinander kuschelten.

Nachdem sie die Universitätsstadt Newcastle upon Tyne hinter sich gelassen hatten, war es nur noch eine kurze Fahrt und sie fuhren endlich auf Schottlands Straßen.

Dunbar kam in Sicht und der Bentley fuhr langsam an der Ruine des Dunbar Castles vorbei. Einen neuerlichen Halt konnte man nicht riskieren. Familie Morris wartete in Edinburgh. Also fuhr Gonzales weiter. Es waren nur noch achtundvierzig Kilometer.

Edinburgh.

Was für eine Stadt. Auf Hügeln gebaut, ging es hoch und runter wie im Takt des Meeres. Vorbei an dem beeindruckenden Castle hoch über der Stadt, am Scottdenkmal und durch die Royal Mile.

„*My own romantic town* hat Sir Walter Scott über seine geliebte Stadt gesagt und ich gebe ihm recht", sagte Sir Percival.

Gonzales hatte sich vor der Reise gut vorbereitet. Er kannte den Weg, den er nehmen musste, um zu dem Haus der Familie Morris zu kommen, genauestens. Also bog er nach dem Scottdenkmal links ab und fuhr in Richtung Queen Street Gardens, einem wunderschönen, großen Parkgelände mitten in der Stadt. Dann bog er in die Howe Street rechts ab und kam nach kurzer Fahrt zum Circus Place. Der kreisrunde Platz war mit Stadthäusern im Stil des Neoklassizismus umbaut. Beanstock erinnerten diese Häuser an den Stadtteil Belgravia in London, helles Mauerwerk, weiße Türen, große Fenster über zwei Etagen und angedeutete Balkone mit schmiedeeisernen Gittern. Neben dem Eingang, der über Treppenstufen zu erreichen war, ging eine Treppe hinab ins Souterrain. In früheren Zeiten war dort der Zugang für die Dienstboten und Lieferanten. Kurz nach dem Krieg nutzte man diese Räume auch als Wohnung für Menschen, die ihre Wohnung verloren hatten. Hier war der Baustil aber eher klassisch streng gehalten, während im Londoner Stadtteil Belgravia Säulen und verspielte Kapitelle die Eingänge der Reihenhäuser zierten.

Gonzales parkte den Bentley und Beanstock stieg sofort aus, um die Autotür für Lady Fedora zu öffnen.

Im gleichen Moment flog die Tür an Nummer 18B auf und Gladis Morris erschien mit ihrem Mann.

„Es ist uns eine so große Freude. Wir konnten es kaum erwarten, euch wiederzusehen." Gladis umarmte Lady Fedora herzlich und zog sie in das Haus. Als sie an ihrem Mann vorbeiging, flüsterte sie ihm etwas ins Ohr. Colonel Morris machte ein trotziges Gesicht, wurde aber sofort wieder fröhlich, als Sir Percival ihm die Hand reichte.

„Was hast du deinem Gatten gesagt, Gladis? Er sah böse aus. Es gibt doch keine Probleme mit unserem unverhofften

Besuch?", fragte Lady Fedora auf dem Weg in das Haus.

Gladis sah sich zu ihrem Mann um. Sie wollte sicher sein, dass er nicht zuhörte.

„Ich habe ihm nur gesagt, er soll die alten Kamellen aus dem Indienfeldzug für sich behalten. Die sind so langweilig und ich habe sie wohl tausendmal gehört. Wir wollen doch eine schöne Zeit haben, wenn ihr schon einmal kommen konntet", sagte Gladis.

Gladis Morris war eine resolute Dame mit einem rundlichen Gesicht und kurzem bräunlichen Haar. Sie trug ein dunkelblaues Cocktailkleid, das sehr gut zu ihren blauen Augen passte. Ein Hausdiener kümmerte sich um das Gepäck und brachte zusammen mit Beanstock und Gonzales die Koffer in die erste Etage. Hier bekamen die Baronets ein Zimmer mit Blick auf den kleinen Park vor der Tür.

Beanstock öffnete sofort die Koffer und begann die Kleidung aufzuhängen und nach unangebrachten Kniffen und Falten zu sehen. Dann legte er den Abendanzug für Sir Percival bereit und das graublaue Cocktailkleid für Lady Fedora. Ein kurzer Blick in das angrenzende Bad gab ihm die Gewissheit, dass alles für die Bequemlichkeit seiner Herrschaften bereitstand.

Gonzales wurde inzwischen von dem Hausdiener, der sich als Finley vorgestellt hatte, in die zweite Etage gebracht. Dort würden die beiden Herren übernachten. Es gab ein Gemeinschaftsbad am Ende des Flurs und zwei Zimmer waren vorbereitet. Gonzales stellte den Koffer des Butlers in das eine Zimmer und warf sich dann erschöpft in dem anderen Schlafraum auf das Bett. Er war müde und spürte die lange

Fahrt in seinen Knochen. Als Beanstock wenig später an seine Tür klopfte, schlief Gonzales tief und fest.

Beanstock fand es nicht angebracht, ihn in seinen Alltagssachen schlafen zu lassen, aber entschied sich dann doch, nicht zu stören. Leise schloss er die Tür wieder. Es war eine lange Reise gewesen und Gonzales hatte zu jedem Zeitpunkt aufmerksam sein müssen. Er würde ihm später etwas zu essen anbieten. Jetzt musste er sich umziehen und nach den Herrschaften sehen.

Im Salon des Hauses ging es schon lustig zu. Helles Lachen empfing den Butler.

„Schön, Sie wiederzusehen, Mr Beanstock", sagte Gladis, als der Butler hereinkam. Beanstock verneigte sich höflich. Dann half er dem Hausmädchen bei den Cocktails. Die Damen entschieden sich für einen dieser beliebten Pimm´s Cocktails, mit einem Stückchen Zitrone, Eiswürfeln und Champagner.

Die Herren ließen sich Gin schmecken. Colonel Morris stellte seinen Gästen nach dem Dinner einen wirklich sehr guten Whisky aus den schottischen Highlands in Aussicht.

„Wer sonst macht solchen exzellenten Whisky, mein lieber Edward!", polterte Sir Percival. Sofort kam es zu einer Diskussion.

„In Dublin habe ich einen wirklich wundervollen Whisky bekommen. Die Iren haben dieses Getränk auch zur Perfektion gebracht. Vielleicht schreiben sie deshalb das Wort anders. Damit man sich vom schottischen Whisky unterscheidet. In Irland schreibt man Whiskey", erklärte der Colonel grinsend.

Beanstock dachte an sein Whiskyabenteuer in Pilpots zurück. Das war definitiv ein Whisky zu viel gewesen. Aber die Qualität des dort angebotenen Getränks war auch nicht sehr gut gewesen. Trotzdem würde er eine lange Zeit auf derlei Eskapaden verzichten.

Es war bereits dunkel auf den Straßen, als noch zwei weitere Gäste eintrafen.

Sohn und Schwiegertochter der Gastgeber kamen zum Dinner dazu. Ein nettes Pärchen und wie man sehen konnte, würden die beiden auch bald Eltern werden. Lady Fedora gratulierte Gladis.

„Nun wirst du Großmutter, meine liebe Gladis, wie wunderschön, dass ihr nach Edinburgh gezogen seid zu den Kindern. Ihr werdet so viel Freude haben. Euer Haus gefällt mir ausgenommen gut. Ich muss sagen, es sieht von außen kleiner aus. Ich war überrascht über die großzügigen Räume im Inneren. Das vermutet man nicht, wenn man vor der Tür steht. Beim nächsten Mal möchten wir euch aber gern auch auf Parsley Manor zu Gast haben."

Das Dinner wurde serviert.

Der Hauptgang bestand aus frischen Meeresfrüchten. So nah wie man hier dem Meer war, gab es nichts Besseres. Sir Percival interessierte sich vor allem für den Nachtisch. Den Blick seiner Frau auf seinen kleinen Bauchansatz übersah er geflissentlich. Und er wurde nicht enttäuscht.

Man servierte die britische Spezialität, den *Knickerbocker Glory.* In einem hohen Glas türmte sich Vanilleeis mit Beeren dazwischen. Fruchtsoße, Sahne, Nusssplitter und eine Kirsche kamen obenauf. Eine wahre Bombe des guten

Geschmacks. Danach brauchte Sir Percival auf jeden Fall einen guten Whisky.

Nach dem Dinner bestand Lady Fedora darauf, dass sich Beanstock erholte. Sie schickte ihn zum Essen in die Küche. Als der Butler die Küche betrat, saß dort bereits Gonzales, umgezogen und frisch gebadet und ließ sich einen riesigen Berg Kartoffeln mit Lamm, Soße und Gemüse schmecken.

Die Köchin, eine ältere Dame mit grauem Haar und einem netten Lächeln im Gesicht, redete auf den Chauffeur ein. Sie plapperte, ohne Luft zu holen, und fuchtelte dabei mit ihrem großen Rührlöffel herum. Dann rührte sie wieder in dem großen Topf, aus dem es verführerisch duftete. Ab und zu lachte sie und zeigte auf den Chauffeur. Gonzales sah den Butler hilfesuchend an. Er verstand kein Wort.

„Gute Frau, wir verstehen leider kaum gälisch. Ich würde Ihnen gern antworten, aber das kann ich nicht", sagte Beanstock und setzte sich zu Gonzales.

„An uairsin carson a tha mi a ´bruidhinn fad na h-úine!", rief die Köchin lächelnd und stellte dem Butler einen Teller mit einem Berg Essen auf den Tisch.

„Warum rede ich dann die ganze Zeit, hat sie gesagt!", rief aus dem Nebenraum der Hausdiener Finley und lachte herzhaft.

Dann kam er in die Küche.

„Sie kann nur gälisch, aber versteht Sie ganz ordentlich. Ist schon sehr lange hier in diesem Haus als Köchin. Bevor Colonel Morris hier einzog, gehörte das Haus einem Schriftsteller. Zog in ein größeres Haus in der Nähe des Holyrood Parks. Mr Scott und seine Frau waren sehr gute Arbeitgeber.

Haben zwei Söhne. Freche Bengel waren das. Brauchten mehr Platz. Konnten uns nicht mitnehmen. Haben es mit den neuen Herrschaften gut getroffen, auch wenn es Engländer sind. Nichts für ungut", fügte Finley hinzu.

Dann griff er die Köchin um die Taille und wirbelte sie herum. „Nicht wahr, Brenda, altes Haus? Wir bleiben zusammen bis zum bitteren Ende!", rief er der Köchin zu, die vor Vergnügen gluckste und mit dem Löffel in ihrer Hand eine Bratensoßenspur an der Wand hinterließ. Beanstock sah ältere Soßenspuren an der Wand und dachte sich, dass es in dieser Küche wohl des Öfteren zu einer Tanzeinlage kam. Für ihn war der Grund das Fehlen eines vernünftigen Butlers. Aber hier war er Gast. Es war nicht seine Aufgabe, einen Tadel auszusprechen. Vielleicht wollte er es auch nicht, gestand er sich ein. Warum sollten die Leute nicht etwas Spaß haben?

Im gleichen Moment stutzte er. Seit wann hatte er so seltsame Ideen im Kopf? Das hätte ihm sein alter Lehrer an der Butlerschule sofort ausgetrieben. Dessen Motto war immer und zu jeder Zeit: *Distanz halten zu den anderen Dienstboten, distinguiert auftreten, Vorbild sein und keinerlei Verfehlungen durchgehen lassen.* Aber andererseits erinnerte sich Beanstock nicht daran, dass seine Ausbildung besonders viel Frohsinn beinhaltet hatte. Stundenlanges laufen lernen mit gefüllten Tabletts und das Einmaleins des Butlerlebens, das musste sehr streng gelehrt werden. Es war sein Beruf und er liebte ihn. Trotzdem konnte man humaner mit den Menschen in seinem Umkreis umgehen.

Ein bisschen Freude tut niemandem weh. Dieses Motto

hatte er von einem anderen bedeutenden Menschen in seinem Leben mitbekommen, seinem Vater.

Gonzales klatschte vor Freude in die Hände und wippte
mit seinen Füßen den Takt. Beanstock hoffte, der Chauffeur
würde sich nicht noch dazu verleiten lassen, einen Flamenco
anzustimmen und zu tanzen.

Beanstock räusperte sich.

Das Haus auf den Klippen

Zwei Tage vorher

Es klopfte an der Tür zum Salon.

Samantha zuckte zusammen, wie immer in der letzten Zeit.

Es war Mrs Abernathy, die in der Tür stand und sie von oben herab mit halb geschlossenen Augen ansah.

„Sie haben Besuch, My Lady", erklärte sie und wollte bereits wieder gehen.

„Ist etwa Lady Fedora bereits angekommen?", fragte Samantha voller Freude. Doch ihr Optimismus wurde sofort wieder gedämpft.

„Ihr Nachbar macht Ihnen seine Aufwartung. Lord Rosefield wohnt in der Nähe des Ortes, durch den Sie gefahren sind. Er bewohnt ein kleines Cottage. Sie sollten ihn kennen. Sein Vater verkehrte des Öfteren bei Lady Leonora", erwiderte sie und ging. Sie hielt die Tür auf und ein Herr trat ein. Samantha versuchte, sich zu erinnern, aber es wollte ihr nicht einfallen, woher sie ihn kennen könnte.

Seine Lordschaft war in den Fünfzigern, schätzte sie. Also ungefähr in ihrem Alter. Sie sollte ihn hier getroffen haben, als sie noch Kind war. Das graue Haar, das wohl an manchen Stellen dünner wurde, hatte er in der Mitte zusammengekämmt und so ein seltsames Konstrukt erschaffen, das einem Dutt sehr ähnlich sah. Er hatte ein rundliches Gesicht mit einem grauen Schnauzbart. Alles in allem war er gut einen Kopf kleiner als Samantha. Bevor Mrs Abernathy die Tür schloss, um den Tee zu holen, erhaschte Samantha einen kurzen Blick auf Brandon.

Er lehnte in der Tür zur Bibliothek und schien sich köstlich zu amüsieren. Dabei deutete er auf den kleinen Lord Rosefield und zog Grimassen. Unbewusst musste Samantha lächeln. Brandon konnte sie aufheitern, wenn er wollte.

„Meine liebe Lady Eglington, ach darf ich Samantha sagen? Dann müssen Sie auch Blaan zu mir sagen", dabei kam er mehr gehüpft als gegangen und griff sich ihre Hand zum Kuss. Seine Hand war unangenehm feucht und weich und Samantha versuchte in Gedanken, diesen seltsamen Namen ohne Versprecher herauszubekommen.

Blaan of Rosefield, wer tat seinem Kind so einen Namen an, dachte Samantha.

Lord Blaan trug einen karierten Anzug mit Knickerbockerhose, die ihn noch kleiner erscheinen ließ.

Samantha hatte sich ausgerechnet an diesem Morgen um ihre Garderobe keine Gedanken gemacht. Seit dem Frühstück saß sie in Freizeithose und Pullover vor dem Fenster an dem kleinen, runden Tisch. Sie hatte sich einmal mehr Mrs Abernathy gebeugt und frühstückte nun im unteren Salon. Seltsamerweise hatte man des Öfteren vergessen, im oberen Salon, der ihr viel mehr gefiel, Feuer anzufachen. Es war eiskalt darin und so war sie nach unten geflüchtet.

Aber dem Lord schien die falsche Garderobe nicht aufzufallen oder er war so viel Gentleman, dass er es ignorierte. Mrs Abernathy hingegen hatte sie mit ihrem bekannten seltsamen Blick bedacht, als sie im Salon zum Frühstück erschienen war.

Samantha bat Blaan, Platz zu nehmen. Im Kamin brannte ein Feuer. Es wurde von Tag zu Tag kälter. Die ersten bunten Blätter fegten über den Rasen und segelten in Richtung Meer davon. Sturmzeit.

Nachdem der Tee serviert und die Hausdame wieder verschwunden war, beugte sich Blaan zu Samantha herüber und flüsterte mit Blick auf die Salontür: „Den Drachen hätten Sie entlassen sollen. Sie ist schon der lieben Leonora immer auf dem Kopf rumgetanzt. Sie will immer alles unter Kontrolle halten. Ich würde Ihnen raten, vorsichtig zu sein. Bei Tag und Nacht, meine Liebe. Sie war mir immer schon nicht ganz geheuer. Wie ist denn die gute Lady Leonora so plötzlich gestorben? Ich war leider verreist und konnte der Beerdigung nicht beiwohnen."

Samantha versuchte, ruhig zu bleiben. Jedes Gespräch, das sich um ihre verstorbene Tante drehte, hinterließ bei ihr einen Schauer der Angst. Mrs Abernathy schien das zu wissen und berichtete mindestens einmal pro Tag irgendetwas über Lady Leonora. Es machte ihr wohl Freude, sie zu ängstigen. Sie griff zu ihrer Teetasse und trank.

„Der Arzt sprach von einem schweren Gehirnschlag. Sie wurde von Mrs Abernathy in ihrem Bett tot aufgefunden", sagte sie und trank erneut. Ihre Zunge schien so trocken wie die Wüste Gobi.

76

„Natürlich, wer sollte die alte Lady auch sonst gefunden haben, nicht wahr? Sie war ja die engste Vertraute und lebt schon ewig hier im Haus. Ganz allein mit diesem Drachen. Wie oft hat mir die liebe Leonora berichtet, wie leer und kalt dieses Haus ihr erschien. Ich konnte sie so gut verstehen und habe ihr geraten zu verkaufen. Aber das war keine Option für die Gute", erklärte Blaan. „Ich wäre ihr so gern behilflich dabei gewesen. Es ist in den Wintermonaten nicht besonders lustig hier draußen auf den Klippen. Der Weg ist manches Mal unpassierbar und die alte Brücke über den Fluss ist ziemlich altersschwach. Sollte sie einmal fort sein, sitzt man hier fest. Es gibt nur diese eine Zufahrt zum Haus. Fast eine kleine Insel, nicht wahr." Er schüttelte bedauernd den Kopf.

„Und nun ist sie tot", fügte er nach einer Pause hinzu. Samantha hatte den Eindruck, dass er sie irgendwie warnen wollte. Ein seltsamer Gast war das. Sie war hocherfreut, als er aufstand, um sich zu verabschieden. Da war sie doch lieber allein als mit diesem Mann.

An der Haustür reichte Lord Rosefield ihr die Hand und verbeugte sich lächelnd.

„Ich hoffe auf baldiges Wiedersehen. Wenn Sie Hilfe benötigen, bin ich für Sie da. Haben Sie sich entschieden? Bleiben Sie hier oder gehen Sie zurück nach London?", fragte er lauernd.

Samantha erschien diese Frage etwas sehr indiskret.

„Ich bleibe hier", sagte sie mit Nachdruck.

War das Gesicht des Lords plötzlich vereist? Oder schien es ihr nur so? Er reichte ihr seine Visitenkarte und ging zu seinem Wagen.

Am nächsten Morgen erschien ein Polizeiwagen in der Auffahrt und parkte vor dem Haus. Die Hausdame meldete Inspector Duff von der Polizei in Aberdeen. Er war ein großer Mann mit einem dichten feuerroten Haarschopf, der ihm ein wildes Aussehen verlieh. Man fühlte sich zu dem schottischen Nationalhelden Rob Roy zurückversetzt. Aber der Inspector trug keinen Rock, jedenfalls nicht zur Arbeit.

Man hatte den vermissten Wagen gefunden. Und man hatte den Chauffeur gefunden. Er saß noch im Wagen. Aber leider lag dieser Wagen seit Wochen auf dem Kopf im Meer unter den Klippen von Rosefield.

Spielende Kinder hatten ihn schließlich entdeckt. Ihr Fußball flog eines Tages über den Rand der Klippe und als die versammelte Mannschaft nach unten sah, entdeckten sie das Wrack im Wasser treibend. Er musste kurz nach seinem Verschwinden dort gelandet sein. Eigenartig erschienen dem Inspector die Tatsachen, dass es keine Bremsspuren und auch keinerlei Straße gab zu dem Punkt, wo der Wagen über die Klippen geflogen war. Wie war der Chauffeur dort gelandet und warum war er ungebremst über die Kante gefahren? Selbstmord? Es war eine Obduktion geplant und er wollte Lady Eglington nur informieren, dass der Wagen Schrott und der Chauffeur sozusagen mit seinem *Schiff*, wie ein guter Kapitän, untergegangen war. Er würde sich melden, wenn es neue Erkenntnisse gab.

Sam brachte ihn zur Tür.

„Das war endlich mal ein Ereignis für den kleinen Ort Rosefield und die Jungs der Fußballmannschaft. Zuerst wurden sie gelobt, dass sie das Auto endlich entdeckt hatten, und danach bekamen sie alle Hausarrest, weil sie nicht so nah an den Klippen Fußball spielen sollen. So ist das Leben eines Kindes. Was heute noch ein Lob wert ist, kann morgen schon einen Tadel bedeuten. Nun ja, wenn Sie Probleme haben, melden Sie sich gern bei mir. Ich werde in den nächsten Tagen noch einmal erscheinen und die Angestellten befragen", sagte der Inspector und lächelte Samantha freundlich zu.

„Ich habe eigentlich nur mit Brandon Probleme", sagte Sam absichtlich laut und blickte zum Treppengeländer zurück, wo der Angesprochene lümmelte.

Inspector Duff sah an ihr vorbei zur Treppe und grinste.

„Ja, das soll's geben, My Lady", bemerkte er und ging kopfschüttelnd zu seinem Wagen.

„Diese wohlhabenden Leute? Werden immer seltsamer. Jammern auf hohem Niveau", sagte er leise zu sich selbst. Er nahm seine Tabakspfeife aus der Manteltasche, stopfte aus einem Beutel eine ordentliche Portion bräunliche Krümel hinein und hielt ein brennendes Streichholz einen kurzen Moment an die Pfeife. Dann wogten graublaue Wolken aus dem Pfeifenkopf. Er sah zu dem dichten Baumbestand am Weg, wippte auf seinen Füßen und sog genüsslich den würzigen Rauch in seine Lungen.

Wenn die hier nicht aufpassen, sind die Bäume und Sträucher schon bald im Haus und verschlingen es mit Haut und Haaren, oder mit Mauer und Dachschindeln, dachte er und grinste. Dann machte er sich endlich auf den Weg. Es gab viel Arbeit.

Lady Samantha empfängt Gäste

Endlich war es so weit.

Samantha hatte es nicht erwarten können. In der Nacht davor hatte sie wieder diesen furchtbaren Traum gehabt. Es lief immer gleich ab.

Sie ging durch den langen Gang bis zu der Tür, konnte sie kaum öffnen und dann, als sie endlich aufging, sah sie die lange Fensterflucht mit den wehenden Gardinen.

Aber eines hatte sich geändert.

Je öfter sie diesen Traum hatte, umso sicherer war sie, dass ihre Tante dort auf sie wartete. Sie musste es sein, auch wenn das Gesicht verwittert und zu einer wütenden Maske verzogen war. Sie hatte ihre Tante anders in Erinnerung, aber sie musste es sein.

Immer wenn sie danach schweißnass erwachte, hatte sie die gesamte restliche Nacht das Gefühl, beobachtet zu werden. Sie ließ das Licht brennen, aber wenn es wieder mal ein Problem mit der Elektrik gab, musste sie zu einer Kerze greifen. Das war noch gruseliger. Die Schatten in den Ecken ihres Schlafzimmers schienen zu leben und bewegten sich mit jedem Flackern der Kerze auf ihr Bett zu. Am Morgen fühlte sie sich wie gerädert und die Teetasse in ihrer Hand zitterte.

Aber jetzt würde alles besser werden. Lady Samantha Eglington machte sich zum ersten Mal seit Tagen, oder waren es schon Wochen, wieder zurecht. Sie zog ihr gutes rotes Wollkleid mit dem weißen Kragen an, die dunkelroten Pumps mit der weißen Schleife und nahm vor dem Spiegel einen Lippenstift zur Hand.

Als sie sich etwas genauer betrachtete, bekam sie einen Schreck. Wie dunkel die Augenringe waren! Sah man da ein paar Fältchen mehr um den Mund? Sie streckte den Rücken durch. Noch war nichts verloren. Sie würde sich auf das Urteil ihrer besten Freundin Fedora verlassen können und danach handeln. Dann würde sie ihr Leben wieder in den Griff bekommen.

Nach dem Frühstück sah sie sich mit der Hausdame die vorbereiteten Zimmer an. Sie sahen ordentlich aus, aber auch etwas trist. Blumen wären schön. Sie drehte sich zu Mrs Abernathy um und fragte danach.

„Der Garten ist gleich vor dem Haus. Lady Leonora pflegte sich um den Blumenschmuck selbst zu kümmern", antwortete sie und ihr Mund wurde zu einem Strich.

Das war klar gewesen. Warum hatte Samantha gefragt? Da war er wieder, der Hinweis auf Lady Sherry. Nun gut, sie würde sich selbst darum bemühen.

Danach gingen die beiden Frauen in die Küche. Die Köchin war mit dem abendlichen Dinner beschäftigt und das Hausmädchen Juliette half ihr dabei. Mrs Brans war eine dürre, kleine Person. Sie war der einzige Mensch im Haus, mit dem Samantha sich gern unterhielt.

Die Köchin zeigte für alles Verständnis. Sie war nett. Im Moment stand sie am Herd und rührte voller Feuereifer und mit rosigen Wangen in einem Suppentopf.

„Schön, dass wir endlich wieder etwas Richtiges kochen können. Ich habe schon so lange kein Dinner mehr ausgerichtet. Noch dazu für einen Baronet. Das ist sehr schön. So voll war unsere Vorratskammer seit Langem nicht", sagte sie an Samantha gewandt und lächelte. Das mürrische Gesicht von Juliette vergaß Samantha lieber gleich wieder. Das Mädchen war einfach für nichts zu begeistern. Abgesehen davon, wenn es am Abend nach Hause ging. Dann war es plötzlich guter Dinge.

Danach sah sie sich das Esszimmer an. Im Kamin brannte ein Feuer und es war schon angenehmer als an den Tagen davor. Als sie das große Esszimmer zum ersten Mal gesehen hatte, hatte sie sich an den Nordpol versetzt gefühlt, weiße Laken wie Berge von Schnee über den Möbeln und Eiseskälte. Beim Blick an die weiße Stuckdecke hatte sie eigentlich Eiszapfen erwartet.

Nun war der Tisch bereits gedeckt. Man hatte Staub gewischt und die Laken waren verschwunden. Auch hier fehlten noch Blumen.

„Sie haben gute Arbeit geleistet, Mrs Abernathy. Sagen Sie das auch dem Personal. Ich hoffe, Brandon hat dieses Mal geholfen. Ich gehe jetzt in den Garten. Wo finde ich eine Schere und Handschuhe?", fragte sie die Hausdame.

„Im Gartenhaus hinter der Rosenhecke, My Lady", antwortete Mrs Abernathy.

Auf das Lob ihrer Herrin antwortete sie nicht.

Sie drehte sich um und ging aus dem Zimmer. Ihr Kleid raschelte, wie ein zu lange gestärktes Unterhemd. Samantha hörte es noch eine ganze Weile, bis die Hausdame im Obergeschoss verschwunden war. Das Geräusch der zufallenden Tür schien im gesamten Haus nachzuhallen.

Woher kannte sie das Geräusch eines gestärkten Unterhemdes? Es erinnerte sie an lange vergangene Zeiten. Ein Mann mit einem kratzigen Bart beugte sich lächelnd über sie und eine Frau saß an ihrem Bett. Sie war krank und ihre Eltern saßen bei ihr, um sie zu trösten. Da war es, dieses Geräusch. Als sich ihr Vater erhob, ihr zuwinkte und das Zimmer verließ. Die Hausdame hatte in der Tür gestanden und die Szene mit ihrem eisigen Blick verfolgt. Mrs Abernathy. Wo war dieses Kinderzimmer eigentlich? Es musste doch hier im Haus sein? Aber Samantha erinnerte sich nicht. Es war schon so lange her. Wahrscheinlich im Westflügel, der nicht mehr benutzt wurde.

Und dann schlug auch noch diese vermaledeite Uhr in der Halle die volle Stunde. Sie bekam einen furchtbaren Schreck. Ihre Hände zitterten. Sie erwachte aus einem Tagtraum. Gut, dass Brandon das nicht gesehen hatte. Er würde sich wieder über sie lustig machen. Lange sah sie sich das nicht mehr an, dann würde sie Mrs Abernathy und ihren Sohn entlassen.

Schon Mittag, dachte Samantha, *ich muss mich sputen.*

Das Gartenhaus war vor langer Zeit die Wohnung des Gärtners gewesen. Nun lag es wie im Dornröschenschlaf. Die Rosenhecke war verwildert und hatte den größten Teil des Hauses überwuchert.

Samantha musste sich hindurchkämpfen. Das hatte Mrs Abernathy sicher gewusst und sie mit Absicht in diese Ruine geschickt. Samantha beglückwünschte sich, dass sie sich im Bootroom einen alten Regenmantel übergezogen hatte. Sonst wäre ihr schönes Kleid bereits in Fetzen.

Wahrscheinlich lachte sich Brandon grad kaputt über ihre Dummheit.

Endlich hatte sie die Tür erreicht. Sie musste sehr fest drücken, um sie zu öffnen. Das schummrige Innere war eine Ansammlung zusammengewürfelter Möbel. In der Ecke unter dem schmutzverkrusteten Fenster stand ein Sofa. Eine Mäusefamilie hatte sich diesen Ort als Wohnsiedlung erkoren. Überall roch es nach Maus und das Innenleben des Sofas ragte heraus. Davor stand ein runder Tisch. Der Gärtner hatte seine Wohnung scheinbar übereilt verlassen. Auf dem Tisch standen sogar noch ein Teller und ein Becher mit zweifelhaftem Inhalt. Auf dem Fußboden türmten sich leere Whiskyflaschen.

An der hinteren Wand war eine weitere Tür. Sie war verschlossen. In dieser Ecke roch es noch schlimmer als vorn am Sofa. Samantha wollte sich nicht vorstellen, was in dem hinteren Zimmer lag. Neben der Tür stand ein Regal mit Blumentöpfen, Spaten und anderen Gartengeräten. Dort fand sie eine leicht verrostete Schere und Handschuhe. Auf die Handschuhe verzichtete sie lieber. Sie sahen aus, als hätte auch darin zumindest eine Maus übernachtet. Sie griff sich einen Korb aus der Ecke und ging so schnell wie möglich wieder hinaus an die frische Luft. Sie sog tief den Atem ein.

Es war nicht so einfach, in diesem wilden Garten etwas

Vernünftiges für die Vase zu finden. Schließlich entschied sie sich für Astern, die noch in voller Blüte standen. Sie nahm auch noch etwas von dem goldfarbenen Schleierkraut, das hier in riesigen Mengen wild wuchs. Das sollte genügen.

Einige Blumen brachte sie in das Schlafzimmer ihrer Freundin Fedora. Den Rest verteilte sie auf Vasen im Esszimmer und in der Halle.

Nun konnten die Gäste kommen.

Samantha wusch sich die Hände im unteren Badezimmer und ging dann in die Bibliothek, um sich aufzuwärmen. Es war kalt draußen gewesen. Sehr kalt. Feiner Nieselregen hatte eingesetzt.

Sie war nervös.

Ein Glas Whisky würde helfen.

Sie öffnete den Globus und griff dann doch wie in Trance zu der Sherrykaraffe.

Der Bentley fuhr langsam durch den kleinen Ort. Lady Fedora konnte nicht glauben, dass ihre aufgeweckte, lustige Freundin hier am Ende der Welt wohnen würde. Das erschien ihr alles so surreal.

Die niedrigen Häuser in Rosefield, was für ein vollkommen unpassender Name, duckten sich wie Schutz suchend aneinander. Vor den Häusern standen Leute und sahen dem ungewohnten Anblick eines so schicken Wagens mit trostlosen Blicken nach. Hier im Ort hatte nur der Lord of Rosefield ein vergleichbares Fahrzeug.

Niemand schien etwas zu sagen oder unterbrach sofort das Gespräch. Sie blickten ihnen nur mit halb geschlossenen

Augen nach. Sprachlos. Scheinbar vom Leben enttäuscht. Am Ende des Dorfes sah Gonzales endlich auch ein paar jüngere Bewohner. Die Jungs spielten auf der Straße Fußball. Er hielt an und kurbelte das Fenster hinunter.

„Jungs, hört mal, wo geht es hier zum Haus der Lady Eglington?"

Einer der größeren Jungen kam langsam mit dem Ball unter dem Arm herangeschlendert.

„Tolles Auto habt ihr da. Ein Bentley, oder? Ein Rolls Royce wäre noch besser." Der Junge blickte sich grinsend zu seinen Freunden um.

„Das ist ein Bentley, ja. Kannst du mir helfen mit dem Weg?", wollte Gonzales wissen. Der Junge grinste.

„*Aye*, kann ich." Damit war der Satz beendet.

„Und wo geht es hier zum Haus?", versuchte Gonzales es erneut. Er musste sich zusammenreißen.

„Haben Sie mal ne Zigarette? Vielleicht fällt mir der Weg dann wieder ein", sagte der Bengel grinsend.

Gonzales stieg nun doch aus.

Er griff in die Tasche der Fahrertür und beförderte eine braune Papiertüte hervor.

„Die Tüte ist voll mit Süßigkeiten. Die würde ich einsetzen, Zigaretten haben wir nicht", sagte er und hielt die Tüte hoch.

Der Junge sah zu seinen Kumpanen zurück und die nickten schnell mit den Köpfen. „*Aye*, gut, Sie müssen hier links fahren, über die alte Brücke, wenn sie noch da ist, dann durch das Tor mit dem kleinen Haus und den engen Weg durch. Ganz hinten ist das olle Haus. Aber die alte Eglington ist schon Wurmfraß. War eine richtige Schreckschraube. Die Würmer werden keinen Spaß an ihr haben, es sei denn, sie mögen Sherry", meinte der Junge, lachte schallend und hielt seine Hand auf.

Gonzales reichte ihm grinsend die Tüte und der Junge rannte schnell davon. Nicht, dass der fremde Mann seine Beute zurückhaben wollte. Die anderen Jungs grölten über den Sieg.

„Gut gemacht, Gonzales", polterte Sir Percival und lachte über den Eifer der Jungs beim Verteilen der Beute.

Der Bentley fuhr weiter. Die Brücke über den Fluss war nicht sehr breit. Etwa nur einmal die Breite eines Autos. Sie bestand aus Holz und schien schon des Öfteren geflickt worden zu sein.

Der Fluss *Misneach* schlängelte sich in breiten Kurven durch die Landschaft. Den Namen hatte Beanstock im Autoatlas gelesen, der auf seinen Knien ruhte. Gonzales war etwas verschnupft gewesen, als der Butler den Atlas aus der Seitentasche genommen hatte und die gesamte Strecke mit dem Finger abgefahren war. Aber dann hatte es dem Spanier gefallen, da Beanstock immer mal wieder eine kurze Information zu einer Sehenswürdigkeit gehabt hatte.

„*Misneach*, wieder so ein seltsamer Name. Was das wohl bedeutet?", fragte Gonzales.

„Das ist schottisches Gälisch, wie es die Köchin im Haus der Familie Morris gesprochen hat. Hier im Atlas steht der englische Name. Es bedeutet *Mut*. Vielleicht war der Fluss in früheren Jahren reißender, sodass man Mut brauchte, ihn zu überqueren. Er erscheint mir nicht sehr wild", erklärte der

Butler mit Blick aus dem Fenster. Er wunderte sich wieder einmal über die Namensgebung für Flüsse oder Dörfer in der Vergangenheit. Das Dorf hatte sicher niemals ein Feld voller Rosen gesehen und der Fluss war eher ein säuselnder Bach.

„Im Herbst, also jetzt, beginnt die Sturmzeit. Ich kann mich erinnern, dass Samantha einmal davon erzählte, wie die Brücke von dem reißenden Fluss mitgerissen wurde. Er kann also anschwellen, wenn er Lust dazu hat", erklärte Lady Fedora und sah ängstlich hinaus.

„Das wollen wir nicht hoffen. Dann sitzen wir hier fest. Es gibt nur diese Zufahrt. Das Haus ist wie eine Insel auf den Klippen", sagte ihr Gatte und streichelte ihr beruhigend über die Hand.

Der Weg zog sich ewig durch den dichten Wald. Den Reisenden im Wagen schien es ständig kälter und dunkler zu werden. Lady Fedora legte sich eine Decke über die Knie. Die Vegetation kam so nah an den Bentley heran, dass Gonzales sehr aufmerksam sein musste, damit der Lack keinen Schaden nahm. Nachdem sie endlich das Torhaus hinter sich hatten, ging es noch eine Weile weiter durch die enge Straße. Nach einer weiteren Biegung stand das Haus plötzlich vor ihnen. Es war so plötzlich da, dass man erschreckte. Grau und abweisend ragte es in den stürmischen Himmel. Sir Percival drückte erneut die Hand seiner Gattin.

„Das Ding sollte deine Freundin schnellstens verkaufen. Da bekommt man ja vom Hinsehen schon Gänsehaut. Sehen wir uns das Innere an, aber ich befürchte, es wird nicht besser. Siehst du, wie mitgenommen die Fassade und das Dach wirken? Da müsste dringend etwas getan werden, sonst fällt noch etwas herab", sagte Sir Percival.

In diesem Moment öffnete sich die Tür und Lady Fedoras Freundin kam herausgelaufen.

„Oh Gott. Ich hätte sie fast nicht erkannt", flüsterte sie ihrem Mann zu. „Sie ist völlig verändert. So mager."

„Du hast sie ja auch schon sehr lange nicht gesehen, meine Liebe", meinte ihr Gatte und lächelte ihr aufmunternd zu. Aber in seinem Inneren dachte er, *diese Frau kann unmöglich im gleichen Alter wie Fedora sein. Sie sieht viel älter aus und so abgehärmt.*

Samantha hatte inzwischen die hintere Autotür aufgerissen, bevor es Gonzales tun konnte.

Dann lag sie ihrer Freundin in den Armen und schluchzte herzerweichend. Beanstock sah Gonzales an. Der Chauffeur sagte lieber nichts. Es war alles sehr seltsam.

Hinter der Hausherrin kam ein weiteres Gespenst langsam die Treppenstufen herab. Eine große, magere Person in einem langen schwarzen Kleid mit eng nach hinten gesteckten Haaren und einem Ausdruck im Gesicht, der sogar den abgebrühten Gonzales zum Erschauern brachte. Neben ihr lief ein älterer Mann in einem braunen Arbeitsanzug, der auch schon bessere Tage gesehen hatte.

„Darf ich Euch Mrs Abernathy vorstellen? Sie ist hier der Hausdr ...", Lady Eglington unterbrach ihre Rede. „Sie ist unsere Hausdame. Ihr könnt Euch mit allem an sie wenden. Der Herr dort ist Walter, er wird Eure Koffer nehmen. Bitte kommt doch herein."

Lady Fedora lächelte angestrengt.

Sie wollte ihrer Freundin nicht die Freude verderben.

Beanstock und Gonzales nahmen das Gepäck aus dem Kofferraum und halfen Walter.

„Ich mache hier das Feuer", sagte Walter leise zu den beiden.

„Aja, interessant", meinte Gonzales und Beanstock räusperte sich.

Gemeinsam brachten sie die Koffer der Baronets in das grüne Zimmer im Ostflügel. Ein paar Türen weiter war das Schlafzimmer der Lady Samantha. Dann zeigte Walter den beiden Herren ihre Zimmer. Das war ein weiterer Schock. Die oberste Etage war dunkel und kalt. Die beiden Zimmer lagen zum Glück nebeneinander gleich an der Treppe. Sie waren auf das Einfachste eingerichtet. Ein Bett, ein Schrank, eine Kommode, ein Stuhl, ein Kamin. Wenigstens brannte darin ein angenehmes Feuer und daneben lag genug Holz. Das Bad befand sich am Ende des Flurs. Beanstock hatte kein gutes Gefühl, wenn er daran dachte.

„Ich mache die Kamine", ließ Walter verlauten, stellte die Koffer ab und ging.

„Das ist sehr schön, Walter!", rief Beanstock ihm nach.

Er sah auf seine Uhr. Höchste Zeit, sich um die Garderobe zu kümmern. In weiser Voraussicht hatte er die Zofe Lady Fedoras gebeten, vor allem warme Kleidung einzupacken. Das machte sich nun bezahlt. Wenn es überall im Haus so ungemütlich war, sollten die Baronets vor einer Erkältung geschützt werden.

Gonzales zog seine gute Chauffeuruniform aus und einen dunklen Anzug an.

Beanstock wusste, dass es im Haus kaum Personal gab.

Deshalb hatte er ihm vor der Abreise empfohlen, einen Anzug einzupacken, in dem er zur Not servieren könnte.

Nachdem der Butler das Zimmer der Baronets inspiziert hatte, begann er die Kleidung aufzuhängen. Als er sich mit einem Kleid in der Hand vom Koffer aufrichtete, stand diese Dame in der Tür. Er hatte sie nicht kommen hören und bekam einen Schreck. Klopfte eigentlich in diesem Haus niemand an?

Er räusperte sich und sah die Hausdame fragend an.

Sie stand in ihrem langen Kleid mit gefalteten Händen und einem zusammengepressten Mund in der Tür und beobachtete Beanstock.

„Was kann ich für Sie tun, Mrs Abernathy?", fragte er.

„Sie können, wenn Sie hier fertig sind, in die Küche kommen und das Dinner servieren. Wir werden es ansonsten nicht schaffen. Ich hoffe, dieser Ausländer ist kein Tollpatsch. Das Geschirr ist sehr kostbar und alt", sagte sie hoch erhobenen Kopfes.

Das war dann doch zu viel für Beanstock.

„Mrs Abernathy, wir wollen eins von Anfang an klären. Der Chauffeur Enrico Gonzales ist kein Ausländer! Er ist ein hoch angesehenes Mitglied des Haushaltes von Parsley Manor. Ich bin vor allem den Baronets verpflichtet. Gern werde ich Ihnen bei den Mahlzeiten zur Hand gehen. Ich hoffe, wir verstehen uns, Mrs Abernathy", sagte der Butler in einem sehr ruhigen Ton und lächelte die Hausdame dabei an.

Die Dame wurde noch etwas blasser, als sie ohnehin war.

Dann wurde ihr Mund zu so einem schmalen Strich, dass Beanstock dachte, sie hätte den Mund nach innen geklappt.

Sie drehte sich auf dem Absatz um und verließ ohne ein Wort den Raum. Beanstock streckte den Rücken durch und fühlte sich gut.

Gonzales steckte seinen Kopf durch die Tür, grinste breit und hielt den Daumen hoch.

Dieser Gonzales kam immer im ungünstigsten Augenblick, dachte Beanstock. Dann schickte er den Chauffeur nach unten in die Küche und trug ihm auf, ein Auge auf diese seltsame Hausdame zu haben. Da war noch mehr, als Beanstock im Moment sagen konnte. Er musste sich zuerst ein Bild von den Verhältnissen im Haus machen.

Gonzales hielt die Hand wie zu einem militärischen Gruß an den Kopf und machte sich auf den Weg.

In der Küche brodelte und knisterte es in Topf und Pfanne. Die Köchin Mrs Brans war in ihrem Element. Als sie Gonzales sah, stellte sie sich kurz vor und drückte ihm einen Löffel in die Hand.

„Los, kosten Sie die Suppe. Ich habe die so lange nicht machen dürfen. Ich hoffe, sie ist gut", sagte sie und rührte weiter wie besessen in einem Topf.

Am Tisch saß das Hausmädchen Juliette und zwinkerte dem Chauffeur zu. Sie putzte Möhren und schien es zu hassen. Mrs Brans drehte sich zu ihr um und gab ihr mit einer Geste zu verstehen, sich zu beeilen. Juliette verdrehte die Augen. Sie war knapp zwanzig Jahre alt, stammte aus Aberdeen und war seit einem Jahr hier im Haus.

Ihre Eltern hatten sich gefreut über die Anstellung bei Lady Sherry, aber Juliette auf keinen Fall. Sie fühlte sich zu Höherem geboren.

Ihr Traum war es, nach Amerika zu gehen und ein Star zu werden. In Aberdeen hatte sie neben ihrer Ausbildung einen Schauspielkurs belegt. Ihr Lehrer hatte ihr beim Abschied einen guten Rat versucht zu geben.

„Du solltest versuchen, mit deinem Aussehen zu punkten, mein Kind. Mit der Schauspielerei wirst du nicht weit kommen. In Hollywood werden immer hübsche Gesichter gesucht. Du musst dich durchbeißen", hatte er gesagt und den Kopf geschüttelt über das Mädchen. Am liebsten hätte er ihr das Geld für den Kurs zurückgezahlt, aber er war keine Wohltätigkeitsorganisation und es waren Rechnungen zu begleichen.

Sie wusste, dass sie gut aussah mit ihrem langen lockigen blonden Haar. Die natürliche Farbe ihres Haars war braun, aber das erschien ihr langweilig. Also hatte sie sich die Zeitschriften angesehen und Grace Kelly erschien ihr passend. So wollte sie aussehen. Sie kopierte, wo sie konnte. Geld hatte sie sich zurückgelegt und bald konnte es losgehen. Ihren Eltern würde sie nichts erzählen. Das würden die nicht verstehen. Nur noch ein paar Pfund, dann hatte sie genug für die Reise in die USA. Seitdem Lady Sherry tot war, hatte sie heimlich während ihrer Arbeit die Zimmer nach wertvollen Dingen durchsucht. Leider war dieser Drache so oft in ihrer Nähe. Mrs Abernathy verfolgte ihre Tätigkeiten wie ein Luchs. Die führte sich hier auf, als würde ihr das Haus gehören. Aber ihre Stunde würde schon noch kommen.

Nun waren Gäste im Haus. Vielleicht war da etwas zu holen.

Schade nur, dass dieser Chauffeur so gar nicht auf sie

ansprang. Er lächelte, aber das war es auch schon. Vielleicht musste sie ihn etwas mehr umgarnen. Etwas Ablenkung in diesem Gruselhaus war schön.

Es wurde Zeit für die Suppe.

Beanstock war inzwischen gekommen und servierte zusammen mit Gonzales die Suppe.

Dann kümmerte er sich um die Getränke, die reichhaltig vorhanden waren. Er schrieb das hauptsächlich der vorherigen Besitzerin des Hauses zu.

Kurz bevor die Suppe serviert wurde, kam noch ein Gast zum Essen. Samantha stellte ihren Freunden den Lord of Rosefield vor. Der kleine Lord Blaan kam freudestrahlend hereingehüpft. Anders konnte man seinen Gang nicht beschreiben. Er trug einen dunklen Anzug und sah sehr respektabel aus ohne diese hässlichen Knickerbocker. Wie selbstverständlich nahm er neben der Hausherrin Platz und griff sich sofort das Weinglas. Es musste nachgeschenkt werden.

Erst wollten die Gespräche am Tisch im Esszimmer nicht recht vorankommen.

Lady Fedora sah ihre Freundin immer wieder einmal abschätzend an. Sie erkannte ihre lebenslustige Samantha nicht mehr. Hier am Tisch saß eine Fremde. Sie traute sich kaum, sie mit Sunny anzusprechen, und hatte stattdessen nun die Dame des Hauses mit Samantha betitelt. Die neue Lady Eglington hatte sich nicht darüber gewundert.

„Was hast du nun vor, Samantha. Willst du das Haus schnellstmöglich veräußern? Hast du schon ein Maklerbüro beauftragt?", fragte Lady Fedora.

Samantha sah sie entgeistert an.

„Wie kommst du denn auf diese Idee? Dieses wunderschöne Haus verkaufen? Nein, ich werde natürlich hierbleiben. Warum will alle Welt, dass ich verkaufe?", sagte sie etwas zu laut in die Runde. Es entstand wiederum peinliche Stille.

Lord Blaan räusperte sich.

„Nun, es wäre doch vielleicht einen Gedanken wert, meine liebe Samantha. Ich wäre Ihnen gern behilflich. Es ist doch so ein zugiger Kasten am Ende der Welt. Haben Sie sich in London nicht besser gefühlt?", fragte er und sah scheinbar lauernd auf Zustimmung in die Runde.

Mrs Abernathys Blick war undurchschaubar. Entweder hasste sie den kleinen Lord Blaan abgrundtief oder sie war erbost wegen des Vorschlags Lady Fedoras, das Haus zu veräußern.

Sir Percival war hoch erfreut, als das Ende des Essens in Sicht kam. Er wollte diesen Abend so schnell wie möglich beenden. Der Nachtisch war eine Ansammlung von Obst. Mrs Brans hatte einen Kuchen gebacken und Juliette nur diese eine Aufgabe gegeben. „Achte auf den Kuchen, zehn Minuten sollten reichen. Ich muss Kartoffeln aus dem Keller holen." Sie musste das tun, da Juliette sich weigerte, in den Keller zu gehen. Das Haus war schon gruselig genug, aber der Keller war am schlimmsten, meinte das Mädchen.

Dieser kurze Moment hatte gereicht und der Kuchen war verdorben gewesen. Der Rauch aus dem Herd war bis in die Halle gedrungen.

Mrs Brans hatte die Kartoffeln mitten in der Halle fallen lassen und war, so schnell sie konnte, in die Küche gelaufen.

Aber es war zu spät gewesen. Wo war Juliette gewesen? Sie hatte am Fenster gesessen, ihre Fingernägel gefeilt und sich über die Schimpfkanonade der Köchin gewundert.

Also gab es als Nachtisch Obst.

Nun saß die Gesellschaft in der Bibliothek und Beanstock servierte aus dem Globus Getränke.

Vor den hohen Fenstern, die bis zur Erde gingen, toste der Sturm. Beanstock sah Gischt über den Rasen fliegen.

Lord Blaan fixierte Lady Eglington lauernd. Lady Fedora sah interessiert in ihr Glas. Sir Percival stand an einem Regal und begutachtete die Bücher, die sich dort ungeordnet stapelten. Samantha sah mit weit aufgerissenen Augen zur offenen Tür der Bibliothek und wedelte ab und zu mit der Hand. Beanstock sah zur Tür. Aber in diesem Moment wurde sie von außen geschlossen. Gab es hier einen Mitarbeiter, den man noch nicht kennengelernt hatte?

„Da sind ein paar beeindruckende Erstausgaben in Ihrem Buchbestand, Lady Eglington", erklärte Sir Percival. „Nehmen Sie sich einen Fachmann und lassen Sie die Bücher katalogisieren. Das gibt sicher einige Entdeckungen für die Welt des geschriebenen Wortes", setzte er hinzu und lachte schallend. Niemand lachte mit ihm. Lady Fedora sah ihn mit großen Augen an. Da war der kleine Baronet still.

Endlich war der Abend so weit fortgeschritten, dass man sich, ohne unhöflich zu scheinen, verabschieden konnte. Lord Blaan war bereits vor einer Stunde davongefahren. Er hatte mit Blick auf den tosenden Sturm gemeint, er sei besser in seinem Cottage in Rosefield aufgehoben. Dabei betonte er gegenüber Lady Samantha besonders, wie kuschelig warm es dort jederzeit war und wie wunderbar gemütlich. Die Hausherrin verstand seine Anspielung nicht.

Sir Percival begab sich zusammen mit Beanstock in das grüne Zimmer und ging zu Bett. Nachdem der Butler sicher war, dass er versorgt war, fragte er Lady Fedora in der Bibliothek, ob sie noch etwas brauchen würde.

„Danke, Beanstock, gehen Sie auch zu Bett. Es war ein langer Tag für Sie. Bis Morgen", sagte sie und sah ihm traurig nach. Sie hatte sich vorgenommen, allein mit Samantha zu sprechen. Vielleicht konnte sie so erfahren, was in ihrer Freundin vorging. Sie machte sich entsetzliche Sorgen.

Die Dienstboten des Hauses waren vor einer Stunde gegangen. Mrs Abernathy hatte sich in ihr Zimmer neben der Küche zurückgezogen. Brandon war wie immer im Haus unterwegs und hatte nichts zum Gelingen des Abends beigetragen. Samantha hatte es inzwischen aufgegeben und sagte nichts mehr über seine Faulheit. Auf den Abrechnungen der Dienstbotengehälter stand nur Mrs Abernathy. Ihr Sohn tauchte nicht auf. Also warum sollte Samantha etwas sagen.

Adelshäuser hatten in den vergangenen Jahrhunderten doch auch ab und zu einen Hofnarren im Haus. Dann war Brandon eben ihr Hofnarr. Sie hatte sich abgefunden. Würde das jetzt so weitergehen? Dass sie sich mit allem abfinden würde?

Lady Fedora setzte sich neben ihre Freundin und sah ihr beunruhigt ins Gesicht. Sie schien in Gedanken zu sein. Weggetreten war fast der richtige Ausdruck.

„Geht es dir gut, Samantha?", fragte sie, als sie mit ihr allein in der Bibliothek war.

„Es ging mir am Anfang nicht so besonders gut, nein. Aber nach einiger Zeit habe ich das Potenzial erkannt. Ich kann hier etwas bewirken, da bin ich sicher. Es ist alles in Ordnung und ich wäre Euch nicht böse, wenn Ihr morgen wieder abreisen würdet. Wirklich, dein Besuch ist sehr nett, aber ich komme hier zurecht. Ich muss mich um den Familienbesitz kümmern. Er braucht mich", antwortete Lady Samantha Eglington.

„Das Haus braucht dich? Aber du warst doch so glücklich in London. Auch wenn deine Ehe in die Brüche ging, hattest du doch dort ein gutes Leben. Was ist mit deiner Arbeit? Du warst eine gute Journalistin. Es hat dir doch immer solchen Spaß gemacht", sagte Lady Fedora überrascht.

„Sicher, ich hatte eine schöne Zeit, aber hier ist es anders. Ich bin jetzt Lady Eglington und habe mich um alles zu kümmern", erklärte sie mit einem seltsamen Gesichtsausdruck, der sie scheinbar in eine weit entfernte, rosige Zeit entführte.

Das überraschte nun Lady Fedora wirklich. Seit wann war Samantha so egoistisch, sie durch das ganze Land zu jagen, um Hilfe zu flehen und dann zu meinen, sie könne wieder abreisen? Das ergab so wenig Sinn, dass es wehtat. So schnell würde sie ihre Freundin nicht aufgeben. Da war doch noch etwas Anderes. Sie sollte auf jeden Fall noch einige Tage abwarten.

„Nun haben wir die lange Reise gemacht, meine liebe Samantha, nun bleiben wir auch einige Tage hier, wenn es dir nichts ausmacht", erklärte sie ihrer Freundin.

„Wie du meinst, Fedora", war die Antwort.

Lady Fedora wünschte ihr eine gute Nacht und ging aus

der Bibliothek. Auf der Treppe nach oben hatte sie das Gefühl, beobachtet zu werden. Sie wusste, dass die Dienstboten im Torhaus waren. Es könnte also nur Mrs Abernathy hier noch rumspionieren. Diese Frau war ihr mehr als unsympathisch. Kalter Schauer lief ihr über den Rücken. Irgendwo stand ein Fenster offen. Ein kalter Windzug streifte ihr Gesicht. Sicher kam das von der allgemeinen Kälte hier im Haus. Sie schüttelte die dummen Gedanken ab und lief schnellstens nach oben zu ihrem Gatten. Auf halber Treppe schlug diese fürchterlich laute Uhr in der Halle und donnerte ihre zwölf Schläge durch das gesamte Haus.

Das Ding hätte ich sofort entsorgt, dachte Lady Fedora und hielt ihre Hand gegen das laut klopfende Herz in ihrer Brust. Dann lief sie schnellstens weiter.

Hinter einer Säule erschien ein Schatten.

Brandon trat hervor und sah My Lady nach. Dann ging sein Blick zur Bibliothek. Er lächelte.

Viele Meilen entfernt saß Inspector Duff über dem Autopsiebericht des Chauffeurs Roger Felton. Komische Dinge waren bis jetzt zum Vorschein gekommen. Außer, dass Mr Felton ein stadtbekannter Randalierer war, stand eine Verurteilung wegen Erpressung mit auf einer langen Liste von Vergehen. Er trank gern zu viel, brauchte dementsprechend Geld und hatte sich mit wahrscheinlich gefälschten Papieren die Stelle bei der alten Lady Eglington erschwindelt.

Seine Kollegin, Sergeant Jamie Lamond, kam mit einem Stapel Akten in das Büro und sah die Falten auf der Stirn ihres Vorgesetzten.

„Was bekümmert deine Denkerkammer, Duffy?", fragte sie belustigt. Die beiden kannten sich schon ewig. Dass eine Frau an seiner Seite erstens Sergeant und zweitens auch noch eben eine Frau war, wurde in der Polizeistation Aberdeen nicht von jedem akzeptiert. Die männlichen Kollegen machten sich lustig über das ungleiche Paar. Es war immer noch eine Männerdomäne und man nahm dem Inspector übel, dass er sie den anderen als Partner vorgezogen hatte. Aber seine Aufklärungsstatistik war gut und so würde der Chef nichts dazu sagen. Trotzdem war es für Jamie Lamond ein ewiger Kampf und die Beförderung zum Inspector lag in sehr weiter Ferne. Sie war eine gedrungene Person, liebte schottische Backwaren abgöttisch, denen sie die rundlichen Formen verdankte. Sticky Toffee Pudding, ein Biskuitkuchen mit reichlich Toffeesoße, Black Bun zur Weihnachtszeit mit sehr viel Marzipan darin und die schottischen Shortbread Kekse, die sie am liebsten selbst herstellte, waren ihre Leidenschaft.

Warum diese süßen Dinge bei ihr ein neues Röllchen am Bauch verursachten, aber bei ihrem Kollegen, dem Inspector, nicht, erschloss sich Jamie nicht. Wahrscheinlich lag das an seiner ewigen Pfeife, die fast ununterbrochen aus seinem Mundwinkel ragte, ob sie nun qualmte oder nicht. Das redete sie sich ein, auch wenn es nicht stimmte.

Sie waren ein gutes Team. Inspector Duff mit den roten Haaren und dem Aussehen eines schottischen Nationalhelden, wenn man von der Pfeife im Mund absah, und Sergeant Jamie Lamond, klein und gedrungen, mit sehr kurz geschnittenem schwarzen Haar und einem feinsinnigen Humor, den der ein oder andere im Revier bereits zu spüren bekommen hatte.

Sie beugte sich über den Autopsiebericht und las. Dann sah sie den Inspector besorgt an.

„Was soll das denn bedeuten? Der hatte ja eine Portion Schlafmittel im Blut, das eine Herde Schafe mitsamt dem Schäfer und seinen Hütehunden umgehauen hätte. Kein Wunder, dass er ungebremst ins Meer fuhr. Was hältst du davon, Duffy?", fragte sie.

„Was ich davon halte? Ich denke, wir sollten uns auf jeden Fall noch einmal mit der neuen Lady Eglington unterhalten. Mit dem Personal wollte ich auch noch reden. Da ist doch dieser Hausdrache angestellt, die Abernathy. Da muss ich mir erst mal Mut antrinken, bevor ich nochmals hinfahre. Du kommst mit. Kommst du auch mit in den *Raven*? Ich zahle", sagte er und wusste genau, dass Jamie darauf anspringen würde.

Der *Raven* war ein alter Pub in der Castle Street ganz in der Nähe des Polizeihauptquartiers. Vor allem bei kniffligen Fällen saßen sie gern hier und überdachten ihre Möglichkeiten. Das Bier war gut und der Whisky noch besser. In Sherryfässern gereifter *Glen Morray*, ein Gedicht.

An diesem Abend fanden sie noch keinen Ansatz für diesen Fall. Es war seltsam verwirrend.

Was hatte Roger Felton vorgehabt? Warum war er so schnell nach dem Tod der alten Lady verschwunden? Hatte er etwas mitgehen lassen, was man der Polizei verschwieg? Oder waren die Gründe noch viel schwerwiegender? Und wie kam diese Menge Schlafmittel in seinen Körper, bevor er einen Ausflug über die Klippen bei Rosefield gemacht hatte?

Stürmische Zeiten

Wie gewohnt stand Beanstock am nächsten Morgen früh auf und machte sich bereit für den Tag. In dieser Umgebung war das schwierig zu bewerkstelligen. Das Bad am Ende des Flurs war eine Zumutung. Also hatte er sich am Abend vorher einen Eimer und Seife aus der Küche besorgt und das Bad gesäubert.

Er ging in die Küche, setzte Teewasser auf und stellte Tassen, Zucker und Sahne auf ein Tablett. Er hatte einige Zeit gebraucht, den Tee zu finden. Die Ordnung in den Schränken dieser Küche war extrem vernachlässigt worden. Es zuckte in seinen Fingern, diese Situation zu ändern, aber sollte er sich mit Mrs Abernathy anlegen? Das war inakzeptabel. Die Aufgabe war, so gut es ging, den Aufenthalt zu erleichtern.

Gonzales erschien gähnend in der Tür. Er setzte sich an den langen Holztisch und sah in die Runde.

„Ist noch niemand hier bei der Arbeit? Wie spät ist es, Mr Beanstock?", fragte er.

„Es ist bereits acht Uhr!", erklärte Beanstock mit einem

Unterton, der Gonzales sofort klarmachte, dass auch dieser Tag nicht gut laufen würde.

„Ich werde den Baronets den Morgentee bringen. Die Herrschaften werden um neun Uhr das Frühstück einnehmen. Ich bin sofort zurück und werde mich darum kümmern. Sehen Sie doch bitte schon einmal, wie es um die Vorräte in der Speisekammer bestellt ist."

„Das wird wohl kaum nötig sein. Ich kümmere mich an jedem Morgen um das Frühstück. Sie können beim Servieren helfen. Wo ist die Köchin?", sagte in diesem Moment die Hausdame, die wie ein Schatten plötzlich aus dem Nebenraum erschienen war.

Beanstock räusperte sich, griff das Tablett und verließ den Raum, ohne Antwort zu geben.

Gonzales rutschte nervös auf seinem Stuhl herum und sah die Hausdame nicht an. Er befürchtete, dass die Dame den bösen Blick hatte und schwarze Magie praktizierte. Vielleicht war das ihr Flugbesen dort in der Ecke, auf den sie sich in der Nacht schwang und um die Häuser flog. Er sah den armen Besen beunruhigt an.

Mrs Abernathy setzte neues Teewasser auf den Herd und holte ein kleines Tablett mit Marmeladen und Butter aus dem Vorratsraum. Dann begann sie Toast zu rösten und stellte die knusprigen Dreiecke anschließend in einen Toastständer.

Mehr bereitete sie nicht vor.

Sie drückte Gonzales ein großes Tablett in die Hand, füllte es mit den vorbereiteten Dingen und schickte ihn mit einem Wedeln der Hand zum Speisezimmer.

Sie folgte ihm.

Dort angekommen deckte sie den Tisch mit dem Porzellan aus einem der Schränke. Dann griff sie nach einigen Leinenservietten und legte den Stapel auf Gonzales' Arm.

Er sah die Hausdame fragend an.

Was sollte er damit tun?

Sie wedelte wiederum nur mit der Hand und gab ihm so zu verstehen, dass er ab jetzt der Verantwortliche für das Falten und Legen der Servietten sei. Dann verschwand sie.

Gonzales sah auf den Stapel und hatte ein ganz mieses Gefühl. Wo blieb der Butler?

Sein Versuch, aus der ersten Serviette etwas Passendes zu falten, ging daneben. Er hatte einmal bei Lizzy auf Parsley Manor etwas gesehen, das wie ein Vogel aussah oder etwas Ähnliches. Noch keinen Kaffee getrunken und schon sollte er so etwas bewältigen. Doch dann kam endlich Beanstock. Er sah sofort einen guten Grund, um einzugreifen.

„Was haben Sie da gefaltet, Gonzales? Es sieht ein bisschen wie ein …" Beanstock überlegte angestrengt, während Gonzales sein Objekt stolz hochhielt.

„Also es könnte vielleicht mit sehr viel Fantasie eine Schubkarre sein?", fragte er vorsichtig.

Nun war der Chauffeur enttäuscht.

„Es sollte ein Vogel werden, nunca dejas de aprender, Lizzy kann das besser. Ich bin mehr der Mann für die groben Automobilangelegenheiten."

Er sah die verständnislose Miene des Butlers und übersctzte. „Man lernt nie aus, Señor Beanstock", erklärte Gonzales. Das konnte der Butler nur bestätigen.

Beanstock übernahm die Sache und nach kurzer Zeit standen sorgfältig gefaltete Servietten auf jedem Teller. Er rückte noch die Stühle richtig in Form, drehte den ein oder anderen Teller, sodass das Wappen oben war, drehte an den Tassen den Henkel in eine Richtung und glättete Falten am Tischtuch. Gonzales sah ihm fasziniert zu.

„Können wir jetzt endlich Kaffee trinken gehen?", fragte er drängend.

„Señor Gonzales, gehen Sie bitte schon in die Küche. Ich werde den Herrschaften noch den Tee bringen." Er sah auf seine Uhr und nickte. Es war neun Uhr und die Baronets würden erscheinen. Er sah zur Tür und wartete.

Sir Percival kam hereingeschlichen. Er sah übermüdet aus. Beanstock machte sich sofort Sorgen. Lady Fedora folgte ihm. Auch bei ihr sah man, dass die Nacht alles andere als erholsam gewesen war.

„Hatten Sie eine gute Nacht, My Lady?", fragte er vorsichtig, nachdem er den Tee, frisch gebrüht, aus der Küche geholt hatte.

„Auf gar keinen Fall. Ich glaube, ich habe noch nie in einem so lauten Haus genächtigt. Durch den Kamin hat die gesamte Nacht der Sturm geheult. Es kamen seltsame Geräusche vom Flur und einmal bin ich hochgeschreckt, weil jemand geschrien hat. Mein Gatte meint allerdings, ich hätte mir das eingebildet, aber wir waren beide hellwach", sagte Lady Fedora und nahm am Tisch Platz.

„Aber Darling, wer sollte denn geschrien haben, das war der Wind. Ich habe auch kaum geschlafen. Dieses Haus knarrt und ächzt an allen Ecken. Zeitweise hatte ich den

106

Eindruck, es würden sich Steine bewegen und herabfallen. Hätte ich mich nicht bemüht und investiert, würde sich unser schönes Parsley Manor auch an allen Ecken mit lautem Knarren und Ächzen beschweren", antwortete Sir Percival ganz entgegen seiner Art sehr leise und gähnte hinter vorgehaltener Hand.

Beanstock war in der letzten Nacht auch mehr als einmal aufgestanden und hatte auf dem Flur nachgesehen, da er meinte, Schritte gehört zu haben. Nun waren auch die Baronets nicht zur Ruhe gekommen. Der Einzige, der wie ein Baby geschlafen hatte, war Gonzales. Ihn brachte scheinbar so schnell nichts um seinen Schlaf.

Da sie die Absicht hatten, noch einige Tage zu bleiben, sollte er sich vielleicht nachts im Haus einmal umsehen, ohne dass die Hausdame ständig aus irgendeiner Ecke hervorgekrochen kam. Er wusste, dass Gonzales eine Taschenlampe im Wagen mitführte. Die würde er nehmen und in der nächsten Nacht auf Inspektionstour gehen. Wenn am Tage etwas Zeit war, wollte er sich im Umfeld des Hauses etwas umsehen. Dagegen könnte Mrs Abernathy wohl nichts einzuwenden haben.

Lady Samantha erschien einige Zeit später am Tisch. Sie sah mitgenommen aus.

„Hattest du eine schlimme Nacht, meine Liebe?", fragte Lady Feodora ihre Freundin.

Samantha sah ihre Freundin fragend und unwissend an.

„Wie meinst du das? Ich hatte eine ganz wunderbare Nacht. Hattet ihr denn Probleme? Ich kann euch gern ein anderes Zimmer zurechtmachen lassen."

Lady Fedora schüttelte den Kopf.

„Es ist alles sehr bequem. Mach dir keine Sorgen", sagte sie und ließ sich von dem Butler eine frische Tasse Tee eingießen. Niemand sagte danach noch etwas. Es war eine beklemmende Situation. Und draußen vor den Fenstern tobte schon wieder der nächste Sturm.

Blätter fegten in Massen durch die Luft. Der Himmel war voller dunkler Wolken und es schien bereits wieder Abend zu sein und nicht Vormittag. Irgendwo fiel eine Tür laut ins Schloss und Sir Percival bekam einen Schluckauf vor Schreck. Beanstock goss dem Baronet ein Glas Wasser ein.

„Danke, Beanstock", sagte Sir Percival, immer wieder durch einen tiefen Hick unterbrochen.

Nach dem Frühstück hatte Samantha versprochen, das gesamte Haus zu zeigen. Also gingen die drei Herrschaften durch die Halle und betraten die Treppe. Sie wollten ganz oben beginnen. Das gab Beanstock die Möglichkeit, sich im Außenbereich etwas umzusehen.

Nachdem das Geschirr von dem Hausmädchen abgeräumt war, sah Beanstock im Schlafzimmer der Baronets nach, ob alles in Ordnung war. War es nicht.

Da das Mädchen Juliette erstens ziemlich spät erschienen und zweitens nicht die Schnellste war, wunderte sich der Butler nicht. Er nahm es selbst in die Hand und nach kurzer Zeit sahen Zimmer und Bad aufgeräumt aus. Wenigstens gab es fließendes Wasser.

Warum die Heizung nicht modernisiert worden war, verstand er nicht.

Beanstock tippte auf fehlende Mittel.

Als er das Haus verließ, um sich ein Bild von den Außenbereichen zu machen, fuhr ein Wagen vor. Aus der schwarzen Limousine stieg ein Mann in einem langen Trenchcoat, der sich sofort seine Tabakspfeife in den Mund steckte. Auf der anderen Seite erschien eine junge Frau mit sehr kurz geschnittenem schwarzen Haar, einer schwarzen Hose und einem schwarzen Wollmantel, den sie sich schnell zuknöpfte, als sie die Kälte bemerkte.

Sie sahen den Butler und stellten sich als Inspector Duff und Sergeant Lamond von der Aberdeen Polizei vor.

„Darf ich fragen, wen wir hier vor uns haben? Gehören Sie zum Personal des Hauses?", fragte die junge Frau und griff nach einem Notizblock in ihrer Manteltasche. Als sie den Block hervorzog, purzelte eine Tüte hinterher, aus der sich Bonbons auf den Boden ergossen. Ein buntes Sammelsurium von verschiedenfarbig eingewickelten Köstlichkeiten. Beanstock half ihr, die guten Bonbons wieder aufzusammeln. Sergeant Lamond sah ihren Chef entschuldigend an. Der schüttelte nur mit dem Kopf. Sein Sergeant war eine Naschkatze, daran gab es nichts zu rütteln.

„Diese hier in dem goldfarbenen Papier mit den roten Pünktchen mag mein Pflegekind besonders gern. Sie müssen wissen, wir haben in Parsley Field einen Landmannladen, in dem man wunderbare Süßigkeiten erstehen kann", sagte der Butler und erntete ein Lächeln von Sergeant Lamond. „Und es gibt in London einen begabten Belgier, der diese süßen Dinge selbst herstellt."

„Was Sie nicht sagen? Wie wundervoll. Ich finde, jeder sollte in seiner Nähe einen Süßwarenladen haben. Was bringt schon ein Tag ohne ein süßes Vergnügen? Das ist nicht lebenswert. Und die Arbeit geht noch besser von der Hand", antwortete der Sergeant und sammelte weiter Bonbons vom Boden.

Inspector Duffs Augenbraue ging nach oben und er hüstelte angestrengt. Dann merkten die beiden anderen, dass die Polizei ja in einer anderen Angelegenheit vor Ort war und erhoben sich.

Beanstock erklärte endlich seine Anwesenheit und sagte, dass man als Gast Lady Eglingtons hier sei.

„Wir haben vor, die Angestellten zum Tode des Chauffeurs zu befragen", erklärte Inspector Duff. „Da Sie zu der Zeit nicht anwesend waren, können wir auf Ihre Aussagen verzichten."

In diesem Moment öffnete sich die Haustür und Mrs Abernathy erschien mit einem strafenden Blick zu Beanstock. *Wo diese Frau überall plötzlich erschien,* dachte er. Er hatte sie noch vor ein paar Minuten nach oben gehen sehen. Sie wollte unbedingt bei dem Rundgang der Baronets anwesend sein, hatte sie mit einem beleidigten Unterton verlauten lassen.

„Kommen Sie herein. Es sind alle im Küchenbereich versammelt. Sie können ihre Befragungen in meinem Büro machen", erklärte die Hausdame.

Inspector Duff hielt ein Streichholz an seine geliebte Pfeife.

„Es wäre mir lieber, wenn Sie die Benutzung dieses qualmenden Utensils in unserem Haus unterlassen. Es sind kostbare Stoffe an den Wänden, die Schaden nehmen könnten", erklärte Mrs Abernathy und sah den Inspector böse an. Sie wartete mit dem Rücken zur Tür und verschränkten Armen auf die Reaktion des Polizisten.

Sergeant Lamond grinste. Der Inspector nahm die Pfeife aus dem Mund und wollte sie vor der Tür an einem der ehemaligen Blumenkübel ausklopfen. Der Blick, der ihn nun traf, hätte eigentlich seinen Tod zur Folge haben müssen. Er besann sich schnell und steckte die Tabakspfeife ein.

Natürlich verlor er dadurch ab und zu etwas Tabak aus der Tasche. Zu seinem Glück würde die Hausdame das erst bemerken, als die Polizisten bereits auf dem Rückweg nach Aberdeen waren. Beanstock hatte es wohl gesehen, aber hielt sich zurück. Er hatte andere Dinge zu tun.

Nachdem die Haustür geschlossen war, sah er sich kurz vor dem Haus um, ließ seinen Blick über die Vorderfront gleiten und ging bis zur Einfahrt. Dann hielt er sich rechts und betrat den Garten.

Den ehemaligen Garten, sollte man wohl sagen. Es war unschwer zu erkennen, dass hier dringend die Hand eines Gärtners fehlte. Wildwuchs hatte sich breitgemacht. Hinter einer riesigen Rosenhecke sah man die Umrisse eines Gartenhauses.

Beanstock öffnete die Tür und hielt sich ein Taschentuch vor das Gesicht. Der Gestank war betäubend. Ein Gemisch aus Maus, altem verschimmelten Leder, vergammelten Essensresten und ein süßlicher Geruch nach etwas Unsagbaren. Beanstock vermutete ein totes Tier irgendwo im Gartenhaus. Die anderen Gerüche waren durch das verschmutzte Geschirr und die halb geleerten Flaschen auf dem Tisch und vor dem Sofa zu erklären. Entweder hatte der ehemalige Gärtner oder ein Landstreicher hier gehaust. Beide Dinge waren nicht empfehlenswert. Obwohl es für Beanstock wenig Sinn machte, dass sich in diese seltsame Gegend ein Landstreicher verlaufen haben könnte.

Er verließ das Haus nur zu gern.

Dann folgte er den grauen Mauern rund um das Haus weiter bis zu den Klippen. Der Rasen, ungepflegt und voller Moos, zog sich bis zur Klippe. Beanstock ging vorsichtig darauf zu und blickte über den Rand. Es ging steil hinab. Das Meer unter ihm war aufgewühlt und tobte laut und wütend.

Als er sich erschauernd wegdrehte, stand plötzlich Gonzales vor ihm.

Durch den Lärm des Meeres hatte er ihn nicht kommen hören. Der Chauffeur hatte eine seiner dunklen Zigarillos im Mund und grinste.

„Was tun Sie hier? Ich habe Sie gesucht. Sie sollten nicht so nah an den Rand gehen. Es ist hier ziemlich feucht und glitschig!", rief er durch den brüllenden Wind.

Beanstock nickte und sie gingen schnell zum Haus zurück.

„Ich habe mir ein Bild vom Äußeren des Hauses gemacht. Die Erkenntnis ist, es ist genauso schlimm wie im Inneren. Am Dach sieht man lockere Steine und das einzig Stabile sind hier die Mauern aus dem grauen Granit."

„Sie haben doch etwas vor? Ich sehe an Ihrem Gesicht, dass Sie etwas planen. Was kann ich tun?", fragte Gonzales interessiert, als sie das Haus betraten und in der Halle standen.

„Ich erkläre es Ihnen heute Abend nach dem Dinner. Sie können bitte Ihre Taschenlampe aus dem Bentley holen", antwortete Beanstock leise und mit einem vorsichtigen Blick rundum.

Gonzales rieb sich die Hände und verschwand erneut nach draußen.

Der Bentley stand in der Remise des Anwesens. Da der Wagen der verstorbenen Lady Eglington Schrott war, würde dort wohl auch nicht so bald wieder ein Gefährt parken.

In diesem Moment stand die Gruppe der Hausbesichtiger vor der Tür zum Westflügel. Lady Eglington hatte ihren Freunden bereits das Obergeschoss gezeigt, war aber nicht hineingegangen. Sie erklärte, es sei unbewohnt, bis auf Brandon. Im Moment nächtigten dort der Chauffeur und der Butler der Baronets. Dort gab es nichts zu sehen.

„Brandon sieht man aber sehr selten, oder? Ist er hier richtig angestellt oder gehört er zum Inventar?", fragte Lady Fedora ihre Freundin auf der Treppe nach unten.

„Brandon ist Mrs Abernathys Sohn. Er wird hier scheinbar schon länger geduldet. Die Arbeit hat er nicht erfunden, aber ich zahle ihm auch nichts. Dafür darf er hier wohnen. Ein seltsamer junger Mann. Er taucht manchmal urplötzlich irgendwo im Haus auf und dann ist er wieder tagelang verschwunden", antwortete Lady Eglington.

Die Tür zum Westflügel, eine hohe dunkle Doppeltür, war verschlossen. Samantha ruckelte daran, aber sie gab nicht nach.

„Der Westflügel ist immer verschlossen", hörten die drei plötzlich hinter sich eine Stimme wie aus dem Grab.

Sir Percival bekam sofort wieder seinen Schluckauf und hatte noch eine halbe Stunde lang etwas davon.

Samantha Eglington fragte sich, warum sie die Frau dieses Mal nicht gehört hatte. Ihre Kleider raschelten doch sonst immer so laut.

„Dann öffnen Sie, Mrs Abernathy. Ich möchte das gesamte Haus vorstellen", erklärte sie der Hausdame, die sofort wieder ihren schmalen Mund bekam.

„Dort ist es sehr staubig und nicht aufgeräumt."

Und dann setzte sie mit ihrer monotonen Stimme noch etwas hinzu. „Ich möchte davon abraten", sagte sie und wollte sich bereits abwenden.

„Bitte öffnen Sie die Tür", sagte Samantha mit Nachdruck. Es war eine sehr peinliche Situation für die Besitzerin des Hauses, dass sie ihrer Angestellten zweimal etwas sagen musste. *Ich sollte sie wirklich entlassen*, schoss es ihr durch den Kopf.

Die Hausdame griff zu ihrem Schlüsselbund und suchte nach dem richtigen Schlüssel. Es war ein sehr großes Bund Schlüssel, das an einer langen silbrigen Kette am Gürtel des Kleides hing. Sir Percival sah der Dame interessiert zu und begutachtete jeden der Schlüssel, zu dem sie griff. Dabei bemerkte er genau, dass sie einen der kleineren Schlüssel immer zu verstecken suchte. Er hatte so einen Schlüssel bereits gesehen. Zuhause auf Parsley Manor sah der Schlüssel zu seinem Safe genauso aus.

Verheimlichte sie der Hausherrin etwa einen Safe? Das wäre ein Skandal. Zumal Samantha immer betonte, wie schwierig die finanzielle Lage wäre. Sie bekam ein paar

Pachtgelder und es war etwas auf der Bank von Leonora, ihrer verstorbenen Tante, aber alles zusammen war das nicht viel, wenn man ein so großes Haus unterhalten musste.

Im Moment wollte er nicht darauf eingehen.

Er würde seiner Gattin davon berichten und vor allem mit Beanstock reden.

„Das ist sehr seltsam", sagte die Hausdame in diesem Moment. „Der Schlüssel war doch immer an meinem Bund! Er ist nicht da. Ich werde in meinem Büro nachsehen. Vielleicht könnten die Herrschaften dann später den Westflügel begutachten. Ich möchte Sie auch noch informieren, dass Inspector Duff gekommen ist und die Angestellten verhört."

Lady Samantha Eglington drehte sich zu ihren Freunden um und entschuldigte sich.

„Warum geht ihr nicht schon voraus in die Bibliothek? Ich sehe nach dem Inspector und komme dann nach. Bitte servieren Sie Tee, Mrs Abernathy", sagte sie laut, da die Hausdame schon wieder auf der Treppe nach unten war.

Lady Fedora sah ihren Mann mit großen Augen an. Er schüttelte nur den Kopf.

Beanstock kam zur Treppe und fragte, ob er etwas für die Baronets tun könnte.

„Tee wäre jetzt angenehm. Ich würde sogar einen Whisky vor dem Lunch nicht ablehnen", erklärte Lady Fedora, während ihr Gatte nur laut „Hick" sagte. Der Butler machte sich sofort auf den Weg in die Küche. Dort gab es eine lautstarke Diskussion zwischen Juliette und Mrs Brans.

„Wie kommst du dazu, zu behaupten, ich wäre mit diesem Felton befreundet gewesen? Dieser Mann war unter meinem Niveau. Und dann sein Aussehen. Der hatte doch kaum noch Haare auf dem Kopf und gestunken hat er auch!", schrie Juliette. Scheinbar hatte die Köchin gegenüber dem Inspector verlauten lassen, dass das Hausmädchen keine Kostverächterin wäre. Genauso hätte sie sich geäußert, brüllte Juliette weiter herum.

Beanstock wurde es zu bunt. Er schlug auf den Tisch und augenblicklich trat Ruhe ein. Aus dem Büro der Hausdame erschien der Kopf von Sergeant Lamond. Sie sah den Butler an und formte mit den Lippen das Wort Danke.

„Meine Damen, es wird Zeit, den Lunch vorzubereiten. Wo ist Mrs Abernathy?", fragte er in einem Ton, der keinen Widerspruch zuließ. Kurz öffnete Juliette noch den Mund, sie sah aus wie ein Karpfen auf dem Trockenen, verstummte dann aber sofort und machte sich an das Putzen der Kartoffeln. Die Köchin griff zu einem riesigen Messer, fixierte kurz Juliette und hieb dann auf eine Lammkeule ein.

Von Lady Samantha war nichts zu sehen. Dabei hatte Beanstock genau gehört, dass sie in die Küche zu gehen beabsichtigt hatte.

Beanstock hatte inzwischen Wasser aufgesetzt, das nun kochte. Mit dem Teetablett und einer Karaffe Wasser ging er mit hoch erhobenem Haupt in die Bibliothek und servierte den Baronets. Sir Percival wurde dank des Wassers von seinem Schluckauf befreit.

Lady Fedora trank seufzend einen Schluck von dem heißen, wohltuenden Tee. Dann berichtete sie dem Butler von dem Rundgang durchs Haus und dem fehlenden Schlüssel zum Westflügel.

„Ich kann das alles nicht verstehen. Da lockt sie uns hier ans Ende der Welt, damit wir ihr helfen, und jetzt habe ich das Gefühl, sie möchte uns am liebsten wieder loswerden. Und dann dieser Hausdrache. Perci, hast du heute beim Frühstück die angeschlagenen Teller und Tassen bemerkt? Wenn Beanstock nicht hier wäre, würde alles wie Kraut und Rüben durcheinander stehen. Wie kann das sein? Es muss doch anständiges Geschirr in diesem Haus geben. Soviel ich weiß, war die verstorbene Lady Eglington nicht gerade arm. Wo sind all die schönen Dinge hin? Als ich Samantha besucht habe, war ich noch sehr jung. Aber ich erinnere mich an wundervolles Silber, hochwertiges Porzellan, geschliffenes Kristall und Gemälde an allen Wänden der Halle und des Salons. Wo sind diese Dinge geblieben?", fragte Lady Fedora und hatte sich regelrecht in Rage geredet.

„Bleib ruhig, Darling. Es gibt sicher eine einfache Erklärung", sagte Sir Percival und versuchte seine Gattin zu beruhigen.

„Erlauben Sie, My Lady, dass ich etwas dazu beitrage?", fragte der Butler. Lady Fedora nickte.

„Das fehlerhafte Geschirr ist mir aufgefallen. Ich habe ebenfalls bemerkt, dass es kaum Bilder im Haus gibt. Meine Annahme geht dahin, dass man die Dinge veräußert hat, um Geld für das Haus und die nötigen Reparaturen zu bekommen. Die Gehälter der Angestellten müssen ebenfalls bezahlt werden, auch wenn es nur noch wenige Personen sind."

„Das ist alles richtig, Beanstock", sagte My Lady. „Aber meine Freundin hätte mir doch erzählt, wenn sie bereits so viel verkauft hätte. Stattdessen meinte sie, es wäre nichts von

Wert vorhanden. Oder hat vielleicht Lady Sherry alles für ihren Sherry ausgegeben?" Lady Fedora atmete schwer vor Aufregung. Dann fuhr sie fort.

„Ich kann mir nicht helfen, da stimmt doch etwas nicht. Ich weiß genau, dass Lady Eglington gut betucht war und ich weiß auch, dass sie eine Menge kostbaren Schmuck trug. Als ich hier war, klimperte an ihrem Hals und an den Armen ständig irgendein riesiges mit Diamanten besetztes Teil herum. Das kann doch nicht alles verkauft worden sein. Ich habe Samantha noch niemals mit irgendwelchen Schmuckstücken gesehen."

Dann erzählte ihr Gatte von dem Schlüssel, von dem er annahm, dass er zu einem Safe gehören musste.

„Ich werde sofort Samantha danach fragen!", rief My Lady aufgebracht. „So geht das nicht weiter."

„Davon möchte ich abraten, My Lady. Wenn ich bemerken darf, Lady Eglington scheint zeitweise nicht ganz bei sich zu sein. Das soll nicht unangemessen klingen. Das soll meine Sorge um My Lady ausdrücken", sagte Beanstock und goss Lady Fedora frischen Tee ein.

Sie holte tief Luft.

„Sie haben wie immer recht. Aber sollen wir abreisen, ohne den Versuch gemacht zu haben, meiner lieben Freundin zu helfen?", fragte sie die beiden Herren.

„Darf ich etwas vorschlagen? Ich könnte mir heute Nacht das Haus intensiver ansehen. Ich werde mein Augenmerk auf den Westflügel und einen vielleicht verborgen gehaltenen Safe richten. Ich könnte Sie so in die Lage versetzen, Lady Samantha zu helfen. In diesem Haus ist so einiges nicht in Ordnung und damit meine ich nicht das Unvermögen des Personals."

Sir Percival nickte zustimmend und tätschelte dabei die Hand seiner Gattin. „Tun Sie das, mein Bester. Vielleicht wissen wir dann mehr. Ich habe das Gefühl, aus Samantha und Mrs Abernathy bekommen wir nichts heraus. Manchmal schimpft sie über die Hausdame und im nächsten Moment verteidigt sie diese Frau. Werde einer schlau daraus. "

Im Büro der Hausdame war Inspector Duff bemüht, irgendeine Kleinigkeit aus Walter herauszubekommen.

Bis jetzt wusste er nur, dass Walter für die Kamine zuständig war und dass er Feuer machen konnte.

Sergeant Lamond hatte das Gefühl, einzunicken.

„Guter Mann, Sie müssen doch irgendetwas über den Chauffeur Roger Felton sagen können. Schließlich arbeiten Sie schon viele Jahre hier", fragte Duff mit einem resignierten Unterton.

„*Aye*, ich mache hier im Haus das Feuer in den Kaminen. In der Remise mache ich kein Feuer. Da ist nur ein alter Ofen drin", sagte der Mann nach einer ganzen Weile des Nachdenkens.

Inspector Duff legte seinen Kopf auf den Tisch.

Sie saßen im Büro der Hausdame. In der hinteren Ecke stand ein großes Bett mit einer grünen Überdecke. Tagsüber verdeckte ein von Hand bemalter Paravent die Schlafecke. Daneben erhob sich ein Schrank mit geschnitzten Motiven darauf. Er erhob sich wirklich, denn es war ein wahres Ungetüm von einem Schrank. Sergeant Lamond fragte sich mit einem Blick auf das Ungetüm, was die Hausdame darin verwahrte. Schließlich trug sie im Haus ständig diese seltsamen, raschelnden, langen Kleider. Das hatte ihr Duff schon vor ihrem Besuch des Hauses erzählt.

Vor dem großen Fenster standen der Schreibtisch und daneben ein Aktenschrank. Es war ein wirklich sehr großer Raum. Die Fenster hatten zarte Tüllgardinen mit feiner Stickerei und im Fensterbrett standen verschiedene Porzellanfiguren.

Wohnte hier die Hausdame oder die Hausherrin? Lamond war sich nicht sicher, was sie davon halten sollte.

„Ich habe viel Holz in dem Schuppen. Der Schuppen ist neben der Remise. Möchten Sie das Holz sehen? Ich mache nämlich das Feuer …", erklärte gerade Walter dem Inspector.

„Das Feuer in den Kaminen, ja, wir wissen es nun, Walter", sagte Duff, „Sie können gehen."

Die Tür fiel ins Schloss. Dann wurde sie erneut geöffnet und Mrs Abernathy hatte ihren Auftritt mit hoch erhobenem Haupt und zusammengekniffenen Lippen. Kurz warf sie einen Blick zu dem Schrankmonster. Sie schien zufrieden, dass alles in Ordnung war. Das Kleid raschelte. Sie setzte sich auf den Stuhl neben ihrem Tisch und sah den Inspector mit gefalteten Händen an.

„Erzählen Sie uns, wann Roger Felton als Chauffeur angestellt wurde, warum und wann Sie bemerkten, dass er fort war. Vielleicht können Sie uns auch erhellen, wie Mr Felton so war und mit wem er Umgang hatte. Das konnte niemand der Angestellten bis jetzt. Mal abgesehen von der Aussage der Köchin, dass Juliette keine Kostverächterin war, und Juliette, die das lautstark bestritt. Hat Felton hier überhaupt gearbeitet?", fragte Duff, griff nervös in seine Manteltasche und angelte nach seiner geliebten Pfeife. Dann fiel ihm ein, dass er das nicht durfte, und die Hand kam zurück auf den Tisch. Mrs Abernathy würde am Abend dieses Tages nicht nur in der Halle und auf dem Küchenboden Tabakkrümel entdecken, sondern vor allem auch neben dem Tisch in ihrem Zimmer.

„Mr Felton wurde uns von Lord Blaan of Rosefield empfohlen. Lady Leonora Eglington stellte ihn daraufhin sofort ein. Er war ein unangenehmer Mensch und blieb die meiste Zeit für sich. Ich kenne seine Freunde oder Kumpane nicht und ich wollte sie auch nicht kennen. Es gibt sehr viel zu tun im Haus …"

„Aber Sie machen kein Feuer in den Kaminen!", rief Inspector Duff wütend.

Mrs Abernathy sah ihn verdutzt an, fing sich aber sofort und setzte ihre gewohnte abweisende Miene auf.

„Dafür ist Walter zuständig."

Inspector Duff erhob sich, zog seinen Mantel an und ging zur Tür.

„Komm, Jamie, wir werden Lord Blaan einen Besuch abstatten. Hier erfahren wir nichts mehr. Damit sind Sie aber noch nicht vom Haken, Mrs Abernathy!", rief er im Hinausgehen. Sergeant Lamond konnte sich ein Gähnen nicht verkneifen und folgte ihrem Chef.

Vor dem Haus war das Erste, das ihr Chef tat, seine Pfeife mit Tabak zu stopfen, anzuzünden und ins Auto zu steigen.

„Ich könnte jetzt einen *Hot Toddie* vertragen", sagte sie, als sie neben ihrem Chef im Auto saß.

Duff sah sie lächelnd an.

„Ich auch. Aber das muss bis heute Abend warten", antwortete er und startete nach einem letzten Blick zu dem grauen Haus den Wagen.

Jamie Lamond konnte es bereits schmecken. Viel guter schottischer Whisky, Honig aus den Highlands, Nelken, Zimt und Zitrone ergaben einen richtig guten *Hot Toddie.* Eigentlich gab es den erst zu Weihnachten. Vielleicht machte Nikolai, der Wirt des Pubs *Raven,* für sie heute Abend eine Ausnahme.

Als die beiden Polizisten die alte Holzbrücke über den *Misneach* passierten, war das Wasser schon an den Brückenpfeilern emporgeklettert. Es stand bereits kurz vor dem Überbau.

„War der Fluss als wir vorhin kamen auch schon so hoch?", fragte Jamie ihren Chef und sah erstaunt aus dem Seitenfenster des Wagens.

„Kann mich nicht erinnern", nuschelte Duff zwischen seinen Zähnen und der Pfeife hindurch. „Ist ja nur eine einfache Pfahlbrücke. Die Dorfbewohner haben sich nicht viel Mühe gegeben, um das Haus mit dem Dorf zu verbinden. Vielleicht dachten sie, sie würden um die Pachtzahlungen herumkommen, wenn ihr Herr nicht zu ihnen kommen könnte. Das sind nur ein paar in den Fluss gerammte Pfahlpaare mit quer verlegten Balken und einem dürren Überbau. Wenn die weg ist, möchte ich nicht oben im Haus sein. Da kommt so schnell niemand hin."

Er fuhr langsam über die knarrende Brücke und dann durch den Ort bis an das hintere Ende. Einen Bewohner konnte er nicht nach dem Weg fragen, der Ort war wie ausgestorben. Sogar die Häuser sahen dunkel und unbewohnt aus.

„Was ist das nur für ein gruseliger Ort? Wohnen hier wirklich Leute?", fragte Jamie und schüttelte sich. „Hier ist ja nichts, gar nichts. Die haben doch noch nicht mal einen Pub, oder Duffy?", wollte sie wissen.

Der Inspector zuckte mit der Schulter.

Er fuhr langsam weiter. Das Cottage war sicher sofort erkennbar. Es musste das größte Haus im Ort sein. Außerdem gab es nur diese eine Straße. Nachdem sie das Ortsende verlassen hatten, tauchte rechts ein schmaler Kiesweg auf. Ein Schild mit verwitterten Buchstaben zeigte die Richtung zum *Red Rose Cottage.* Eine verblichene Rose auf dem Schild sollte den Namen wohl unterstreichen. Schaffte es aber nicht, in der salzigen Luft zu überleben.

Nach einigen Minuten parkte Inspector Duff vor dem Cottage. Der Name verwirrte ein wenig. Es war schon etwas mehr als ein einfaches Cottage. Das Haus hatte zwar nur eine Etage über dem Erdgeschoss, aber dafür vier Rundtürme, die an den Tower von London erinnerten. Die graue Farbe des hiesigen Granits verschärfte den Eindruck, vor einem Gefängnis zu stehen. Das Dach war mit dunklem Schiefer gedeckt und die Fenster erschienen durch die vielen Unterteilungen noch kleiner. Und von den angekündigten Rosen war keine Spur zu sehen.

„Na sowas", sagte Jamie. „Wir brauchen doch nicht etwa

123

einen Passierschein A 38, um in dieses Gebäude zu kommen?"

Die Haustür wurde aufgerissen und ein Mann erschien, der in seltsam hüpfenden Bewegungen zu ihrem Wagen kam. Er trug einen karierten Anzug und auf dem Kopf eine eigenartige Kreation aus seinem Haar. Lamond musste sich zusammenreißen, um nicht laut loszulachen. Nun griff auch noch der allgegenwärtige Wind nach dem Haar und wirbelte es durcheinander. Auch seine Hand, die er schnell darüberlegte, nützte da nichts.

„Wer ist der Hüpfer?", fragte Duff und grinste seine Kollegin an. Sie stiegen aus.

Lord Blaan erklärte den beiden Polizisten, dass sie sich sicher verfahren hatten.

„Ganz im Gegenteil. Spreche ich mit Lord Blaan of Rosefield?", fragte der Inspector.

„Ja, das tun Sie. Mit wem habe ich das Vergnügen?", fragte der überraschte Lord.

„Polizei Aberdeen. Inspector Duff und das ist Sergeant Lamond. Wir möchten Sie zum Tod des Chauffeurs der verstorbenen Lady Eglington befragen."

Seine Lordschaft schien einen Moment zu überlegen, ob er etwas sagen wollte oder ablehnen sollte.

Dann bat er die beiden Polizisten hinein.

Er dirigierte sie nach links in einen kleinen Salon, der vollgestopft war mit Antiquitäten. Nichts passte zusammen. Als ob der kleine Lord gewürfelt hätte und dann, nachdem die Würfel gefallen waren, die Möbel und Dekorationen aufgebaut hatte. Es ähnelte mehr einem Gerümpellager als dem

Salon eines Lords.

Lamond setzte sich auf einen hohen, gotischen Stuhl, der bequemer ausgesehen hatte, als es sich dann herausstellte. Die gesamte Zeit rutschte sie auf dem Sitz herum. Sie hatte das Gefühl, auf Nägeln zu sitzen.

„My Lord, wie kam es, dass Sie Lady Eglington diesen Chauffeur empfahlen? Woher kannten Sie Roger Felton?", fragte Jamie Lamond und brachte den Lord etwas aus dem Konzept, da er nicht gedacht hatte, von einem weiblichen Polzisten verhört zu werden. Jamie kannte das schon und übersah diese Reaktion.

„Wieso sollte ich den Mann gekannt haben? Lady Leonora brauchte einen Chauffeur und ich habe einen Namen genannt, den ich irgendwann schon einmal in einer Stellenagentur gehört hatte, ja so muss es gewesen sein. In einer Agentur habe ich den Namen gehört", erklärte Lord Blaan und schien sehr mit sich zufrieden.

„Sie kannten also Mr Felton nicht persönlich?", hakte sie nach. „Sie wollen uns erzählen, dass Sie einer alten Freundin einfach einen Unbekannten empfohlen haben?"

„Genau so war es", erklärte der Lord, lehnte sich auf seinem Stuhl zurück und sah die Polizisten provokant an.

Jamie schlug zornig ihren Notizblock zu, steckte den Bleistift in ihre Manteltasche und erhob sich.

Inspector Duff hatte noch nichts gesagt. Er hatte es satt.

„Es ist sehr interessant, dass niemand von den Beteiligten diesen Herrn gekannt haben will. Wahrscheinlich gab es ihn gar nicht und wir haben einen Geist aus dem Wasser vor Rosefield gezogen!", brüllte der Inspector und stand ebenfalls auf. „Auf Wiedersehen, My Lord, und das meine ich auch so! Darauf können Sie Gift nehmen!"

„Sie meinen, es war ein Geist?", fragte nun mit ängstlicher Stimme der Lord.

Jamie verdrehte die Augen und der Inspector winkte ab.

Sie verließen so schnell wie möglich dieses Haus.

Als sie wieder im Wagen saßen und in Richtung Hauptstraße davonfuhren, sagten die beiden eine ganze Weile nichts mehr.

„Was ist das hier für ein komischer Ort? Hier stimmt doch was nicht. Die spinnen doch alle, oder?", fragte nun Jamie aufgebracht.

Der Inspector antwortete nur mit einem Kopfschütteln.

Als die beiden endlich Aberdeen vor sich sahen, waren sie erleichtert. Jetzt kam der schöne Teil des Tages.

„Sieh dir doch morgen mal an, was du über den Ort in unseren Akten findest. Und wenn da nichts rauskommt, gehst du ins Stadtarchiv. Die werden doch wohl was haben. Ich klappere die Stellenvermittlungen ab, gibt ja nicht so viele", sagte er seiner Kollegin.

Er fuhr zügig durch die nächtlichen Straßen.

Im Schein der Straßenlaternen glitzerte des Öfteren etwas an den Fassaden der Häuser. Das alte Aberdeen war aus dem silbergrauen Granit gebaut worden, das aus den Steinbrüchen der Umgebung kam. Wenn die Sonne oder die nächtlichen Laternen diesen Granit trafen, begann der Glimmeranteil in den Steinen zu glitzern. Aberdeen hatte dadurch seinen Beinamen *Silver City bekommen.*

Duff bog in die Castle Street ein und hielt vor dem *Raven.*

Er wandte sich zu Jamie.

„Versuch auch, etwas über unseren hüpfenden Lord herauszubekommen. Der versucht uns etwas vorzumachen. Eigentlich machen das alle, bis hin zu der neuen Lady Eglington. Die kommt mir vor, wie eine Mischung aus Lady Macbeth und Alice im Wunderland."

Jamie nickte. Sie stiegen aus und betraten ihren Lieblingspub. Nikolai stand wie immer hinter seinem Tresen und begrüßte die beiden mit einem lauten Hallo. Er war ein gedrungen wirkender Mensch, höchstens fünfundsechzig Inches groß. Nikolai hatte nicht das kleinste Haar auf dem Kopf. Seine Glatze sah wie poliert aus, glänzend und makellos. Jamie hatte ihn einmal danach gefragt, der Barmann hatte nur wissend gelächelt. Sein sympathisches Lächeln hatte so manche Dame schon zu einem Flirt verleitet. Leider konnten die meisten aber über die geringe Größe nicht hinwegsehen und so blieb es bei einem Flirt.

Nikolai nahm es gelassen.

Er war eine Institution in Aberdeen. Fast jeder kannte und schätzte ihn. Und er wusste Geschichten zu erzählen. Wenn man ihm glaubte, dann war er einst Freibeuter der Meere gewesen, hatte am Polarkreis über das Eis gejagt, im Himalaja nach verborgenen Schätzen gegraben und war mit einem selbst gebauten Flieger über die Anden geflogen. All das, verbunden mit seinem leichten russischen Akzent, machte ihn so liebenswert. Er hatte immer wieder neue Abenteuer zu bestehen. Fremde waren schon des Öfteren darauf hereingefallen. Die Stammkunden kannten seine Freude an Lügengeschichten und hörten ihm gern zu. Inspector Duff war sich

127

allerdings nicht ganz sicher, ob nicht doch so manche Story wahr sein könnte.

Duff nickte Nikolai lächelnd zu und atmete den Duft nach altem Holz und gutem Whisky tief ein.

Er wollte nirgendwo anders leben.

Spuk im Westflügel

Der Sturm tobte mit voller Wucht und das alte Haus ächzte und knarrte, als hätte es Angst um seine Mauern und Dachschindeln. Das vermeintliche Flüstern an den Fenstern kam von den Blättern, die der Sturm um das Haus jagte. Wagemutige Meeresvögel schlingerten über den Himmel und hatten ihre liebe Not, die Landung hinzubekommen.

Nach dem Dinner saßen die Baronets mit ihrer Gastgeberin in der Bibliothek. Durch den Kamin heulte der Wind wie ein erbostes Kind, dem man die Weihnachtsgeschenke vorenthielt.

Beanstock stand an dem geöffneten Globus und mischte die gewünschten Drinks. Ein Whisky pur für Sir Percival, das Aroma von Holz und Portwein lag in der Luft. Ein Gin Tonic für Lady Fedora, ein Fitzelchen Zitrone und eine Cocktailkirsche, das liebte My Lady. Und für die Dame des Hauses? Sherry.

Lady Fedora sah ihre Freundin vorsichtig von der Seite an. Sie hatte nicht nur ihr Äußeres verändert, sie sprach anders und scheinbar dachte sie auch anders als die Samantha, die sie aus dem College kannte. Sie sah verhärmt und blass aus. Ein bitterer Zug lag um ihren Mund.

Sie schien viel weniger auf ihre Kleidung zu achten. Lady Fedora sah geflickte Stellen an den Strümpfen und nachlässig gebundene Schleifen.

Ganz entgegen der damaligen Aussage in ihrem Brief, ließ Samantha sich von den Freunden aus Parsley Field keinerlei Rat erteilen. *Was war in den Wochen passiert, seit Samantha hier lebte,* überlegte Lady Fedora.

Als alle ihren Drink hatten, entstand wie immer in den letzten Tagen eine unangenehme Stille im Raum.

Sir Percival stand schließlich auf und sah sich die Bücher in den Regalen erneut genauer an. Er griff zu dem einen, schlug es vorsichtig auf und las einen Moment. Dann stellte er es zurück und griff nach einem anderen.

Lady Fedora sah verstohlen zu Beanstock. Er servierte Lady Samantha bereits den dritten Sherry.

„Samantha, meine Liebe, wie wäre es, wenn wir morgen nach Aberdeen fahren und uns die Stadt ansehen? Ich habe gehört, vor allem die Old Town ist sehenswert. Was meinst du?"

Sir Percivals Miene hatte sich bei dem Vorschlag seiner Gattin sofort aufgehellt. Er wollte nichts lieber, als aus diesem Haus herauszukommen. Die fast an Besessenheit grenzende Liebe zu diesem Riesenkasten konnte er nicht nachempfinden. Er hatte das Gefühl, dass noch andere Gründe Samantha hier festhielten. Das hatte er am Abend vorher seiner Gattin gesagt, die ihn daraufhin ausgelacht hatte und wissen wollte, ob er eventuell einen Liebhaber meinte.

„Das ist eine sehr gute Idee. Fahrt ruhig nach Aberdeen.

Ich habe hier noch Dinge zu erledigen", erklärte Lady Samantha und sah auf den Boden ihres leeren Glases.

„Wir wollten eigentlich mit dir zusammen etwas unternehmen. Warum kommst du nicht mit und wir haben einen netten Tag weg von deinem Haus?", versuchte Lady Fedora erneut ihre Freundin zu überzeugen.

„Ich kann hier wirklich nicht fort. Es gibt noch so viel zu überdenken und zu organisieren. Ich will mir Pläne für den Umbau des Hauses ansehen. Ein Architekt hat mir einige Unterlagen zukommen lassen. Das erfordert meine unbedingte Aufmerksamkeit", sagte Lady Samantha. Dann stand sie auf und sah sich sehr interessiert eine Figur auf dem Kaminsims an.

Lady Fedora machte große Augen. Das konnte doch nicht wahr sein! Woher wollte sie Geld für einen Architekten nehmen, wenn hier alles zusammenfiel? Wut machte sich in ihr breit, aber sie wollte nicht ausfallend werden.

„Ich denke, wir verabschieden uns für heute. Vielleicht reden wir morgen noch einmal über deine Situation hier. Ich möchte nur so viel sagen. Dieses Haus ist nur mit sehr viel Geld noch zu retten und zu unterhalten. Das solltest du dir vor Augen führen. Gute Nacht, meine Liebe." Mit diesen Worten stand Lady Fedora auf und ging zur Tür. Sie wollte lieber keine unschöne Diskussion an diesem Abend. Lady Samantha hatte zu viel getrunken, um objektiv zu sein.

Sir Percival konnte seiner Gattin kaum folgen, verneigte sich kurz vor der Gastgeberin und hätte sich fast in einem hochstehenden, ausgefransten Teppich verheddert.

Beanstock war zur Stelle und griff nach seinem Arm.

„Noch mal gut gegangen. Danke, Beanstock. Es ist spät. Sie sollten jetzt wirklich auch auf Ihr Zimmer gehen", sagte er zu dem Butler, zwinkerte ihm verschwörerisch zu und folgte schnell seiner Gattin, die schon durch die Halle und auf halber Treppe nach oben war. Dort stand sie und horchte.

„Was ist denn, Darling?", fragte er und sah in die Richtung, in die seine Gattin blickte.

„Ich könnte schwören, dass jemand hinter der Säule stand und mich beobachtet hat", erklärte sie erschauernd.

„Das wird dieser Brandon gewesen sein. Komischer Kauz. Treibt sich den ganzen Tag im Haus herum, arbeitet nicht und erschreckt uns. Wahrscheinlich findet er das witzig!", rief der Baronet laut, um dem Angesprochenen klar zu machen, dass das nicht angenehm war.

In der Tür zum Küchentrakt stand Mrs Abernathy und sah den Baronets mit zornigem Blick nach.

Sie trat einen Schritt aus dem Schatten hervor. Sir Percival bekam einen Schluckauf.

„Kann ich noch etwas für die Herrschaften tun?", fragte die Hausdame mit ihrer seltsam monotonen Stimme.

„Danke, wir haben alles, was wir benötigen. Unser Butler kümmert sich ausgezeichnet um unser Wohlbefinden", erklärte Lady Fedora aufgebracht über die Unhöflichkeit der Hausdame. Aus jedem Wort dieser Frau klang Arroganz und Boshaftigkeit.

„Vielleicht sollten Sie diesem ungezogenen Brandon einmal klarmachen, dass er hier nur geduldet ist!", rief Lady Fedora und hakte sich bei ihrem Mann unter.

Der arme Baronet würde wiederum eine halbe Stunde

brauchen, um seinen Schluckauf loszuwerden.

„Können wir nicht bald nach Hause fahren, Darling?", flüsterte er seiner Gattin zu.

„Ach, Perci, ich gebe noch nicht auf", flüsterte My Lady zurück.

In der Bibliothek verabschiedete sich Beanstock, nachdem er My Lady gefragt hatte, ob sie noch etwas benötigte. Sie verneinte und gab an, in einigen Augenblicken ebenfalls zu Bett zu gehen. Sie wolle sich nur noch Lektüre mit hinaufnehmen.

Beanstock war sich vollkommen im Klaren, dass My Lady noch einen letzten Sherry trinken und keinen Zuschauer haben wollte. Aber das war nicht seine Angelegenheit. *Regel vier: Die Sicherheit der Baronets steht an erster Stelle.*

Er verließ den Raum und wollte sich nun endlich der *Regel sechsunddreißig* annehmen: *Ein Butler geht immer bis auf den Grund eines Problems.*

In der obersten Etage angekommen öffnete sich sofort die Tür zu Gonzales´ Zimmer.

„Wo bleiben Sie denn, Señor Beanstock? Es ist schon Mitternacht vorbei. Ich wäre fast eingeschlafen", flüsterte er.

„Warum flüstern Sie, Gonzales?", fragte der Butler verständnislos.

„Das gehört dazu. Es ist Nacht, es ist ein uraltes Haus. Es erinnert mich an das *Langham* Hotel in London. Können Sie sich erinnern? Da war es auch so gruselig in der Nacht und ich sage Ihnen, ich habe damals einen Geist gesehen. Eine junge Frau in einer Dienstmädchenuniform. Sie stand ohne

Unterleib an einem Servierwagen und starrte mich an. Dios mío."

„Sie waren aufgeregt. Wer weiß schon, was Sie gesehen haben? Es gibt keine Geister. Das ist ein Ammenmärchen. Haben Sie die Taschenlampe?"

Gonzales hielt das Geforderte hoch.

„Wir müssen noch etwas abwarten. Lady Samantha wird in einer halben Stunde sicher auf ihrem Zimmer sein. Ich nehme es an. Sie sollte uns lieber nicht überraschen. Mrs Abernathy schläft glücklicherweise im Erdgeschoss neben der Küche. Das ist ein Glücksfall für uns."

„Ein Glücksfall ist, wenn wir endlich auf dem Weg nach Parsley Field sind. Ich kann es kaum erwarten. Diese Hausdame ist eine bruja de la casa. Ich bin sicher, sie fliegt nachts auf einem Besen um die Dächer", sagte Gonzales mit einem Schaudern in seiner Stimme.

Beanstock schüttelte den Kopf über den Aberglauben des Chauffeurs.

Sie hielten sich noch eine gute halbe Stunde im Zimmer auf, dann machten sie sich auf den Weg zum Westflügel.

Lady Samantha lag zu diesem Zeitpunkt auf ihrem Bett. Sie war sofort eingeschlafen. Sie träumte.

Ohne einen gewissen Sherrypegel in ihrem Blut war es ihr in der letzten Zeit nicht mehr möglich gewesen, problemlos einzuschlafen. Aber sie konnte die schlimmen Träume zurückdrängen. Sie träumte immer noch, aber es waren nicht immer furchtbar quälende Dinge, die sie durch die Nacht begleiteten.

Sie lief durch die Flure des alten Hauses. Die doppelflügelige Tür lag vor ihr, verschlossen, aber sie empfand keine Angst. Sie öffnete die Tür ohne Probleme und stand in einem Raum voller Kinderspielzeug. Eine Puppe mit lockigem Haar saß auf einem winzigen Sofa. Neben ihr ein Teddy mit einer großen grünen Schleife. Am Boden lagen Bausteine bunt durcheinandergewirbelt. Dazwischen fuhr ein Pferdefuhrwerk wie von Geisterhand bewegt und schlängelte sich zwischen den Bausteinen hindurch.

Sie ging durch das Meer von Spielsachen, sah nach links und rechts und hatte das Gefühl, alle diese Dinge zu kennen. Aber immer, wenn sie versuchte, danach zu greifen, schienen sich die Sachen zu entfernen.

Ein hüpfender Frosch schoss an ihr vorbei und verschwand unter einer Kommode.

In einem Regal standen viele Schneekugeln, in denen Schnee und Glitzer auf und ab schwebten, als hätte sie jemand geschüttelt.

Sie ging nah heran und sah sich die bunten Kugeln an.

Zwischen den Kugeln stapelten sich Kinderbücher, teils aufgeschlagen und voller bunter Bilder.

In einer der Kugeln schien ein Sturm zu wüten. Es war die Größte. Sie ging noch näher heran und erkannte ihr Haus darin. Das Haus schwankte in wildem Tanz und verlor Ziegel und Steine, ein Fenster flog aus den Angeln, die Tür schlug auf und … jemand stand in der Tür. Samantha ging ganz nah an die Kugel, um zu sehen, wer dort stand.

Der Schock ließ sie zurücktaumeln. Ihre Hand vor dem Mund unterdrückte den Schrei, der aus ihr herauswollte.

Sie selbst stand dort in dem langen schwarzen Kleid von Mrs Abernathy, die Lippen verkniffen, das Haar in einem strengen Knoten und mit einem stechenden Blick, der sie nicht loslassen wollte.

Samantha erwachte schweißgebadet. Ihr Kopf tat furchtbar weh. Das Zimmer schien sich zu drehen. Sie setzte sich ächzend auf und wieder hatte sie das Gefühl, beobachtet zu werden.

Beanstock und Gonzales stiegen die einfache Treppe in der Dienstbotenetage hinunter.

Immer wenn es irgendwo verdächtig knarrte, blieben die beiden stehen und warteten einen Moment. Sie wollten auf keinen Fall eine Begegnung mit Mrs Abernathy riskieren.

Brandon schien in seinem Zimmer zu sein, das sich weit entfernt von den Zimmern der beiden befand. Beanstock hatte jemanden an seinem Raum vorbeigehen hören und vermutete den jungen Mann. Tagsüber sah man diesen seltsamen Mitbewohner kaum. Man hörte ihn eher. Er schien sehr zurückgezogen zu leben. Gonzales hatte vermutet, dass der Junge vielleicht von Mrs Abernathy hier vor der Welt versteckt wurde, weil er nicht vorzeigbar war oder ein anderes Handicap seit seiner Geburt hatte. Einmal hatte Beanstock an seiner Zimmertür geklopft, aber es war ruhig geblieben und als er die Klinke gedrückt hatte, war die Tür verriegelt gewesen. Es war besser, den Jungen nicht zu belästigen, hatte der Butler entschieden.

Die beiden erreichten die zweite Etage und gingen durch eine schmale Tür in den herrschaftlichen Bereich.

Sie standen vor der großen Marmortreppe, die hinab in die erste Etage und das Erdgeschoss führte. Beanstock blickte über das Treppengeländer nach unten und horchte in die Dunkelheit. Nichts regte sich.

Sie gingen zum Westflügel, der mit einer hohen zweiflügeligen Tür verschlossen war. Beanstock sah zu Gonzales und Gonzales sah fragend zu Beanstock. Der Butler wedelte angestrengt mit der Hand in Richtung Türschloss und nickte dazu schnell. Dann begriff der Chauffeur endlich.

Er griff in seine Tasche und holte sein, Beanstock schon von einigen Gelegenheiten bekanntes, Dietrichset hervor. Die Tür hatte nur einen Knauf, den man drehen musste. Das Türschloss schien etwas verrostet zu sein, aber der Dietrich bewegte sich ohne Probleme.

Die Tür war auf. Er öffnete sie vorsichtig.

„Seltsam, ich dachte, in diesem Flügel wäre seit Langem niemand mehr gewesen. Aber die Tür gibt keinen Ton von sich, als wäre sie kürzlich geölt worden", flüsterte Beanstock. „Schließen Sie die Tür möglichst wieder, wenn wir drin sind. Dann kann uns niemand überraschen."

Gonzales tat es und folgte dem Butler dann durch einen langen Flur. An der linken Seite reihte sich ein hohes Fenster an das andere. Die Gardinen waren wohl einmal aus feinem Tüll gewesen, hingen nun aber grau und traurig herab.

Auf der rechten Seite waren mehrere Türen. Die Tapete an den Wänden sah ramponiert aus. Doch man erkannte noch das feine Seidenmuster aus Magnolienblüten.

Beanstock öffnete die erste Tür rechts. Sie sahen sich kurz in dem Raum um.

Möbel standen wild durcheinandergewürfelt herum. Scheinbar lagerte man hier alte, ausrangierte Gegenstände.

„Man hätte die Dinge wenigstens mit Leinentüchern abdecken können. So sind sie dem Verfall vollkommen preisgegeben. Sehr schade", raunte Beanstock mehr zu sich selbst.

Sie verließen dieses vollgestopfte Lager vergessener Möbel und gingen zur nächsten Tür. Dahinter zeigte sich ein ähnliches Bild, nur, dass diesmal mehrere Tische in dem Raum standen, vollgestellt mit allen möglichen Gegenständen. Auf einem Tisch stapelten sich Silberteller, Zinnkrüge und Kristall. Auf dem andern stand feines Geschirr. Unter dem Staub, der hier allgegenwärtig war, erkannte man ein feines Rosenmuster und auf den Tellern ein goldfarbenes Wappen. Beanstock wies mit der Hand zu einem der Teller.

„Hier verstecken sich also all die guten Dinge. Aber das ist nicht das Wappen der Eglingtons. Das habe ich auf den anderen Tellern im Esszimmer gesehen. Dieses Wappen ist mir unbekannt. Ich habe mich vor einiger Zeit mit der faszinierenden Welt der Heraldik beschäftigt. In der Bibliothek sollte ich ein Buch finden. Damit werde ich mich morgen befassen. Gehen wir in das nächste Zimmer", erklärte der Butler, machte eine kleine Skizze in seinem Notizbuch und erntete von Gonzales ein Kopfschütteln.

„Heraldik? Wirklich, Señor?", erwiderte er.

Das nächste Zimmer war etwas kleiner und bis auf ein riesiges Himmelbett fast vollständig leer. Im Flur knarrte es, als ob jemand auf dem Parkett näherkam. Die beiden Herren sahen sich mit großen Augen an.

Beanstock löschte die Taschenlampe und sie horchten angestrengt in die Dunkelheit. Da war es wieder. Nun schien etwas zu rutschen wie ein Stein, diesmal über ihren Köpfen. Beanstock ließ die Lampe wieder aufleuchten und richtete sie auf die Decke. Etwas lockerer Putz kam gerieselt, der Gonzales zum Niesen brachte. Er versuchte es so leise wie möglich, machte es aber noch schlimmer.

Beanstock reichte ihm vorsorglich ein Taschentuch.

„Disculpa", sagte Gonzales. „Entschuldigung, Sir. Es war Schwupps, einfach da."

Sie sahen auf den Flur und erwarteten fast schon das Rascheln von Mrs Abernathys Kleid zu hören. Aber der Flur war leer. Nur eines der Fenster stand offen. Gonzales versuchte, es zu schließen, aber es schien verzogen zu sein. So wickelte er einfach einen Teil der zerschlissenen Gardine um den Fensterknauf und verknotete es. Beanstock vermutete hier das knarrende Geräusch.

Das nächste Zimmer war interessant.

Es schien einmal als Salon genutzt worden zu sein. Trotz der Verkommenheit und des Schmutzes konnte man erkennen, dass sich hier jemand vor langer Zeit ein gemütliches Wohnzimmer eingerichtet hatte. Vor dem Kamin standen zwei Sofas und ein Tisch, auf dem noch die Tassen der Bewohner standen. Man hatte wohl ziemlich schnell diesen Bereich aufgegeben.

Über dem Kamin hing ein riesiges Gemälde. Ein streng blickender Herr stützte sich mit stolz erhobenem Kopf auf einen Stuhl mit geschnitzter Lehne.

Er trug einen dunklen Anzug mit einer Krawatte, wie

man sie um die Jahrhundertwende bevorzugt hatte. Eine mit Juwelen besetzte Krawattennadel vervollständigte das Bild des Gentlemans. Dazu passte nur das verkniffene, hagere Gesicht nicht so richtig.

„Der hatte scheinbar auch nicht viel Spaß hier im Haus", sagte Gonzales mit einem langen Blick auf das Bild. Er schüttelte sich. „In diesem Haus ist so wenig Freude, dass man denken könnte, auf einem Friedhof zu wohnen."

Beanstock betrachtete das Gemälde immer noch aufmerksam. „Lord Harald of Rosefield, steht hier. Hm."

„Haben Sie etwas entdeckt, Señor?"

„Wieso ist überall Staub und dieses Gemälde sieht wie frisch geputzt aus? Warum hängt in dem Haus der Eglingtons ein Gemälde eines Lords of Rosefield?", fragte der Butler und ging näher an den Kamin heran. Auf dem Flur knarrte erneut etwas. Gonzales bekam so einen Schreck, dass er gegen den Butler prallte.

„Mi Disculpa", sagte er mit leicht zitternder Stimme.

Beanstock erinnerte sich an die Kreuzfahrt. Da hatte er zum ersten Mal festgestellt, dass der Chauffeur in gewissen unheimlichen Situationen ängstlich reagierte. Sonst war er der mutigste Mann, den Beanstock kannte. Aber damals im Bauch des Schiffes, in dem Raum, wo die Toten auf ihren Abtransport gewartet hatten, da war Gonzales plötzlich abergläubisch gewesen.

Beanstock griff nach dem Gemälde über dem Kamin und versuchte es zu bewegen. Dann hob er es vorsichtig an und schaute dahinter. Da war nur die Wand und eine Spinne, die davonhangelte und einen neuen Platz suchte.

„Hier also nicht. Warum ist kein Staub auf dem Bild?",
fragte Beanstock und sah sich im Raum noch einmal um.
Aber hier hingen keine Bilder. Die Wände waren leer.

Sie verließen den Salon und gingen weiter über den Flur.
Der Sturm heulte um das Haus, die Fenster ächzten und auf
dem Boden des Flurs erschien plötzlich ein weißlicher Be-
lag. Den hatten die beiden vorher gar nicht bemerkt.

„Ist das etwa Schimmel?", fragte Beanstock und bückte
sich. Er strich leicht über das Parkett. Seine Hand schnellte
sofort wieder zurück. Gonzales hatte die Taschenlampe
übernommen, die nun leicht zitterte.

„Was ist los, Señor?"

„Der Fußboden ist eiskalt. Das ist eine dünne Eisschicht.
Gehen Sie sehr vorsichtig, es könnte glatt sein."

„Eis? In einem Haus ist eine Eislaufbahn? Was soll denn
das hier? Wo soll das denn herkommen?", fragte Gonzales
leise.

Beanstock hielt seinen Finger an den Mund und machte
ihm damit klar, nicht mehr zu sprechen. Er hatte etwas gehört. Im nächsten Zimmer hatte etwas gepoltert. Aber nun
war es wieder still.

Es war das vorletzte Zimmer auf dem Flur.

Ganz am Ende des Flurs, neben der letzten Tür, war über
die gesamte Breite ein Spiegel angebracht, schon etwas blind
und fleckig, aber sehr schön mit einem reich verzierten Rahmen.

Beanstock wies zu der geschlossenen Tür. Gonzales
stellte sich vorsichtshalber hinter den Butler.

Die Tür öffnete sich knarrend.

Beanstock machte einen Schritt hinein. Weil aber Gonzales die Taschenlampe noch hatte, sah er nicht, dass der Boden voller Dinge lag, und stolperte über etwas Größeres. Gonzales konnte ihn zum Glück festhalten. Aber es begann eine Melodie zu spielen, ein altes Kinderlied. Worüber war der Butler da gestolpert? Wenn wirklich in dem Zimmer jemand gewesen war, hatten sie ihn nun gewarnt.

Der Chauffeur leuchtete die Umgebung ab. Vor den beiden auf dem Boden ratterte eine Spieluhr. Die Melodie war noch erkennbar, *Dream Angus*, ein schottisches Wiegenlied, auch wenn es etwas scheppernd klang.

Beanstock bückte sich und schloss den Deckel der Spieldose. Sofort umfing die beiden wieder bleierne Stille.

Überall auf dem Boden lagen Spielsachen. Im Hintergrund erkannte man die Umrisse eines Himmelbettes, kleiner als Erwachsene es benötigten. Über dem Kamin hing ein Bild. Das einzige, große Gemälde im Raum. Beanstock stieg vorsichtig über die Spielsachen, Puppen ohne Kopf, zerschlissene Kleidchen, ein halbes Schaukelpferd, die andere Hälfte lag in der Ecke. Auf einem Sofa, das einmal sehr hübsch gewesen sein musste, saß eine große Puppe mit lockigem Haar und einem Spitzenkleid. Daneben saß ein Bär mit einer großen grünen Schleife. Die Farbe konnte man gerade noch erkennen unter dem Verfall.

„Mr Beanstock, sehen Sie sich das Bild an", sagte Gonzales und zeigte auf das Gemälde über dem Kamin.

Es war wohl ein Familienporträt. Mutter, Vater mit einem kleinen Mädchen auf dem Arm, ein Hund zu Füßen, schwarz und hechelnd. Die Familie lächelte. Neben den dreien stand eine weitere junge Frau mit einem Mann. Sie lächelte nicht. Zwischen den beiden Familien hatte jemand mit einem Messer ganze Arbeit geleistet und die gesamte Mitte zerstört. Es sah aus, als wäre zwischen den beiden Familien ein großer dunkler Graben, der sich nicht mehr schließen ließ.

„Könnte das Lady Samantha sein auf dem Arm des Mannes?", fragte Gonzales.

„Das ist durchaus möglich", sagte Beanstock und sah auch hinter diesem Bild nach. Aber auch hier gab es keinen Safe. Sie gingen zurück zur Tür, darauf bedacht, nicht wieder irgendetwas zu berühren. Mit einem unglaublich lauten Scheppern fiel das Bild von der Wand über dem Kamin.

Gonzales war leichenblass.

„Warum haben Sie daran so lange herumgefummelt? Sehen Sie, was Sie angerichtet haben!", rief er.

Die Staubwolke von dem fallenden Bild bewegte sich seltsam gleichmäßig auf die Männer zu. Sie waberte wie Nebel und schien schlingernde Bewegungen zu machen. Das war für eine einfache Staubwolke sehr ungewöhnlich. Irgendwo schlug eine Tür laut zu. Sie konnten nicht sagen, ob es auf dieser Etage war oder weiter weg.

Gonzales lief auf den Flur und nachdem der Butler neben ihm stand, schlug er die Tür schnell zu.

„Was war das denn schon wieder?", rief er.

Der letzte Raum lag vor ihnen. Die Herren standen davor und sahen sich scheinbar sehr interessiert die Tür an. Beanstock strich sogar einmal mit seiner Hand darüber.

„Gute Handwerksarbeit", sagte er.

„Gehen wir hinein, warten wir auf Weihnachten oder

gehen wir lieber wieder. Ich wäre für Letzteres", erklärte Gonzales.

Beanstock sah ihn strafend an.

„Sie haben mich mit Ihrem Aberglauben vollkommen verunsichert. Reißen Sie sich zusammen. Das ist der letzte Raum. Wenn hier auch kein Safe ist, müssen wir im restlichen Haus danach suchen."

Er öffnete die Tür und was sie dann sahen, verschlug ihnen den Atem.

Juliette wollte nicht länger warten. Sie wollte ihren Traum jetzt sofort erfüllen. Dieses Haus und die Bewohner machten sie krank.

Dem Polizisten hatte sie nichts von Roger Felton erzählt. Wen interessierte das noch? Er war tot. Und eigentlich war das gut so.

Er hatte sie erwischt. Sie war gerade dabei gewesen, in den Schatullen im Schlafzimmer der alten Leonora nach etwas Wertvollem zu suchen. Kurz nach dem Tod der alten Lady, diesem unheimlichen Drachen, war die Gelegenheit günstig gewesen.

Da hatte er in der Tür gelehnt. Zigarette rauchend und unverschämt grinsend. Sie hatte sich ertappt gefühlt und damals gemeint, nun würde er die Hausdame rufen. Aber das hatte er nicht getan.

Er hatte begonnen, sie zu erpressen. Erst war es nur um einige Gefälligkeiten gegangen, dann um mehr. Sie hatte sich vor diesem Mann gefürchtet. Was hätte sie tun sollen? Wenn sie zur Polizei gegangen wäre, wäre sie ebenfalls dran gewesen.

Also hatte sie geschwiegen.

Da war der Tod ihres Erpressers zur richtigen Zeit gekommen. Sie vermutete, Roger Felton hatte noch andere Leute erpresst und dafür die Quittung erhalten. Erpresser sterben jung.

Dabei hatte sich ihre Suche damals noch nicht einmal gelohnt. Sie hatte nur billigen Tand gefunden. Wo waren die kostbaren Teile geblieben? Die Alte hatte doch an jedem Tag ihre Brillanten und Perlen zur Schau gestellt. Wo waren sie also? Dann hatte sie gesehen, dass die Hausdame im Westflügel verschwunden und erst nach einer ganzen Weile wieder zurückgekommen war. Sie hatte gesehen, wie die Abernathy den Schlüssel für die Tür an ihrem Bund am Gürtel trug. Den hatte sie haben müssen. Dort hatte etwas sein müssen. Sie hatte diese furchtbare Frau schon länger unter Verdacht gehabt, etwas heimlich beiseitezuschaffen. Die führte sich doch hier auf, als ob ihr das Haus gehören würde.

Also hatte sie sich den Schlüssel besorgt. Die Abernathy hatte es nicht bemerkt. Erst als sie den Westflügel für die neue Besitzerin und ihre komischen Freunde hatte öffnen sollen. Da hatte sie den Schlüssel vermisst. Juliette musste kichern. Die merkte doch nichts mehr.

Heute Nacht war es so weit. Sie war am Abend mit den anderen zum Torhaus und sofort auf ihr Zimmer gegangen. Sie hatte schon unterwegs gesagt, dass sie Kopfschmerzen hatte.

Ihr Koffer stand gepackt neben dem Bett. Als Ruhe eingetreten war im alten Torhaus, zog sie sich den Mantel über und machte sich auf den Weg zum Haus. Das war schon sehr gruselig, zumal der Sturm nicht enden wollte.

Aber sie hatte ein Ziel vor Augen. Für die Haustür hatte sie sich in Aberdeen einen Nachschlüssel machen lassen.

Das war leicht gewesen.

Als sie in der großen Halle stand, horchte sie angestrengt in Richtung Küche. Die Abernathy schien zu schlafen, endlich. Diese Frau war nicht von dieser Welt. Juliette hatte manchmal das Gefühl, die würde keinen Schlaf brauchen. In ihrer Fantasie wuchsen der Hausdame Reißzähne und sie flog nachts als Vampir um das Haus. Das Aussehen passte zu dieser Annahme.

Langsam stieg Juliette die Stufen hinauf zur zweiten Etage und ging hinüber zum Westflügel.

Der Schlüssel passte und sie öffnete die Tür. Sie verschloss die Tür vorsichtshalber wieder.

Sie hatte eine Taschenlampe dabei und leuchtete den Flur entlang. Das Holz unter ihren Füßen knarrte. Im Zimmer rechts hörte sie etwas poltern. Schnell ging sie ein Zimmer weiter und wollte sich dort verstecken. Es war ein Salon, voller verschimmelter Möbel. Vor dem Kamin stand ein altes, von Mäusen zernagtes Sofa. Und über dem Kamin hing ein Gemälde. Unter der Staubschicht konnte man nichts sehen. Vielleicht war dahinter etwas. Juliette nahm das Bild ab und wischte mit ihrem Ärmel darüber, um zu sehen, wer darauf dargestellt war.

Es war ein ihr unbekannter Mann. Unter dem Bild stand Lord Harald of Rosefield. Schon wieder so ein adliger Kerl wie der komische Lord Blaan.

Sie hängte es mit viel Anstrengung zurück. Dabei machte sie sich noch schmutziger. Dafür war das Bild jetzt sauber. Am liebsten hätte sie sich geohrfeigt wegen ihrer Neugier.

Sie durchwühlte die Kommode an der Wand, fand aber nichts Aufregendes.

Es polterte schon wieder nebenan. Schnell verließ sie das Zimmer und ging eins weiter. Sie leuchtete kurz hinein. Da waren nur alte Spielzeuge. Nichts Wertvolles. Wo hatte die Alte die Juwelen versteckt?

Das letzte Zimmer.

Der Boden war glatt und es war eiskalt. Ein Fenster schlug auf und scheppernd an die Wand. Juliette schreckte zusammen. Dann betrat sie das letzte Zimmer.

„Bingo!", rief sie und grinste breit.

Sie machte einen Schritt in den Raum. Hinter ihr schlug die Tür zu und ein kalter Hauch traf ihr Gesicht.

Beanstock und Gonzales waren sprachlos.

Der Raum war vollgestellt mit Bildern. Sie stapelten sich an den Wänden. Einige hingen unordentlich und ungeordnet an einfachen Nägeln. Es waren alle Formate und Ausführungen zu sehen. Landschaftsgemälde, Porträts von Damen in weiten Reifröcken, Gentleman auf Pferden mit und ohne Rüstung, eine Abendgesellschaft beim Tanz, Beanstock vermutete anhand der Kostüme die Biedermeierzeit, Kinderporträts und noch vieles mehr. Sie waren nicht zu zählen.

„Nun wundere ich mich über gar nichts mehr. Im gesamten Haus findet man nur einige unbedeutende Gemälde, die wahrscheinlich auch nicht kostbar sind. Dafür ist hier alles, was Rang und Namen in der Malerei hatte, vertreten. Wer mag das hier versteckt haben?", fragte Beanstock.

Aber das Beste war in der Mitte des Raumes, der groß wie ein Saal war. Vielleicht war das in früheren Zeiten ein Ballsaal. An der hinteren Wand konnte man sehen, dass dort einmal ein breiter Treppenabgang gewesen sein musste. Ein Teil des Geländers war sogar noch sichtbar. Man hatte die Treppe verworfen und alles verschlossen.

An der Decke hing ein riesiger Kronleuchter mit einer Vielzahl von blinkenden Kristallen. Gonzales leuchtete darauf und die Steine explodierten in einem Meer von Licht.

Darunter stand ein runder Tisch aus Mahagoni, staubbedeckt, aber man konnte das wertvolle Holz noch erkennen. Darauf stapelten sich Schatullen und Kästen. Einige waren aufgerissen und zeigten ihren kostbaren Inhalt. Dort gab es nicht nur echte Perlenketten, sondern auch Brillantcolliers, eine Tiara mit Diamanten und einem großen Rubin in der Mitte und als Krönung des Ganzen eine Tiara ganz aus geschliffenen Bergkristallen und Saphiren.

Mit diesen kostbaren Dingen wäre Lady Samantha Eglington in der Lage, ihr Haus zu renovieren und den Garten in Ordnung bringen zu lassen.

„Señor Beanstock", bemerkte Gonzales. „Wer hat die Frechheit besessen, diese Dinge Lady Eglington vorzuenthalten? Ich verstehe das irgendwie nicht, Sir."

„Ich kann mir nur eine Person denken, die hier diese Kostbarkeiten hortet. Sie war nach dem Tod Lady Leonoras hier und hatte die Gelegenheit."

„Was tun wir jetzt, Sir?", fragte Gonzales.

„Zuerst informieren wir die Baronets. Sie müssen mit Lady Samantha sprechen. Die weiteren Schritte liegen in ihrem Ermessen. Trotzdem haben wir noch keinen Safe entdeckt. Sehen wir hinter den Gemälden nach."

Sie mussten das zusammen bewerkstelligen, da nur eine Taschenlampe verfügbar war. Dementsprechend dauerte es eine ganze Weile. Nichts. Er war nicht auf dieser Etage. Der Safe musste irgendwo anders sein oder Sir Percival hatte sich geirrt.

Beanstock sah auf seine Taschenuhr.

Es war bereits zwei Uhr. Sie sollten gehen. Etwas Schlaf benötigte der Butler nach all dem Gesuche. Gonzales hatte auch bereits mehrmals gegähnt.

Als sie wieder auf dem langen Flur standen, hatte sich der Fensterflügel aus seiner Verankerung gelöst und schlug erneut im Wind auf und zu.

Gonzales versuchte, ihn wieder zu fixieren.

„Ich bin sicher, dass sich morgen alles klären wird. Dann kann Walter das Fenster provisorisch befestigen."

„Aber Walter macht nur das Feuer im Kamin", erklärte Gonzales lächelnd.

Beanstock sah ihn strafend an. Dann verließen sie den Westflügel. Die Eisfläche war seltsamerweise verschwunden und es war still geworden. Auch der Sturm hatte sich gelegt. Aber Beanstock war sicher, dass es schon am Morgen wieder neue Stürme geben würde.

Vor dem Haus, unterhalb des alten, unbenutzten Westflügels, lag ein Kleidungsstück und wurde vom aufkommenden

Regen durchnässt.

Ging man näher heran, erkannte man den alten Mantel von Juliette. Und ging man noch näher, dann sah man in ein schmerzverzerrtes Gesicht mit aufgerissenen blutunterlaufenen Augen und blassblauen Lippen. Blut lief langsam aus der Nase und landete auf dem Kies des Weges. In Juliettes Hand lag ein wunderschönes Medaillon aus Platin mit einem großen Smaragd in der Mitte. Das Medaillon war offen und man sah in ein lächelndes Kindergesicht.

Neben ihr lag ein offener Koffer, der seinen Inhalt auf dem Kies verteilte. Der Prospekt der Schifffahrtslinie, die wöchentlich in die USA fuhr, verteilte sich im Wind, wurde nass, weichte auf und zerfiel bis zum Morgen in Fetzen. Genauso lag der Traum Juliettes in Fetzen. Das Mädchen würde Hollywood niemals sehen.

Inspector Duff rastet aus

Walter war der Erste am Morgen. Er stand vor dem Leichnam und sah auf das junge Gesicht im Kies hinab. Er konnte sich nicht rühren. Die Köchin kam nach ihm und sah Walter schon von Weitem auf etwas stieren, das wie ein großes Stück Stoff aussah.

Es war nach acht Uhr und Mrs Brans Schreie alarmierten das gesamte Haus.

Mrs Abernathy war im Salon. Eine Tasse Tee und ein süßer Keks waren für die Hausdame ein morgendliches Ritual geworden.

Lady Samantha tauchte immer sehr spät auf. An jedem Morgen, bevor die anderen Dienstboten kamen, saß sie vor dem wärmenden Kamin und ließ es sich gut gehen. Dieser Butler kümmerte sich ja mittlerweile vollkommen selbstständig um das Frühstück der Gäste. In strahlenden Farben sah sich Mrs Abernathy schon als Hausherrin durch das Haus flanieren, einen Fuchskragen um den Hals geschlungen und von einer Schar Diener hofiert.

Sie hörte den Lärm vor dem Haus und lief zum Fenster des Salons, konnte aber nichts sehen, da es auf der anderen Seite war.

Also ging sie zur Eingangstür. Beanstock und Gonzales liefen über den Kies vor dem Haus. Sie folgte den Herren nach draußen, wütend über deren Einmischung in ihre Angelegenheiten und erbost über die Unterbrechung ihrer morgendlichen Routine.

„Was hat sich denn Juliette nun wieder erlaubt? Wie kommt sie dazu, tot vor dem Haus herumzuliegen? Sie ist doch tot, oder?", fragte sie in die Runde.

Alle Anwesenden sahen sich an und bewunderten wieder einmal die fehlende Empathie dieser Frau.

„Sie muss gestürzt sein. Wahrscheinlich aus einem der Fenster im Westflügel", erklärte Beanstock und hockte sich neben die junge Frau. Er schüttelte mit dem Kopf.

„Was für eine Verschwendung eines jungen Lebens."

Dann sah er das Medaillon in ihrer Hand, griff zu seinem Stift in der Jacke und angelte die Kette, ohne sie zu berühren, aus der Hand der Toten, bevor die Hausdame danach greifen konnte. Sie hatte es versucht, aber griff ins Leere.

„Diese Kette gehörte Lady Leonora. Geben Sie mir das Medaillon. Offensichtlich wollte Juliette stehlen! Sie hat mir den Schlüssel für den Westflügel entwendet!", rief sie erbost und wedelte mit der Hand.

Da kannte sie Beanstock schlecht. Aufgrund der letzten Erkenntnisse und des Verhaltens dieser Frau, würde er ihr auf keinen Fall ein Beweisstück aushändigen.

„Sie sollten die Polizei rufen und das hier ist ein Tatort und die Kette ein Beweisstück. Ihr Blut oder das ihres Mörders klebt daran. Die Polizei wird sie bekommen."

Sorgsam ließ er die feine Kette wieder in die Hand des

Hausmädchens gleiten.

„Déjà vu", sagte er leise und erhob sich. Schon wieder stand er über der Leiche eines Hausmädchens. Er dachte sofort an das Hausmädchen Bernice, das seine Gier nach Geld ebenfalls mit dem Leben bezahlt hatte.

„Gonzales, ich bitte Sie hier zu warten, bis ich Sie ablösen werde. Es wird eine Weile dauern, bis die Polizei aus Aberdeen hier ist. Soviel ich weiß, gibt es in Rosefield noch nicht einmal einen Constable", sagte Beanstock und nahm die Sache in die Hand. Mrs Abernathy schnaubte kurz, drehte sich um und lief zurück ins Haus. Ihr Kleid raschelte und der Kies spritzte zu ihren Füßen.

Sie könnte gestern Nacht im Westflügel gewesen sein, überlegte Beanstock, *sicher hat die Hausdame einen Generalschlüssel im Safe. Aber wieso haben wir dieses laute Kleid dann nicht gehört? Juliette war jedenfalls dort, um nach etwas zu suchen, was man zu Geld machen konnte.* Er sah auf die Leiche des Mädchens hinab. Das Medaillon war sicher aus dem Zimmer mit dem Schmuck und den Bildern. Er sah zu der grauen Fassade hinauf und bemerkte das Fenster in der zweiten Etage des Westflügels. Es stand weit offen und die Gardine fledderte nach außen im Wind. *Wer war gestern Nacht noch dort oben,* fragte er sich.

„Sir, darf ich etwas über das Mädchen legen? Sie wird ja ganz nass", fragte Gonzales traurig.

Beanstock nickte.

„Walter, holen Sie doch eine der Decken aus dem Wäscheschrank bitte", sagte er zu dem Diener. Walter nickte nur und erwähnte dieses Mal nicht seine Zuständigkeit für die Kamine. Er war ebenso erschüttert wie alle noch Anwesenden.

„Mrs Brans, gehen Sie bitte hinein und bereiten Sie Tee für uns zu. Ich komme gleich nach", erklärte der Butler. Niemand zweifelte seine Autorität an. Die Köchin nickte und ging mit Walter hinein.

Als die beiden im Haus verschwunden waren, wandte sich Beanstock an Gonzales.

„Es muss noch jemand außer Juliette oben gewesen sein, als wir dort suchten. Wahrscheinlich versteckt sich hier irgendjemand auf dem Gelände. Wenn ich Sie nachher ablöse, bitte ich Sie, das Gelände abzusuchen. Vor allem dieses verkommene Gartenhaus. Ich möchte lieber hier sein, wenn die Polizei eintrifft."

„Señor Beanstock, ich werde es tun. Aber ich sage Ihnen, es war ein Geist, der das Mädchen aus dem Fenster geschubst hat. Dieses Eis auf dem Boden, die Staubwolke, dieses Knarren und die Schritte, wo dann niemand war, das war ein Geist und er wollte verhindern, dass Juliette etwas aus dem Haus entfernt. Wir sollten uns auf den Weg nach Parsley Manor machen und das Haus dem Gespenst überlassen."

„Die Geräusche kamen von Juliette, Gonzales, was reden Sie sich wieder für einen Unsinn ein? Und es war eine stürmische, kalte Nacht, das Fenster schloss nicht vorschriftsmäßig. Das war Ihr Eis. Abgesehen davon, ein Geist besteht zum größten Teil aus Luft und Nebel. Er kann Sie erschrecken, aber nicht umbringen", erklärte Beanstock.

„Dann sehen Sie sich doch dieses verzerrte Gesicht an",

versuchte es der Chauffeur erneut. „Sie hat einen so gewaltigen Schreck bekommen, dass sie aus dem Fenster flog."

Beanstock erwiderte nichts. Er gab es auf. Walter kam mit der Decke und der Butler ging ins Haus. Er musste sich um die Baronets kümmern.

„Ich mache jetzt die Kamine", sagte Walter an Gonzales gewandt und folgte dem Butler.

In der Halle stand Lady Fedora noch im Morgenrock. Sir Percival erschien in diesem Moment verschlafen auf der Treppe.

„Was war das für ein fürchterlicher Schrei, Beanstock? Wir waren sofort wach. Ist etwas vorgefallen?", fragte My Lady aufgeregt.

Beanstock informierte sie über das Dienstmädchen.

„Um Gottes willen, das arme Kind. Wie konnte das passieren?", sagte sie erschauernd und hielt sich strauchelnd am Geländer der Treppe fest.

„Ich werde Ihnen gern Antwort geben. Zumal ich noch einige Informationen zu gestriger Nacht habe, die Sie interessieren werden. Vor allem Lady Eglington wird es interessieren, da es sie in die Lage versetzt, das Haus zu renovieren. Sie sollten sich besser ankleiden, My Lady. Es ist eiskalt in dieser Halle", erklärte der Butler.

Die Baronets gingen auf ihr Zimmer zurück und Beanstock in die Küche, um das Frühstück vorzubereiten. Lady Samantha war noch nicht aufgetaucht. Beanstock nahm an, dass sie nach dem Sherrykonsum des gestrigen Abends noch fest schlief.

„Die Polizei ist unterwegs. Ich werde mich jetzt um Lady

Samantha kümmern", sagte die Hausdame, nahm ein Tablett mit einer Tasse Tee darauf und rauschte aus der Küche.

Mrs Brans sah den Butler mit hochgezogenen Augenbrauen an.

„Was soll man zu dieser Frau noch sagen? Ein trauriger Haufen sind wir doch, oder, Sir?", fragte sie den Butler, während sie in dem Topf mit dem Porridge rührte.

„So würde ich das nicht ausdrücken, Mrs Brans. Es ist einfach nur eine Frage der Anleitung. Wenn man in einem Haushalt gut behandelt wird, wird auch die Arbeit geschätzt, die man tut. Wer niemals gelobt und immer nur getadelt wird, ohne Hilfe zur Veränderung anzubieten, muss sich nicht wundern, wenn kein Zusammenhalt entsteht. Wir sind auf Parsley Manor eine große Familie. Es gibt eine Menge Respekt füreinander. Wir haben Zeiten mit sehr viel Arbeit. Trotzdem habe ich das Gefühl, dass ich mich auf jeden einzelnen Angestellten verlassen kann", berichtete Beanstock.

„Ich wünschte, Lady Maureen würde noch leben. Sie war so eine gute Herrin. Wir haben sie alle sehr gemocht. Als sie mit ihrem Mann diesen schrecklichen Unfall hatte, war es vorbei mit der Freude hier im Haus", sagte Mrs Brans und wischte sich mit ihrer Schürze die Tränen aus den Augen.

Beanstock hielt ihr ein sauberes Taschentuch hin, die er immer in genügender Zahl dabeihatte. Aber die Köchin wischte weiter mit der Schürze und lehnte ab. Beanstock fand das nicht wirklich angebracht, sagte aber nichts dazu und räusperte sich nur. Seine Art zu sagen, es ist zwar nicht in Ordnung, aber ich darf dazu nichts anmerken.

Er griff zu dem Teetablett und ging in das Esszimmer.

Hoffentlich hatte Walter das Feuer im Kamin geschürt. Es war ein seltsamer Tag.

Lady Samantha war noch immer nicht anwesend.

Die Baronets saßen allein und verloren in dem großen Esszimmer. Beanstock hatte den Tisch bereits früh am Morgen gedeckt. Jetzt goss er Tee ein und servierte Toast und Marmelade. Solange die Hausherrin fehlte, wollte er die Baronets über seinen nächtlichen Ausflug informieren. Lady Fedora fiel von einem staunenden Ausruf in den nächsten.

„Das ist ja eine Unverschämtheit. Sie meinen, Mrs Abernathy hätte die Dinge dort oben versteckt? Ich werde mit Samantha reden. So geht das nicht weiter mit dieser Frau. Sie muss sie entlassen. Nun hat Samantha ja scheinbar genug Mittel, um ganz von vorn zu beginnen", sagte sie. Sie warf ihren Toast auf den Teller und starrte aufgebracht aus dem Fenster. Sir Percival hatte rote Augen. Er sah müde aus.

Beanstock machte sich furchtbare Sorgen um den Gesundheitszustand der beiden.

Er berichtete, dass kein Safe im Westflügel zu finden sei.

„Vielleicht hast du dich ja geirrt, Darling?", fragte seine Gattin.

„Es war ganz bestimmt ein Safeschlüssel. Dann muss er hier unten sein oder im alten Schlafzimmer von Lady Leonora", überlegte er.

Beanstock stimmte ihm zu. Er kümmerte sich um frischen Tee und brachte auch das fertige Porridge mit ins Esszimmer. Danach wollte er hinausgehen, um Gonzales abzulösen. Der Chauffeur hatte noch nicht gefrühstückt und war sicher mittlerweile völlig durchnässt.

„Wir kommen schon zurecht, Beanstock. Wichtiger ist die Lösung dieser Situation. Ich möchte nun wirklich bald nach Hause fahren", erklärte Sir Percival und erhielt ein zustimmendes Nicken seiner Gattin.

Nachdem Gonzales in der Küche etwas zu sich genommen hatte, großen Appetit hatte er nicht, zog er sich einen der Regenmäntel aus dem Bootroom an. Der Raum war gleich hinter der Küche und hatte eine Tür zum Garten.

Gonzales begann seinen Rundgang und sah hinter jeden Strauch und hinter jeden Baum, ob etwas Auffälliges zu entdecken war. Als er die wild wachsende Rosenhecke erreichte, hörte er von Weitem das nervende Gebimmel der Polizeiautos. Rosen gab es nicht mehr. Der Herbst hatte andere Blumen zu bieten. Das Gartenhaus lag vor ihm.

Es war wirklich verkommen. Gonzales öffnete die Tür und sofort kam ihm der Gestank nach Fäulnis und nach Tieren, die hier nichts zu suchen hatten, entgegen. In dem vorderen Raum war nichts Verdächtiges zu sehen. Da war noch die Tür zum hinteren Raum. Gonzales griff zu der ziemlich rostigen Klinke und drückte sie. Der Raum war verschlossen. Das war seltsam. Warum sollte man einen Raum in diesem Abrisshaus verschlossen halten? Das sollte untersucht werden. Gonzales überlegte, ob er den Butler holen sollte. Er entschied sich dagegen. Mr Beanstock würde mit der Polizei zu tun haben. Also griff er in seine Tasche und holte den Dietrich heraus. Es dauerte nur Sekunden.

Vorsichtig schob er die knarrende Tür auf. Fast erwartete er jemanden, der auf ihn lauerte. Aber was er dort sah, hatte er dann doch nicht erwartet.

Inspector Duff hatte die Leiche des Dienstmädchens begutachtet und dann der Spurensicherung überlassen.

Nun saß er mit seiner Kollegin Jamie in der Küche. Vor ihm saßen Walter und die Köchin. Mrs Abernathy war noch nicht aufgetaucht und dieser Butler aus Parsley Field stand in der Tür und beobachtete.

Duff hatte viel Geduld bewiesen. Walter war wieder zu seiner alten Aussage zurückgekehrt und erzählte wissenswertes über das Befeuern eines Kamins und welches Holz er heute benutzt hatte. Die Information, dass er die junge Frau gefunden hatte, musste Jamie ihm aus der Nase ziehen.

Die Köchin hatte ihre Aussage über Juliette plötzlich vollkommen revidiert und schilderte den Polizisten die Tote nun in leuchtenden Farben.

„Sie war also ein gutes Kind und gab niemals Anlass zu Tadel. Und mit dem toten Chauffeur hatte sie auch nichts am Hut?", fragte gerade Duff. Die Köchin nickte mit trauernder Miene und wischte mit dem Schürzenzipfel über die feuchten Augen.

Das war selbst für den abgebrühten Duff zu viel.

Sein donnernder Schlag mit der Faust brachte die Tassen auf dem Tisch zum Vibrieren und Walter vor Schreck auf die Beine. Jamie, die mit dem Zeichnen eines Strichmännchens in ihrem Notizblock beschäftigt gewesen war, sah ihren Chef mit großen Augen an.

„Jetzt habe ich aber die Faxen dick!", brüllte er in die Runde. „Ich will, dass sich sofort alle im Salon versammeln und ich meine alle. Auch die Gäste will ich sehen und vor allem den Hausdr … die Hausdame!" Dann flüsterte er seiner Kollegin zu: „So machen die das in den Krimis auch immer, alle im Salon versammeln. Das wollte ich schon immer am Zweitliebsten sagen."

„Und am liebsten?", flüsterte sie fragend zurück.

„Folgen Sie diesem Wagen", erklärte der Inspector leise.

Jamie verstand und nickte.

Es dauerte dann noch eine geschlagene halbe Stunde, bis alle da waren. Beanstock hatte seine liebe Not gehabt, Mrs Abernathy und Lady Samantha nach unten zu bringen. Alle anderen waren sofort dem Aufruf des Inspectors gefolgt.

Lady Samantha sah übernächtigt und sehr blass aus. Ihr Blick suchte verwirrt den Raum nach irgendetwas ab. Sie schien nicht ganz bei sich zu sein. Lady Fedora setzte sich neben ihre Freundin und hielt ihre Hand.

Es fehlten Gonzales und Brandon, der, wie immer, nicht auffindbar war. Mrs Abernathy zuckte die Schulter, als Beanstock nach dem jungen Mann fragte.

„Unser Chauffeur Gonzales vertritt sich draußen ein wenig die Beine", erklärte Beanstock. „Er hat heute Morgen sehr lange neben der Leiche des Mädchens Wache gehalten."

Ein Mitglied der Spurensicherung kam herein und meldete, dass man fertig sei und ob die Leiche abtransportiert werden dürfe. Duff gab die Genehmigung.

Durch die Tür kam Gonzales. Er wirkte gehetzt. Beanstock sah ihn fragend an. Der Chauffeur winkte ihn zu sich und flüsterte etwas.

„Sagen Sie dem Inspector, was Sie gefunden haben", sagte Beanstock laut. Inspector Duff wurde hellhörig.

„Was haben Sie entdeckt? Hat das mit dem Fall zu tun oder haben Sie nur ein totes Eichhörnchen gefunden? Dafür sind wir nicht zuständig", erklärte er und zwinkerte seiner Kollegin Jamie zu.

Gonzales druckste herum. Er schien nicht zu wissen, wie er es erzählen sollte.

„Ich war im Garten und habe das alte Gartenhaus betreten. Ich habe dort etwas gefunden, was nicht in einen Garten gehört und vor allem nicht in ein Gartenhaus."

Sofort wurde Mrs Abernathy wütend und schrie den Chauffeur an.

„Was haben Sie dort zu suchen gehabt? Sie sind hier Gast und haben nicht das Recht, herumzuschnüffeln. Was ist das für ein Benehmen?"

Jamie hob die Hand und bekundete der Hausdame, still zu sein. Alle sahen Gonzales beunruhigt an.

„Im Hinterzimmer liegt eine Leiche. Na ja, eigentlich ist es eher eine Mumie. Sie müssen wissen, ich war vor einiger Zeit mit den Baronets in Ägypten unterwegs auf Schatzsuche und da habe ich Mumien gesehen. Das können Sie mir glauben. Ich weiß, wie eine Mumie aussieht. Sie ist ganz vertrocknet und die Augen … die Augen sind ganz klein und dunkel und die Haut erst. Da kann man Ledertaschen draus nähen", plapperte Gonzales, als ob jemand auf einen Schalter gedrückt hatte. Der Schreck seines Fundes entlud sich wahrscheinlich jetzt erst.

Beanstock versuchte ihn zu beruhigen.

Das war schwierig.

„Sie können es sich nicht vorstellen, Sir", plapperte er sofort weiter. „Die Hände sind ganz dünn und die Nägel rissig. Der ganze Mensch, ach was sage ich, die Mumie sieht aus wie ein riesiger Räucherhering." Dabei fuchtelte Gonzales mit den Händen und zeigte die Größe der Arme und des Kopfes und versuchte zu zeigen, wie die paar Haare auf dem Kopf der Leiche nach unten baumelten. Er stand unter Schock. Sir Percival nickte dem Butler zu und zeigte mit der Hand die Geste, ein Glas einzugießen und Gonzales zu bringen. Beanstock ging nach nebenan in die Bibliothek und holte dem Chauffeur einen Whisky. Inspector Duffs Zunge leckte über seine Lippen. Den Whisky hätte er jetzt auch gern. Er fühlte nach seiner Tabakspfeife in der Manteltasche und seufzte.

„Wir verschieben die Befragung und sehen uns den Fund an. Niemand verlässt das Haus. Ich habe mich doch verständlich ausgedrückt, oder?", sagte er in die Runde. „Mr Beanstock, Sie zeigen uns bitte das Gartenhaus." Alle nickten. Mrs Abernathy verschränkte die Arme trotzig.

„Wer weiß, was dieser Dummkopf da gesehen hat. Das wird ja immer besser", maulte sie.

Sergeant Jamie Lamond entschuldigte sich kurz bei ihrem Chef, da sie ihren Notizblock in der Küche vergessen hatte. Dann gingen die beiden Polizisten, die Spurensicherung im Schlepptau, in den Garten.

Der Chefrechtsmediziner Dr. Sagart, was aus dem schottischen Gälisch kam, Priester bedeutete und durchaus passend war, grummelte vor sich hin.

162

Er hatte die Angewohnheit, über jeder Leiche, die er zu obduzieren hatte, ein kurzes Gebet zu sprechen. Darum passte sein Name zu ihm. Vor ein paar Minuten hatte ihn noch die Aussicht hocherfreut, nach Aberdeen zurückfahren zu dürfen. Das wurde wohl nichts. Ansonsten sah er eher wie der Hutmacher aus *Alice im Wunderland* aus. Er trug gern ausgefallene, hohe Hüte, hatte lockiges rotes Haar und erschien seinen Kollegen etwas verrückt.

Jamie Lamond hielt sich ein Taschentuch vor die Nase. Der Gestank in diesem Haus war unzumutbar. Der Einzige, der nicht die Nase rümpfte, war Dr. Sagart. Er hatte seinen speziellen Koffer dabei und schob sich neugierig an den anderen vorbei in das Hinterzimmer.

„Wundervoll!", rief er.

„Ich meine natürlich, es ist traurig und eine Schande. Aber eine Mumie hatte ich noch niemals. Verstehen Sie?", fragte er. Er hockte bereits neben der Leiche und blickte hinauf zu den Umstehenden. Duff konnte sich nicht an der Freude des Rechtsmediziners beteiligen. Ihm wurde langsam schlecht. Was war hier am Ende der Welt nur passiert, dass dauernd neue Leichen auftauchten?

Der Tote lag an eine Wand gelehnt auf dem Fußboden. Man bekam den Eindruck, er würde sich etwas ausruhen nach einem harten Tag. Die Arme ruhten in seinem Schoß und der Kopf lag zur Seite gefallen.

Beanstock war, ohne dass es jemand bemerkt hatte, mit ins Gartenhaus geschlüpft. Er stand hinter Sergeant Lamond und sah auf den Toten.

Er musste hier bereits sehr lange gelegen haben.

163

Man konnte die Kleidung noch erkennen. Beanstock bemerkte mit seinem Butlerblick, dass es sehr hochwertige Bekleidung gewesen war. Der Anzug musste von einem guten Schneider gemacht worden sein und die Schuhe waren aus bestem Leder und sicher auch handgenäht. Der Tote trug eine Seidenkrawatte mit einer Krawattennadel, auf der ein heller Stein glitzerte. Wo hatte er diese Nadel schon einmal gesehen? Noch fiel es ihm nicht ein. Das Gesicht war zwar eingefallen und ledrig, aber man konnte gewisse Züge noch erkennen. Ein Bart über den Lippen und die paar Haare auf dem Kopf ließen vermuten, dass er sehr gepflegt ausgesehen haben musste. Die wichtige Frage war natürlich: Wer war der Tote? Neben ihm lag ein alter Armeerevolver.

Duff wies mit der Hand auf die Jacke des Toten und signalisierte dem Rechtsmediziner, dort einmal nachzusehen, ob sich in der Tasche Papiere befanden.

Dr. Sagart hatte sich Handschuhe übergestreift. Das war für ihn selbstverständlich. Aber viele Rechtsmediziner sahen das leider noch nicht so. Er bestand auch bei seinen Kollegen auf das Tragen von Handschuhen. Er war der Meinung, dass ansonsten Material verunreinigt werden würde. Duff wusste das und machte nie wieder den Fehler, einen Toten ohne Handschuhe zu berühren.

Dr. Sagart griff in die seitlichen Taschen und brachte nur einen Kamm zum Vorschein. In der Innentasche wurde er fündig. Er zog eine Brieftasche vorsichtig hervor. Sie war durch die lange Zeit arg mitgenommen.

Duff hatte sich Handschuhe angezogen und griff danach.

„Was sind das für komische Löcher in dem Gesicht und

an den Händen?", nuschelte Sergeant Lamond hinter ihrem Taschentuch.

Dr. Sagart sah sich die Löcher an und grinste.

„Das waren sicher Ratten oder Mäuse. Die haben auch Hunger. Ich schließe aus, dass diese Löcher mit seinem Tod zu tun haben", erklärte er. Dann drehte er den Kopf des Toten gerade. Ein leichtes Knacken war hörbar.

„Ansonsten haben wir hier ein schönes, großes Einschussloch an der Seite des Schädels. Dürfte ihm das Gehirn weggepustet haben", berichtete Dr. Sagart weiter. „Ich tippe vorsichtig auf Selbstmord. Dafür spricht die Waffe neben dem Toten." Dann bekreuzigte er sich, faltete die Hände und sprach ein Gebet.

Sergeant Lamond würgte und lief aus dem Raum. Dabei hätte sie fast den Butler umgerissen. Duff bemerkte jetzt erst, dass Beanstock im Raum war. Er zeigte stumm auf den Ausgang und schüttelte den Kopf über so viel Frechheit. Beanstock war das schon gewöhnt. Er hatte genug gesehen.

Als er zurück in den Salon kam, wurde gerade heftig diskutiert. Lady Samantha saß unbeteiligt dabei und schien ein Ziel in der Ferne zu betrachten. Lady Fedora erklärte der Hausdame, dass man im Westflügel die vermissten Wertsachen gefunden hatte. Die Hausdame stritt natürlich alles ab und verwahrte sich davor, dass hinter ihrem Rücken im Haus herumgeschnüffelt wurde. Sir Percival trat dazwischen und erklärte Mrs Abernathy, dass ihre Tage hier gezählt wären. Da kam Bewegung in das Gesicht Lady Samanthas.

„Mrs Abernathy bleibt natürlich hier. Ich kann dieses Haus nicht ohne sie führen. Ich brauche sie. Ich kann mir schon denken, wer der Schuldige ist. Brandon hat sich einen Scherz erlaubt und die Dinge verschwinden lassen."

Die Hausdame lächelte.

„Ich dachte wirklich, Lady Leonora hätte die Wertsachen nach und nach veräußert, da sie unter Geldmangel litt. Immer wenn ich einmal das Haus für Einkäufe oder dringende Termine verlassen hatte, fehlte danach etwas. So war es und nicht anders. My Lady dürfen sich nichts Anderes einreden lassen." Sie ging in die Bibliothek und kam mit einem Glas Sherry zurück. Lady Samantha nahm es ohne Widerrede und trank.

Sir Percival wurde rot im Gesicht und Lady Fedora blass. So etwas hatten die beiden noch niemals erlebt und wollten es auch nicht. Sir Percival stand auf und hielt seiner Gattin die Hand hin.

„Darling, wir reisen ab. Hier werden wir nicht gebraucht."

„Hier reist niemand ab oder nur, wenn ich es genehmige", kam es von der Tür her. Inspector Duff sah belustigt auf die Gesellschaft. „Bis auf weiteres bleiben alle hier vor Ort. Es kann ein paar Tage dauern, bis wir die Identität des Toten und die Umstände seines Todes untersucht haben."

Resignierend setzte sich der Baronet und tätschelte die Hand seiner Gattin.

„Ich will jetzt von Ihnen wissen, ob irgendjemand etwas zu der Person des Dienstmädchens, des Chauffeurs oder der Leiche im Gartenhaus anmerken kann? Leider war in der Brieftasche nichts zu finden, was die Identität klärt", sagte er in die Runde. Dann nahm er seine Tabakspfeife aus der

Manteltasche, stopfte sie genüsslich und zündete sie mit einem Streichholz an. Mrs Abernathy setzte zu einer Rüge an, schwieg aber, als sie den zornigen Blick von Duff abbekam.

Alle sahen sich betreten an.

„Wir sind hier Gäste und erst vor ein paar Tagen eingetroffen. Wir kannten vorher nur die Hausherrin Lady Samantha. Ebenso ist die Sachlage mit unserem Chauffeur Gonzales und unserem Butler Beanstock", erklärte Sir Percival.

„Ich habe meiner Aussage nichts hinzuzufügen. Der Chauffeur wurde von Lord Blaan empfohlen, er blieb für sich. Das Dienstmädchen wohnte mit den anderen Angestellten im Torhaus und war nur tagsüber im Haus. In den Unterlagen stehen nur die Namen ihrer Eltern", kam es von Mrs Abernathy.

Die Köchin wollte etwas sagen, wurde aber von Duff sofort daran gehindert. Er hatte nicht den Eindruck, dass die Dame eine verlässliche Zeugin war. Stattdessen stand Walter auf und drehte seine Mütze nervös in der Hand.

„Ich mache die Kamine, wissen Sie." Er setzte sich wieder. Ein Aufstöhnen ging durch den Salon. Duff verdrehte die Augen.

„Ich hätte eventuell eine Information für Sie, Inspector", meldete sich Beanstock zu Wort. Denn genau in diesem Moment fiel ihm etwas ein. Alle Köpfe drehten sich zum Butler. Gonzales, der neben ihm stand, machte einen Schritt zur Seite. Als wollte er lieber nicht mit hineingezogen werden.

Duff sah den Butler an und nickte ihm zu.

„Ich habe an dem Toten im Gartenhaus sehr hochwertig

gefertigte Kleidung bemerkt und eine Krawattennadel, die ich hier im Haus auf einem Gemälde im Westflügel gesehen habe. Wenn Sie mir folgen würden?", sagte der Butler und drehte sich bereits zur Halle um.

„Im Westflügel?", krächzte Mrs Abernathy heiser.

„Ja, wir haben die Dinge gesehen, die dort verwahrt werden", erklärte Beanstock und gab ihr so die Möglichkeit, aus der Sache noch unbeschadet herauszukommen.

Die Hausdame wurde, ganz entgegen ihrer Natur, feuerrot im Gesicht und biss sich auf die Lippen.

Sie schwieg vorsichtshalber und Beanstock wusste nun, dass sie die Wertsachen dort versteckt hatte.

Da sich der Schlüssel zum Westflügel vermutlich in Juliettes Manteltasche befand und die Hausdame die Schulter zuckte, wurde erneut ein Dietrich genommen, um die Doppeltür aufzuschließen. Lady Samantha erwachte wie aus einer langen Lethargie und sah sich staunend um. Sie erkannte ihr altes Zuhause wieder. Hier hatte sie mit ihren Eltern gelebt. Als die Türen sich öffneten, prallte sie kurz ängstlich zurück und klammerte sich an Lady Fedora.

„Was ist denn, meine Liebe? Was hast du? Möchtest du lieber nicht hineingehen?", fragte sie ihre Freundin Samantha.

Lady Samantha schüttelte den Kopf und holte tief Luft.

„Das ist der Flur aus meinen Träumen. Dieser unendlich lange Flur mit den hohen Fenstern und den wehenden Gardinen. Wenn ich hindurchlaufe, begegnet mir diese Frau. Sie ängstigt mich und ich wache auf", erklärte sie leise.

„Hier muss irgendwo mein altes Kinderzimmer sein."

Voller Neugier lief sie vor dem Inspector durch den Flur und öffnete jede Tür. Dann verschwand sie in dem Zimmer mit den alten Spielzeugen. Lady Fedora folgte ihr besorgt.

Duff nickte Beanstock zu und forderte ihn auf, ihnen das Bild zu zeigen, von dem der Butler behauptet hatte, dass man die Krawattennadel des Toten darauf sah. Vorher hatte Sergeant Lamond auf seine Anweisung hin die Nadel aus dem Gartenhaus geholt. Sie befand sich in einer Beweismitteltüte in ihrer Hand.

Sie betraten den Raum, der einmal das gemütliche Wohnzimmer einer glücklichen Familie gewesen war.

Beanstock wies auf das Porträt des Mannes über dem Kamin. Duff nahm es herunter und hielt die Krawattennadel neben die gemalte auf dem Bild.

„Das ist tatsächlich die Nadel. Lord Harald of Rosefield", las er die Unterschrift am Gemälde.

„Aber der Tote im Gartenhaus kann das nicht sein. Dieser hier lebte im vorigen Jahrhundert. Man sieht es an dem Kleidungsstil des Herrn. Wie kam der Tote zu der Nadel? Mrs Abernathy? Sie sollten das doch sicher erklären können? Vor allem, da ich in einem heraldischen Buch in der Bibliothek das Wappen auf den Tellern hier oben identifizieren konnte. Es gehört den Lords of Rosefield, nicht wahr?", fragte nun Beanstock und nahm dem Inspector diese Frage vorweg.

Aber Duff sagte nichts, sondern sah nur die Hausdame fragend an. Wie erwartet zierte sich die Dame und ihre Lippen wurden zu einem Strich.

„Antworten Sie!", schimpfte Duff.

Mrs Abernathy schrak zusammen und begann stotternd zu sprechen.

„Es handelt sich um den Vater von Lord Robert und Blaan of Rosefield. Er war der eigentliche Besitzer dieses Hauses und der Ländereien ringsum. Lord Robert heiratete Maureen Eglington und nahm ihren Namen an. Zu diesem Zeitpunkt war seine Lordschaft bereits vollkommen mittellos. Die Eglingtons waren reich, sehr reich. Der Vater von My Lady war im Diamantengeschäft tätig und die meiste Zeit in Südafrika unterwegs. Er übernahm die Schulden, das Haus und die Ländereien. Der jüngste Sohn seiner Lordschaft, Lord Blaan, musste mit seinen Eltern in das Cottage im Ort ziehen und sich mit einigen Möbeln und einer winzigen Pension begnügen, während man hier im Haus auf großem Fuß …“ Sie unterbrach ihre Rede. Sie hatte bemerkt, dass sie schon viel zu viel gesagt hatte.

„Das erklärt nicht, wer der Tote war“, sagte Beanstock.

„Ich weiß nicht, wer das sein könnte. Wahrscheinlich hat jemand die Nadel gestohlen“, äußerte die Hausdame und hüllte sich dann in Schweigen.

Inspector Duff war sich sicher, dass die ganzen unsäglichen Geschichten sich nur um die Vergangenheit und diese Familien drehten.

Er übergab seiner Kollegin die Krawattennadel und bemerkte dabei ihren verwirrten Gesichtsausdruck. Sie sah in ihren Notizblock und schien etwas nicht fassen zu können. Aber sie schüttelte nur den Kopf und vertröstete ihren Chef mit einer Geste auf später.

In der Zwischenzeit hatte sich Sir Percival zusammen mit

Gonzales die anderen Räume angesehen. Er war sprachlos über die wertvollen Dinge, die sich hier stapelten, während das übrige Haus aussah, als würde man morgen ausziehen. Aber er fand auch keinen Safe und grübelte nun weiter über diesem Problem.

Lady Samantha saß in ihrem alten Kinderzimmer auf dem Fußboden, hielt den Teddy mit der grünen Schleife im Arm und die Spieluhr spielte dazu etwas kratzig *Dream Angus*. Ihr Oberkörper schaukelte hin und her. Sie lächelte selig und schien in eine sehr weit entfernte Vergangenheit zu sehen.

„Kennst du das Lied, Fedora? Ein altes schottisches Wiegenlied. Mein Vater hat mir die Spieldose geschenkt. Es geht darin um den Gott der Träume. Angus ist ein keltischer Gott. Ich wünsche mir so sehr schöne Träume."

Samantha sang den Text zu der Melodie.

„Dreams to sell, fine dreams to sell
Angus is here with dreams to sell
Hush, my dear baby, and sleep without fear
Dream Angus has brought you a dream, my dear"

„Diese Melodie habe ich des Öfteren in den Nächten gehört. Immer wenn ich aus diesen bösen Träumen erwachte, spielte irgendwo diese Musik. Die hast du sicher auch gehört, Fedora, nicht wahr? Sag mir, dass du sie gehört hast", wollte Samantha mit Panik in der Stimme wissen.

Lady Fedora schüttelte leicht den Kopf. Sie rief nach Beanstock und Gonzales. Gemeinsam brachten sie Lady Samantha auf ihr Zimmer und zu Bett. Sie sollte sich ausruhen.

Sir Percival riet, einen Arzt hinzuzuziehen.

Das wollte Samantha nicht und regte sich furchtbar auf. Daraufhin setzte sich Lady Fedora neben ihr Bett und beruhigte sie. Beanstock wurde nach Tee geschickt.

„Holen Sie bitte aus meiner Kosmetiktasche ein Beruhigungsmittel. Ich denke, das kann ihr helfen einzuschlafen", erklärte Lady Fedora leise.

Nachdem Samantha die Tablette genommen hatte, schien es ihr besser zu gehen. Sie wurde ruhiger und schlief nach einer halben Stunde ein. Ihre Freundin erhob sich stöhnend. Was sollte sie nur tun, um ihr zu helfen?

Vor dem Haus stiegen Inspector Duff, seine geliebte, rauchende Pfeife im Mund, und Sergeant Lamond in das Auto. Die Spurensicherung hatte sich bereits auf den Weg nach Aberdeen gemacht. Für heute hatte Duff wirklich genug von den Adelshäusern und ihren Verwicklungen. Morgen war auch noch ein Tag. In zwei Tagen würden sie zurückkommen. Hoffentlich mit neuen Erkenntnissen über die drei Toten. Duff wandte sich seiner Kollegin zu.

„Was war dein Problem vorhin? Du hast ein Gesicht gezogen, als hätte dir jemand deine Bonbons geklaut."

Jamie nahm ihren Notizblock und schlug ihn auf. Dann hielt sie ihrem Chef den Block vor das Gesicht.

„Wer hat das geschrieben?", fragte Duff entgeistert.

Jamie schüttelte den Kopf.

„Ich habe keine Ahnung. Als ich bemerkte, dass mein Block nicht da ist, bin ich zur Küche gegangen, um ihn zu holen. Als ich ihn oben vor dem Gemälde aufschlug, habe ich erst gesehen, dass irgendjemand hineingeschrieben hat.

Was meinst du? Wer schreibt in meinen Notizblock den Satz, *der Tote im Gartenhaus wurde ermordet. Fragen Sie Mable danach?"*

„Und wer zur Hölle ist nun wieder Mable?", fragte Duff resigniert. „Wir brauchen mehr Hintergrunddetails zu dieser Familie. Mach dich morgen noch mal auf den Weg ins Archiv."

Duff ließ den Motor aufheulen und schoss aus der Einfahrt. Sie waren beide froh, das Gelände zu verlassen. Auf der Brücke nach Rosefield bekam ihr Wagen dann noch nasse Reifen, das Wasser plätscherte bis über die Fahrbahn.

Stürmische Zeiten

Das war bis jetzt der wohl heftigste Sturm, den Beanstock hier in Schottland erlebt hatte. Blätter flogen kaum noch durch die Luft, dafür riss der böige Wind ganze Zweige von den gebeutelten Bäumen. Sie neigten ihre starken Kronen fast furchtsam bis zur Erde. Als würden sie um Gnade betteln und dem wütenden Sturmgott huldigen. Im Salon hörte man das aufgewühlte Meer schauerlich brüllen. Schaumkronen erstreckten sich bis zum düsteren Horizont. Fast schien das Meer in den Himmel überzugehen. Selbst die mutigen Seevögel hatten sich in ruhigere Gefilde zurückgezogen. Im Kamin klang es, als würde eine gefangene Kreatur heulen und um Einlass flehen. Funken flogen zum Schornstein hinauf.

Beanstock dachte an das Buch, das Luci, sein Patenkind, zuletzt mit so viel Freude gelesen hatte. Sie hatte ihm daraus vorgelesen. *Im Lande Mordor, wo die Schatten drohn,* hatte sie aus dem Buch vorgelesen und dabei eine tiefe, gruselige Stimme versucht zu imitieren. Der *Hobbit* von Tolkien faszinierte sie. Tagelang hatte sie mit ihrer Freundin Bronté Szenen nachgestellt. Beanstock freute sich, dass Luci so viel Gefallen an Büchern hatte und versorgte sie, mit Erlaubnis

Sir Percivals, aus der Parsley Manor Bibliothek mit neuem Lesematerial. Bei Tolkiens *Hobbit* war er sich nicht sicher gewesen. Der Titel klang ziemlich harmlos, aber es war doch stellenweise ein recht brutales Buch. Aber Sir Percival hatte ihn beruhigt und gemeint, das sei große Literatur. Das Kind sei schlau und mutig. Er meinte, das nächste Werk von Tolkien würde ihr dann sicher auch gefallen. *Der Herr der Ringe* würde noch in diesem Jahr erscheinen. Sir Percival hatte es bereits vorbestellt.

Das Dinner war trostlos verlaufen. Beanstock hatte am frühen Abend die Köchin nach Hause ins Torhaus geschickt. Der Sturm würde es ansonsten verhindern und sie müsste die Nacht im großen Haus verbringen. Das wollte sie auf keinen Fall. Nachdem Walter genügend Holz hereingeholt hatte, machte er sich mit der Köchin sofort auf den Weg. Gonzales legte Holz in den Kaminen nach und Beanstock kümmerte sich um das Dinner. Lady Samantha lag in ihrem Zimmer. Mrs Abernathy hatte sich sofort erboten, seltsamerweise ohne zu maulen, die Dame des Hauses mit Speisen und Getränken zu versorgen.

Beanstock machte sich darüber seit Langem schon seine eigenen Gedanken. Seit wann ging es Lady Samantha nervlich so schlecht? Das konnte nicht mit dem Haus an sich zusammenhängen. Da war noch etwas Anderes im Spiel.

Er servierte das Essen, ein einfaches Lammstew mit frischem Brot, von dem Sir Percival sagte, er wäre so froh, bald wieder das gute Lammstew von Mrs Porkpie genießen zu können. Das sagte viel über die Qualität aus.

Dann schickte Beanstock den Chauffeur in die Halle.

„Sie bleiben an der Treppe nach oben stehen, Gonzales, und rühren sich nicht von der Stelle. Wenn Sie das Knistern von dem Kleid der Hausdame hören, kommen Sie sofort in die Küche und warnen mich."

„Was haben Sie vor, Señor?"

„Es ist etwas heikel. Ich werde das Zimmer von Mrs Abernathy durchsuchen."

Gonzales pfiff erstaunt durch seine Zähne.

Dann nickte er nur kurz und ging in die Halle.

Ein kalter Windzug kam von der Tür. Gonzales sah nach, ob sie geöffnet war. Es könnte eine Windböe das Schloss beschädigt haben. Aber sein Griff zur Türklinke zeigte an, dass die Tür sogar vorschriftsmäßig verschlossen war. Er ging zurück zu seinem Posten neben der Treppe. Er fröstelte und wünschte sich zurück nach Parsley Manor.

Beanstock hatte das Zimmer der Hausdame, gleich neben der Küche, betreten. Die Tür war nicht verschlossen. Er war genauso erstaunt wie Inspector Duff über die luxuriöse Ausstattung. Aber wenn man bedachte, dass die Dame die guten Sachen vor der Hausherrin versteckt hatte, war das nicht verwunderlich. Was würde noch zum Vorschein kommen? Seltsam war, dass Lady Leonora nichts davon bemerkt hatte. Sie hätte doch sehen müssen, dass das ein oder andere Stück fehlte. Aber auch dazu hatte der Butler eine plausible Theorie.

Mrs Abernathy hatte stets dafür gesorgt, dass genügend Sherry im Haus war. Aber allein dies wäre nicht ausreichend gewesen. Da war sich Beanstock sicher. Sie musste noch ein anderes Mittelchen zur Verfügung gehabt haben.

Und danach war er auf der Suche.

Er durchsuchte zuerst die Kommode. Es waren nur verschiedene persönliche Dinge darin. Vor dem Fenster stand ein wundervoller Sekretär mit einem Aufsatz. Im unteren Fach fand Beanstock ein Fotoalbum. Das war interessant.

Auf einem der Fotos stand Mrs Abernathy. Es war eine jüngere und scheinbar auch fröhlichere Version von ihr, aber man konnte sie erkennen. Damals trug sie sogar ein helles Sommerkleid und hatte eine annehmbare Frisur. Neben ihr stand ein junger Mann, vielleicht um die fünfundzwanzig Jahre alt, mit einem netten Lächeln im Gesicht. Sie hielten sich an den Händen. Auf einem anderen Foto lief ein kleiner Junge hinter einem Ball her. In einem Liegestuhl saß derselbe Mann, etwas älter, und sah ihm zu. Auf einem der nächsten Fotos stand der Herr offensichtlich vor dem Haus, hatte einen feinen Anzug an, eine Zigarre in der Hand und … an seiner Krawatte eine funkelnde Krawattennadel. War Mrs Abernathy irgendwann verheiratet gewesen? Wahrscheinlich war der kleine Junge ihr Sohn Brandon, den sie vor aller Welt versteckte.

Beanstock wusste noch nicht, was er davon halten sollte. Könnte Mrs Abernathy den Toten im Gartenhaus gekannt haben? Hatte sie wieder einmal gelogen?

Sorgfältig legte er das Album zurück an seinen Platz.

Dieser riesige Kleiderschrank konnte noch etwas Wichtiges bergen. Er öffnete ihn. Darin hingen fünf Pelzmäntel von hoher Qualität. Ein Zobel mit weißem Seidenfutter fiel dem Butler besonders ins Auge. Unglaublich. Die teuren Mäntel hatte die Hausdame also auch beiseitegeschafft.

Beanstock griff nach einem anderen Pelz, um auf dem Innenschild nach dem Namen des Kürschners zu suchen. Leider machte sich die Schranktür selbstständig und knallte gegen die Wand. Beanstock erschrak.

Er sah sich die Wand an. Hoffentlich hatte sie keinen Schaden genommen. Wie sollte er das erklären?

Aber das war gar nicht nötig. Die Tür hatte nur eines der Bilder an der Wand gestreift und es war von der Wand gefallen. Zum Glück war es heil geblieben. Beanstock griff danach und wollte es schnellstens an seinen Platz zurückhängen.

„Na so was!", entfuhr es ihm.

Hinter dem zu Boden gefallenen Bild war der Safe. Da er den Schlüssel nicht zur Verfügung hatte, musste er das Bild nur wieder an die Wand hängen, ohne mit seiner Suche weiter zu kommen. Er vermutete, der Inhalt des Safes würde ihn weiterbringen. Aber der Schlüssel hing an dem Gürtel der Hausdame. Gonzales fiel ihm ein. Wieso kam er in diesem Moment auf den Chauffeur? Seine Talente waren gefragt.

Er verließ das Zimmer und erlöste Gonzales von seiner Wache in der eiskalten Halle. Leise berichtete er von dem gefundenen Safe. Er sah den Chauffeur fragend an. Gonzales zuckte die Schulter. Er verstand die Andeutungen Beanstocks nur selten.

„Der Safe, Gonzales."

„Was ist damit? Sie sollten ihn öffnen, Señor Beanstock."

„Ich habe den Schlüssel nicht, verstehen Sie?"

„Der hängt am Gürtel des Hausdrachens."

„Das weiß ich auch, Señor Gonzales!"

Beanstocks Stimme bekam einen drängenden Unterton.

Gonzales dachte nach. Dann hellte sich sein Gesicht auf.

„Ach, sagen Sie das doch in verständlichen Worten. Wir sind doch hier nicht im Rateparadies der BBC! Dios mío!"

Er hatte endlich verstanden, dass er versuchen sollte, an den Schlüssel zu kommen, denn den Safe aufzubrechen, war wahrscheinlich keine Option. Beanstock atmete tief ein.

Die Baronets waren in die Bibliothek gegangen und saßen schweigend vor dem Kamin. Nachdem Beanstock das Esszimmer aufgeräumt hatte und das Geschirr gespült worden war, begab er sich ebenfalls dorthin. Gonzales war kurz in der Küche und aß eine Kleinigkeit, dann erschien er ebenfalls.

Beanstock legte noch ein Scheit Holz nach.

„Was kann ich Ihnen noch servieren, My Lady?"

„Ich denke, wir nehmen einen Whisky und dann gehen wir zu Bett. Es war ein langer Tag. Sie sollten sich auch ausruhen, Beanstock. Nicht wahr, Darling?"

Sir Percival nickte müde und schloss kurz die Augen.

Beanstock sorgte sich um seine Herrschaft. Lange würde das nicht mehr gut gehen. Sie mussten diesen ungastlichen Ort so schnell wie möglich verlassen.

Die Baronets waren auf dem Weg in ihr Zimmer. Beanstock überprüfte in alter Gewohnheit die Haustür. Sie war ordnungsgemäß verschlossen. Wenigstens das tat die Hausdame. Es lag aber sicher eher an ihrer Angst, etwas von den vielen Wertsachen könnte gestohlen werden und ihr dann nicht mehr zur Verfügung stehen.

Auf der Treppe zur obersten Etage kam Beanstock Mrs

Abernathy mit einem Tablett entgegen, auf dem ein Teller und ein Glas standen.

„Wie geht es My Lady?", fragte er.

„Wie soll es ihr gehen? Sie ist jetzt eingeschlafen. Sie hat etwas gegessen und nun schläft sie. Es wundert mich nicht. Die ganze Aufregung, seit Sie und Ihre Herrschaften hier sind. Lady Samantha hat ein sehr kindliches Gemüt."

Sie rauschte mit hoch erhobenem Kopf an dem Butler vorbei. So wie diese Dame es hinstellte, wären also die Gäste schuld an der Misere. Eine seltsame Denkweise.

Beanstock ging in sein Zimmer. Gonzales schlief scheinbar bereits, aber der Butler zog sich nicht aus. Er hatte kein gutes Gefühl und wollte noch eine Zeit lang wach bleiben.

Er nahm sein Buch zur Hand, setzte sich auf den Stuhl am Fenster und begann zu lesen.

Der Sturm rüttelte am Dach.

Er vermisste seinen bequemen Sessel.

Wer hat Angst vor ...

Der Westflügel.

Eine neblige Wolke waberte über den verlassenen Flur. Sie schien zu leben. Oder war es nur die Fantasie des Beobachters, die sie zum Leben erwachen ließ? Konnten die kleinen grauen Zellen etwas vorgaukeln, was gar nicht da war?

Manchmal sehen die Augen etwas und der Fantasieschalter wird umgelegt. Dann werden frühere Erlebnisse, Filme, die man gesehen oder Geschichten, die man gelesen hat, zu einem schauerlichen Mosaik zusammengefügt.

Der Mensch lebt von seinen Erinnerungen. In jeder träumerischen Nacht reist er in unendlich viele Welten und in unendlich viele Realitäten. Er durchlebt den vorherigen Tag noch einmal oder in seinem Kopf blitzen plötzlich Geschehnisse auf, die er längst vergessen glaubte oder die er in sich vergraben hielt. Er sieht Menschen, die er längst verabschiedet hatte, ob nun unter der dunklen Erde oder in seinen Gedanken.

Samantha schlief in ihrem Zimmer.

Der Tag war nicht real gewesen. Sie konnte sich kaum an etwas erinnern. Sie versuchte zu erfassen, was eigentlich passiert war, aber es wollte ihr nicht gelingen. Waren da nicht ein paar Fremde im Haus gewesen? Hatte sie wirklich in ihrem alten Kinderzimmer im Westflügel gestanden? Ihr Kopf schien mit Watte gefüllt zu sein. Sie fühlte sich vollkommen erledigt, wie nach einem Alkoholrausch.

Durst, so großer Durst, dachte sie.

Sie angelte nach dem Schalter der Nachttischlampe. Die Lampe tat nichts. Sie blieb dunkel. Ihre suchenden Finger ertasteten eine Schachtel Streichhölzer. War der Strom mal wieder ausgegangen?

Morgen, morgen würde sie sich endlich um einen Elektriker bemühen. Morgen würde alles besser werden.

Das Streichholz flackerte. Irgendwo musste ein geöffnetes Fenster sein. Oder der Wind kam durch die Halle zu ihr heraufgefegt. In ihrer Fantasie sah sie den Sturm in dunklen Wellen über die Treppe der Halle in ihr Zimmer wabern. Als sie mit dem Kerzenleuchter in der Hand im Zimmer stand, spürte sie es überdeutlich.

Sie war nicht allein.

Beanstock schreckte hoch. Sein Buch lag auf dem Boden. Er musste irgendwann eingenickt sein. Wahrscheinlich hatte das fallende Buch ihn geweckt. Ein Blick auf seine Taschenuhr. Mitternacht vorbei.

Der Sturm hatte nicht nachgelassen. Dicke, dunkle Regenwolken tobten über den Himmel und kämpften wie zornige Krieger gegeneinander. Ab und zu durchzuckte ein Blitz das Wolkengewühl.

Beanstock stand auf und streckte die steifen Glieder. Er sollte nun doch zu Bett gehen.

Er nahm ein Scheit Holz und legte es in das fast erloschene Kaminfeuer. Auch ein größeres Feuer würde die vernachlässigten Zimmer in dieser Etage nicht erwärmen können. Aber man bildete sich ein, dass es wärmer wurde.

Gonzales hatte am Abend gemeint, das Bild von einem Feuer anzusehen würde mehr bringen als dieses mickrige Feuerchen im Kamin. Aus dem Nebenraum kamen die gleichmäßigen Schnarchgeräusche des Chauffeurs. Beneidenswert. Gonzales legte sich zur Ruhe und war im nächsten Moment schon in der Traumwelt. Beanstock hatte ansonsten einen sehr guten Schlaf, aber in diesem Haus war sein Verstand ständig hellwach. Aufmerksamkeit in jeder Minute half nicht gerade beim Einschlafen.

Ein Glas Milch wäre jetzt angenehm.

Er griff zu der Taschenlampe, die er nach dem Ausflug in den Westflügel behalten hatte, und machte sich auf den Weg nach unten. Die einzigen Bedenken, die ihn umtrieben, waren, hoffentlich bemerkt die Hausdame nichts und hoffentlich ist noch Milch im Vorratsraum. Ein Löffelchen Honig wäre auch nicht schlecht.

In der Etage, in denen sich die Schlafzimmer der Baronets und Lady Samanthas befanden, hielt er kurz inne und horchte. Aber es rührte sich nichts im Ostflügel des Hauses.

Er ging weiter nach unten. Die Halle lag verlassen, nur der Sturm rüttelte an der Vordertür. Rechts ging es zur Küche, den Wirtschaftsräumen und dem Zimmer der Hausdame. Beanstocks Gewohnheit aus Parsley Manor, an jedem Abend als Letzter zu überprüfen, ob alle Türen nach außen verriegelt waren, war in seinem Kopf verankert wie in Zement gegossen. Deshalb drehte er auf dem Absatz um und ging zur Haustür zurück. Er konnte nicht anders. Er wusste, das war ein bisschen auch Einbildung, aber er musste einfach wissen, ob alles sicher war.

Er drückte die Türklinke und die Tür flog auf. Der Sturm fegte sofort Blätter in die Halle. Schnell schloss Beanstock die Tür, bevor die Einrichtung Schaden nehmen konnte. Er musste sich regelrecht gegen das dicke Holz stemmen, um die Tür zu schließen.

Der Schlüssel steckte innen und er drehte ihn um. Aus alter Gewohnheit zog er ihn ab und ließ ihn in seiner Westentasche verschwinden. Dreimal dagegen geklopft, wie er es zuhause tat, und er nickte zufrieden.

Um die Situation noch zu verschlimmern, schlug in diesem Moment diese furchtbar laute Standuhr die halbe Stunde. Beanstock zuckte zusammen.

In der ersten Etage polterte etwas. Der Sturm musste etwas umgerissen haben. Vielleicht war dieses eine Fenster im Westflügel wieder aufgesprungen.

Am Tag vorher hatte Walter, der mal etwas anderes als die Kamine machen sollte, provisorisch eine Holzleiste quer über das Fenster genagelt. Dabei hatte er jedem, der es hören wollte, erklärt, dass dieses schöne Holzstück besser in einem der Kamine aufgehoben und er ja für die Kamine verantwortlich war. Er hatte den Kopf über die Verschwendung seines guten Kaminholzes geschüttelt. Gonzales hatte den Kopf über Walter geschüttelt und gefragt, was das gute Holz meinte, wenn Walter es zu Asche verbrennen ließ. Dann schon lieber eine Leiste an einem Fenster sein. Walter hatte den Chauffeur böse angesehen.

Das Fenster müsste später von einem Handwerker im Ganzen ersetzt werden. Der Rahmen war vollkommen verzogen und das Holz aufgequollen.

Beanstock nahm sich vor, später noch einmal danach zu schauen. In diesem Haus fehlte ein Butler an allen Ecken.

Nun aber erst einmal die Milch.

Beanstock ging leise in die Küche. Er leuchtete im Vorratsraum die Regale ab und fand die Milch in einem Henkeltopf. Es standen noch einige Flaschen verschlossen daneben. Also gab es genügend für Tee und Porridge der Herrschaften.

Das Feuer im Herd glimmte noch leicht. Ein schmales

Scheit Holz genügte, um den Herd anzufeuern. Er stellte den Topf mit der Milch auf die Platte und wartete.

Ihm fiel ein, dass ein Löffel Honig gut wäre. Also ging er zurück in den Vorratsraum und leuchtete nochmals in die Dunkelheit. Hinter seinem Rücken fiel die Tür mit einem lauten Knall ins Schloss. Er drehte sich um und versuchte, sie wieder zu öffnen, aber sie war verriegelt worden.

„Wer ist da? Mrs Abernathy? Öffnen Sie sofort die Tür. Das ist nicht lustig!", rief Beanstock. Nichts rührte sich vor der Tür. Die Milch fiel ihm ein und wenn er sie nicht in ein paar Minuten herunternehmen würde, gäbe es eine Riesenschweinerei auf dem Herd. Er rüttelte an der Tür und horchte nach draußen. Es war still.

Was sollte er tun? Er hörte ein Kinderlachen, das sich schnell entfernte.

Spielten ihm seine Nerven Streiche?

„Brandon?", fragte Samantha in die Dunkelheit hinein.

„Bist du das, Brandon? Ich weiß, dass du nachts oft in meinem Zimmer bist. Komm endlich heraus und sag mir, was du hier suchst."

Nichts rührte sich. Also griff sie den Kerzenleuchter fester und ging auf die Ecke zu, in der sie jemanden vermutete. Sie hob den Leuchter. Da war nur eine leere Ecke. Aber als sie genauer hinsah, wanderte etwas über die alte rissige Tapete. Sie ging näher heran. Es sah aus, als würde unter der Tapete ein Strom von Insekten krabbeln. Wenn der Zug einmal einen Riss erreichte, kamen kleine schwarze Fühler zum Vorschein. Samantha unterdrückte einen Schrei.

Sie taumelte zurück und der Leuchter fiel aus ihrer Hand. Zum Glück erloschen die Kerzen sofort.

Samantha wollte keinen Moment länger in diesem Zimmer bleiben. Sie rannte ohne Rücksicht auf die Dunkelheit in Richtung der Tür. Da sie barfuß war, stieß sie sich die Zehen blutig an ihrem Nachtisch. Das ignorierte sie. Sie fühlte keinen Schmerz. In ihrem Kopf rannten die Insekten ihr nach und sie musste so schnell wie möglich fort.

Vor der Tür auf dem Flur lehnte sie sich aufatmend gegen das kühle Holz. Licht kam aus Richtung des Westflügels.

„Mam? Dad?", fragte sie und bewegte sich in Richtung der Treppe. „Ich habe mir wehgetan. Helft mir doch bitte", raunte sie leise. Dann lag die Tür zum Westflügel vor ihr und sie lächelte. Ihre Eltern würden helfen.

Wieso flogen dunkle Vögel durch das Treppenhaus? Sie flatterten laut mit ihren rabenschwarzen Flügeln und beäugten den Störenfried an der Tür mit boshaften Blicken. Bereit zum Angriff. Wenn einer der Vögel ihr zu nahekam, schlug sie mit den Händen nach ihm, dabei verletzte sie sich an den scharfen Schnäbeln und ihre Hände bluteten.

„Dad!", rief sie und stürzte durch die Tür in den alten, heruntergekommenen Westflügel. Die Vögel blieben zum Glück im Treppenhaus. Aber sie konnte das Flattern der rabenschwarzen Flügel noch hören. Oder war es das Knistern von Stoff? Sie lehnte sich gegen die Wand und schloss für einen Moment die Augen. Als sie sie öffnete, stand Brandon vor ihr. Er weinte. Tränen liefen über sein junges Gesicht. Er wollte ihr etwas sagen. Sie konnte ihn nicht verstehen. Die Vögel im Treppenhaus kreischten so laut.

Im Schlafzimmer saß Lady Fedora aufgeschreckt im Bett und horchte in die Nacht. Dann drückte sie den Knopf der Nachttischlampe und wollte Licht machen. Natürlich tat sich wieder einmal nichts. Stromausfall, wie schon an den Tagen davor. Seltsam, dass scheinbar immer nur nachts der Strom ausfiel. Am Tage gab es niemals Probleme.

Sie tastete nach den Streichhölzern. Gut, dass Beanstock darauf geachtet hatte, dass immer Hölzer und Kerzen bereitlagen. Als die Flamme aufleuchtete, regte sich im Nachbarbett Sir Percival.

„Was ist los, Darling? Geht es dir nicht gut? Können wir nach Hause fahren? Ich ziehe mich sofort an."

„Es ist mitten in der Nacht, Perci, was du nur redest. Hast du nichts gehört? Ich könnte schwören, dass ich einen Schrei gehört habe."

Sir Percival setzte sich auf und rieb sich die verschlafenen Augen.

Die beiden saßen im Bett und horchten angestrengt in die Dunkelheit.

„Also, ich höre nichts, Fedora. Nur den tobenden Sturmgott vor den Fenstern. Der könnte wirklich mal Pause machen. Kann der nicht einmal woanders Leute ärgern? Gibt es hier einen einzigen Tag ohne Wind? Meinst du nicht, dass dein Nervenkostüm überanstrengt ist und du dir das einbildest, Darling?"

Sie sah ihren Gatten böse an.

„Was ich gehört habe, habe ich gehört."

Sie stand auf und zog sich den Morgenmantel über. Sir Percival sah ihr beunruhigt zu.

„Du willst dem nachgehen? In dieser Dunkelheit? Und wo es überall so eiskalt ist?", versuchte Sir Percival seine Gattin zu überreden, ins Bett zurückzukommen. Als ob der Wettergott den Baronet verhöhnen wollte, krachte ein zuckender Blitz am Himmel und tauchte das Zimmer in grelles Licht. Der Donner kam ohne Pause hinterher. Sir Percival sah mit bösem Blick zum Fenster.

„Wie wäre es noch mit Hagel? Das hatten wir hier noch gar nicht. Der da oben macht sich doch einen Spaß, oder? Komm zurück ins warme Bett, Darling", sagte er und kuschelte sich in seine Bettdecke.

„Was ist, wenn es Samantha schlecht geht? Ich muss einfach nachsehen."

Sir Percival schlüpfte aus dem Bett in die bereitstehenden Pantoffeln und so schnell es ging in den Morgenmantel, bevor ihm Eiszapfen an der Nase wuchsen.

Sie hakten sich unter und schlichen dann, langsam und auf jeden Schritt achtend, mit dem Kerzenhalter weit von sich gestreckt, über den Flur.

Ein Filmregisseur wäre begeistert gewesen über die Atmosphäre und die beiden schleichenden Darsteller in den langen weißen Nachthemden.

An Samanthas Zimmer horchten die beiden an der Tür.

„Ich kann rein gar nichts hören", flüsterte Sir Percival.

„Ich höre noch nicht einmal Atemgeräusche. Lass uns hineingehen. Bitte, Perci, wir müssen nachsehen, ob es ihr gut geht."

Sir Percival seufzte. Er drückte die Türklinke und hoffte inständig, dass ihre Freundin ruhig schlafend im Bett lag.

Er wurde enttäuscht.

Beanstock rüttelte intensiv an der Tür. Das war eine sehr robuste Tür, stellte er fest. Gutes altes Eichenholz, jahrelang abgelagert und von einem guten Tischler verarbeitet. Beanstock kannte sich aus mit Holz, aber irgendwie nutzte ihm das in diesem Moment nicht viel. Was war mit dem Schloss? Vielleicht konnte er dort ansetzen. Er griff in seine Jackettasche, nur um festzustellen, dass die Dietriche in seinem Zimmer lagen.

Das Scharnier sah leicht verrostet aus. Er sah sich nach einem Hebel um.

Mit einem Laib Brot oder einer Kanne Milch konnte man keine Tür heraushebeln. Es war hoffnungslos. Vor lauter Frust schlug er, ganz entgegen seiner Natur, mit der Faust gegen das dicke Holz.

Resigniert setzte er sich auf eine Gemüsekiste in der Ecke und durchdachte seine Optionen.

Dann hörte er den Riegel an der Tür. Er wurde beiseitegeschoben und die Tür öffnete sich knarzend.

Voller Ärger erwartete Beanstock die Hausdame vor sich zu sehen. Sie hatte sicher seinen Schlag gehört und wollte nachsehen. Es war ihm, obwohl er schuldlos war, ausgesprochen peinlich.

Er leuchtete zur offenen Tür und sah drei Gestalten in langen Nachthemden. Oder waren hier Geister der verstorbenen Besitzer des Hauses? Hatte er mit seinen Untersuchungen des Westflügels einen bösen, rächenden Geist geweckt und der wollte ihn nun vertreiben? Beanstock hielt seine Taschenlampe fester. Ein Butler wusste sich zu wehren. Sie sollten nur kommen.

„Was machen Sie hier, Beanstock?", fragte die Stimme von Sir Percival. „Wir waren auf dem Weg zu der Hausdame und da hörten wir diesen Lärm in der Küche. Warum haben Sie sich in die Vorratskammer geschlichen? Ist dort vielleicht der vermisste Safe?"

Beanstock holte tief Luft. Auf gar keinen Fall würde er einer Menschenseele von seinen noch eben vermuteten Geistern erzählen. Zumal hinter den Baronets Gonzales stand und ihn mit sehr gemischten Gefühlen ansah.

Gonzales im Nachthemd? Beanstock räusperte sich.

„My Lady, Sir Percival. Irgendjemand hat mich eingeschlossen. Ich wollte Honig für meine Milch … Oh Gott, die Milch!", rief Beanstock und rannte zum Herd. Aber der Topf stand nicht mehr dort. Er stand auf dem Tisch. Das war vorrausschauend, dachte der Butler. Es kümmert sich jemand um das Haus. Aber im Grunde vermutete er, dass Mrs Abernathy ihn einfach aus Bosheit eingeschlossen hatte.

„Darf ich fragen, was Sie hier unten umtreibt?", fragte er in die Runde.

Sir Percival berichtete von der Sorge seiner Gattin. Auf dem Weg nach unten waren sie auf Gonzales getroffen, der den Butler gesucht hatte. Er hatte einen Knall gehört oder etwas Ähnliches und ihn danach fragen wollen. Als er bemerkt hatte, dass Beanstock nicht im Zimmer war, hatte er sich auf die Suche gemacht. Das Zimmer Lady Samanthas war leer gewesen. Daraufhin hatten die drei die Hausdame befragen wollen.

„Schläft in diesem Haus überhaupt jemand in den Nächten? Dios mío! Ich habe das Gefühl, kaum wird es Nacht, beginnt hier eine Völkerwanderung. Ich habe auch bei Brandon geklopft. Kein Laut."

„Wir sollten den Jungen in Ruhe lassen. Ich denke, er hat es hier nicht so leicht, wie wir annehmen", bemerkte Beanstock. „Also gehen wir auf die Suche. Ich halte es für besser, wenn wir zusammenbleiben. Der Safe befindet sich im Zimmer der Hausdame." Der Baronet zog verstehend die Augenbrauen nach oben.

„Gut gemacht, Beanstock", flüsterte er.

In der Halle erzählte Beanstock leise, dass die Haustür nicht abgeschlossen gewesen war, als er es überprüft hatte. Daraufhin berichtete Gonzales überrascht, dass er am frühen Abend die Tür verschlossen gefunden hatte.

Die vier schlichen in die nächste Etage und sahen minutenlang zum Westflügel hinüber.

Die Türen standen weit offen und man fühlte, dass das fehlerhafte Fenster ebenfalls wieder aufgeschlagen war.

Beanstock machte einen Schritt zur Tür.

„Wollen Sie wirklich wieder dorthinein? Mitten in der Nacht?", fragte Gonzales und hielt den Butler am Arm.

„Ich würde denken, dass Lady Samantha wieder in ihrem alten Kinderzimmer ist. Sie schien es wiedererkannt zu haben. Wir sollten sie nicht die gesamte Nacht dort lassen. Es ist viel zu kalt und sie scheint nicht bei Sinnen zu sein. Es ist bereits ein Mensch aus dem Fenster gestürzt."

Lady Fedora hielt sich an ihrem Gatten fest und sah verwirrt drein. Es nahm sie unglaublich mit.

Beanstock fasste einen schnellen Entschluss.

„Gonzales, Sie bleiben mit den Baronets hier an der Treppe. Ich werde nachsehen. Wenn es Probleme geben sollte, werde ich rufen."

Gonzales drückte ihm etwas in die Hand. Als Beanstock sich das Ding ansah, stellte er fest, dass es eine Knoblauchknolle war.

„Was soll ich denn damit? Soll ich es in der Gefahr werfen und warten, bis der Angreifer vor dem Geruch flüchtet? Señor Gonzales, von einem Geist zu einem Vampir ist es ein langer Weg. Da wird wohl kaum Graf Dracula auf mich warten."

„Man sollte immer gewappnet sein, Señor", erklärte Gonzales und bekreuzigte sich, obwohl er gar nicht gläubig war. Es konnte nicht schaden.

Beanstock schüttelte leicht den Kopf.

Als er die Tür durchquert hatte, empfing ihn wieder der altbekannte Nebel auf dem Boden und die Eiseskälte. Der Boden schien wiederum mit Eis überzogen zu sein. Als er am Nachmittag mit dem Inspector hier gewesen war, hatte er nichts davon bemerkt. Er sollte sich beeilen. Wer weiß, wie es Lady Samantha ging.

Im vorletzten Zimmer stand die Tür weit offen und die Hausherrin saß auf dem Fußboden. Ihr Oberkörper schaukelte hin und her im Takt der Musik aus der Spieluhr.

Beanstock kniete sich neben sie und schloss den Deckel der Spieluhr. Sofort griff sie danach und öffnete die Dose erneut. Dabei bemerkte Beanstock die tiefen, blutenden Verletzungen an ihren Händen. Beanstock zog sein Jackett aus und legte es ihr um die Schultern. Sie trug nur das lange Nachthemd. Dann griff er erneut zu der Spieluhr, um sie zu schließen. Lady Samantha drehte ihm das Gesicht zu. Sie war blass. Die Augen weit aufgerissen bleckte sie die Zähne und Beanstock hatte den Eindruck, sie würde ihn anknurren.

Er sah nur eine Möglichkeit, die Dame aus diesem Raum zu bekommen. Also nahm er die geöffnete Spieldose und machte einen Schritt zur Tür. Wie erwartet erhob sich Lady Samantha und folgte ihm, wie eine Schlafwandlerin in einem furchtbaren Traum gefangen, die Augen fest auf die Dose geheftet.

Vorsichtig trat er auf den Flur hinaus und ging dann langsam in Richtung des Treppenhauses. Lady Fedora war nicht mehr zu halten. Beinahe wäre sie gefallen, da der Boden so glatt war. Gonzales nahm Samantha am Arm und sie brachten sie so schnell wie möglich in ihr Zimmer zurück.

Beanstock besorgte ein heißes Getränk und Verbandsstoff aus der Küche und Gonzales schürte das Feuer im Kamin.

Lady Fedora saß mit Samantha vor dem Kamin und beobachtete sie. Die Spieldose hielt sie fest in ihren Händen.

Ihre Blicke flogen immer wieder in die Zimmerecke.

„Was ist denn dort, meine Liebe?", fragte Lady Fedora besorgt.

„Käfer, sie laufen unter der Tapete herum", antwortete Samantha und kuschelte sich ängstlich an ihre alte Freundin.

„Sehen Sie doch bitte einmal nach, Gonzales", bat Lady Fedora. Aber der Chauffeur sah nur Tapete, etwas locker vielleicht, aber da waren keine Tiere. *Wie sollten die auch*

bei dieser Kälte überleben, die wären doch schon Eiswürfel,
dachte er.

Als Samantha endlich wieder in ihrem Bett lag, ihre
Hände verbunden waren und sie die warme Milch trank, kam
sie endlich zur Ruhe.

„Ich werde heute Nacht hierbleiben. Bringen Sie mir
doch bitte eine Decke, Beanstock. Ihr anderen solltet schlafen gehen", flüsterte Lady Fedora. „Wie ist das mit ihren
Händen passiert? Ist sie gestürzt?"

„Dafür sind die Wunden zu tief und zu gleichmäßig. Ich
tippe auf einen Messerangriff. Sie hatte großes Glück oder
der Angreifer hatte gar nicht vor, ihr etwas körperlich anzu-
tun. Er fühlte sich nur ertappt", sagte Beanstock.

„Was soll das bedeuten? Nichts antun? Warum will ihr
jemand etwas antun?", fragte Lady Fedora.

„Vielleicht ist nur der Plan, Lady Samantha etwas verrückt zu machen", sagte Beanstock. „Ganz klar ist mir die
Sache noch nicht."

Gonzales rückte das kleine Sofa näher an das Kaminfeuer.

Nachdem Beanstock eine Decke und ein Kissen gebracht
hatte, ging man endlich zu Bett.

Sir Percival war das gar nicht angenehm. Erstens, dass
seine Gattin allein mit der seltsamen Lady war, und zweitens, dass er allein in diesem Zimmer schlafen sollte. Aber
Lady Fedora schickte ihn fort.

„Mach dir keine Sorgen, Darling. Ich werde die Tür verriegeln. Besser Samantha sieht mich am Morgen und nicht
den Hausdrachen."

In der Dienstbotenetage verabschiedete sich Gonzales gähnend von Beanstock und verschwand in seinem Zimmer.

Beanstock wartete, bis die Tür geschlossen war. Er ging den Gang hinunter und horchte an Brandons Zimmer. Dann klopfte er. Eine leise Stimme meldete sich.

„Was wollen Sie?"

„Ist alles in Ordnung bei Ihnen, Sir?"

„Ich bin kein Sir, Mr Beanstock. Ja, es ist alles wieder in Ordnung", sagte der junge Mann hinter der geschlossenen Tür.

Dann kam kein Laut mehr.

Beanstock zog sich zurück. Was war Brandon nur geschehen? Warum wurde er vor der Welt versteckt gehalten? Er hatte gesagt, es ist wieder in Ordnung. Das war eigenartig. Das Fotoalbum der Hausdame kam ihm in den Sinn. Das Foto mit dem Herrn im Liegestuhl und dem kleinen Jungen, der fröhlich herumlief, etwas verschwommen, aber man konnte erkennen, dass es ein kleiner Junge war.

War das vielleicht Brandon?

War er ein unehelicher Sohn der Hausdame und wurde deshalb von ihr versteckt?

Dem musste ein Ende bereitet werden.

Beanstock holte einen Stuhl, eine Decke und die Taschenlampe aus seinem Zimmer. Dann ging er leise hinunter zum Schlafzimmer Lady Samanthas, stellte den Stuhl vor die Tür, wickelte sich in die Decke und schloss die Augen. Er würde auf keinen Fall Lady Fedora allein lassen.

Als der Schatten an ihm vorbeihuschte, war er gerade erschöpft eingeschlafen. Er bemerkte ihn nicht.

Die Brücke

Sergeant Jamie Lamond wachte mit schrecklichen Kopfschmerzen auf. Was hatte sie sich nur dabei gedacht? Ein *Hot Toddie* wäre in Ordnung gewesen. Wenn es denn bei einem geblieben wäre. Sie konnte sich nur noch dunkel an das grinsende Gesicht von Nikolai erinnern.

Es war wieder einmal ein interessanter Abend geworden. Jamie und Inspector Duff hatten den Pub in genau dem Moment betreten, als Nikolai zu einer seiner abenteuerlichen Geschichten angesetzt hatte.

„Da war ich also", erzählte er mit wichtiger Miene. Ein Auge zwinkerte den drei hübschen Mädchen am Tresen zu, die an seinen Lippen hingen. Hatte er also wieder neue Opfer gefunden.

„Wir segelten gerade um Kap Hoorn und machten uns auf einen Jahrhundertsturm gefasst. Auf dem Weg vom Atlantik zum Pazifik mussten wir ständig im Wind kreuzen. Hohe See, prasselnder Regen und driftende Eisberge waren unsere ständigen Begleiter."

Er machte eine kurze Pause, um die Spannung zu erhöhen. „Vor uns das Schwesterschiff, die *Matroschka*, eines der besten Schiffe der russischen Zarenflotte, lag mit starker Schlagseite achtern. Der Weg nach Chile war noch weit. An Bord der *Matroschka* waren fast fünfzig Mann. Sie verschwand vor unseren Augen in der stürmischen See und wurde nie wiedergesehen. Ich stand am Ruder und …"

„Aber Nikolai, wie kann das sein, dass du noch zu Zeiten des Zaren auf einem Schiff gesegelt bist?", wurde Nikolai von einem älteren Mann an einem der Tische unterbrochen.

Nikolai grinste ihn an.

„Das erzähle ich beim nächsten Mal. Duff, was wollt ihr trinken?"

Bis zu diesem Moment hatten die beiden Polizisten andächtig der Erzählung ihres Freundes gelauscht. Jamie hatte den Eindruck, er war ganz froh über die kurze Unterbrechung. Die drei jungen Damen sahen dagegen enttäuscht aus.

Dann fragte Jamie nach dem berühmten *Hot Toddie*.

„Ja ist denn schon Weihnachten?", wollte Nikolai wissen. „Ist doch noch gar nicht die Zeit, oder?"

„Ach bitte, wir hatten einen wirklich schlimmen Tag", bettelte Jamie und Duff nickte dazu.

Also machte sich der Pub Wirt ans Mixen. Bald zog der Duft von Honig, Whisky und Zimt durch den Raum. Jamie schloss verzückt die Augen.

Wäre sie doch nur bei diesem einen Drink geblieben. Aber Nikolai hatte ständig nachgeschenkt, mit dem Hinweis, dass er zu viel angerührt hatte und den Rest nicht verkommen lassen wollte.

Nun saß Jamie auf der Kante ihres Bettes und fragte sich,

wie sie den Tag bewältigen sollte. Ihr Kopf war sicher angeschwollen. Mindestens dreimal so groß wie üblich musste er sein. Sie war sich sicher. Als sie einen Blick in den Badspiegel warf, sahen sie zwei blutunterlaufene Augen an, die nicht die ihren sein konnten. Der Kaffee würde es richten.

Im Revier angekommen schlich sie als Erstes in die Kantine und holte sich einen weiteren Kaffee. Der erste hatte irgendwie nicht gewirkt.

Duff war bereits seit einer Stunde im Büro und hatte so furchtbar gute Laune, dass Jamie ihn am liebsten geohrfeigt hätte, nur um ihm auch Kopfschmerzen zu bereiten.

„Du kommst spät. Wir müssen gleich los nach Rosefield. Ich muss diese Bagage noch einmal befragen. Der Autopsiebericht ist auch da. Das Mädchen starb durch den Sturz und die Mumie durch den Schuss in die Schläfe, wahrscheinlich aus großer Nähe. Er liegt dort schon seit mindestens zwanzig Jahren, wenn nicht länger. Könnte Selbstmord gewesen sein, aber ich glaube das nicht. Schwer noch festzustellen. Suchen wir nach Mable, die es ja angeblich wissen soll."

„Könntest du etwas leiser reden?", fragte Jamie ihren Chef. Der lächelte wissend.

„Schwere Nacht gehabt? Bedank dich bei Nikolai."

Er wedelte mit der Hand und Jamie erhob sich maulend.

Sie konnte noch einen letzten Kaffee verhandeln, danach ging es etwas besser.

Auf dem Weg nach Rosefield sah es gar nicht gut aus. Bäume waren umgefallen, Dächer abgedeckt und die Feuerwehr schaffte es kaum, die Straßen zu räumen.

Als sie den alten Fischerort endlich erreichten, war es

Mittag. Eine kleine Menschenmenge, ungefähr zehn Jungs, standen vor der Brücke und lachten sich kaputt. Duff hielt an. Etwas abseits standen zwei Erwachsene. Die beiden lachten nicht.

Als Sergeant Jamie dazukam, sie brauchte heute etwas länger, sah sie die Bescherung. Die Brücke war fort. Der sonst so ruhige Fluss hatte sich in einen reißenden Strom verwandelt und die alte Holzkonstruktion einfach mitgerissen.

„Was gibt's denn da zu lachen?", fragte Duff und klopfte einem der Jungen auf die Schulter.

„Ist doch eine klare Sache, die sind drüben im Haus jetzt ziemlich dumm dran. Da kommt in den nächsten Tagen keiner mehr hin und keiner mehr weg", erklärte er dem Inspector.

„Kümmert sich schon jemand um den Wiederaufbau?"

„Das muss der olle Lord machen, der ist zuständig für die Brücke und muss erst mal zahlen. Das macht der nicht gern. Ziert sich immer, wenn's ums Zahlen geht. Fragen Sie mal den alten Mortensen, der kann ein Lied davon singen. Dem schuldet er für Eier und Gemüse noch viele Taler, dieser Geizkragen."

Sergeant Jamie waren diese ausführlichen Auskünfte eine Runde Bonbons wert. Sie ließ die Tüte rumgehen und erntete anerkennende Blicke von der Dorfjugend.

Den beiden Erwachsenen bot sie ebenfalls die Tüte an. Bis sie sah, wen sie vor sich hatte. Das überraschte sie.

„Sind Sie nicht die Köchin und Walter, der Kaminmann, aus dem Haus? Was tun Sie auf dieser Seite?"

„Es war gestern so stürmisch. Wir beide haben uns entschieden, am Abend nach Rosefield zu unseren Verwandten zu gehen und dort zu übernachten. Das war vielleicht ein Sturm und dann fingen auch noch Gewitter und Regen an. Es war furchtbar. Wir waren froh, als wir die Brücke hinter uns hatten. Da war sie noch da. Gut, dass Mr Beanstock drüben vor Ort ist. Er wird die Leute schon gut versorgen", berichtete Mrs Brans.

„Auf zu unserem hüpfenden Lord", sagte Duff und stieg ins Auto.

Aber da war nichts zu machen. Seine Lordschaft war nicht im Haus und da er keine festen Angestellten hatte, nur eine Frau, die dreimal in der Woche putzte, konnte man auch niemanden nach seinem Verbleib fragen.

„Bald reißt mir die Hutschnur!", brüllte Duff, als sie im Wagen saßen.

Jamie sah ihn belustigt an.

„Was für eine Hutschnur? Du hast doch gar keinen Hut."

„Diese Truppe da im Haus macht mich wahnsinnig und dieser Fall bringt mich zur Verzweiflung. Ich hoffe nur, die gehen sich da nicht alle noch gegenseitig an die Gurgel, wenn die mitbekommen, dass sie plötzlich auf einer Insel gelandet sind. Wir fahren zurück. Du wirst noch ein bisschen im Leben dieser Hausdame Abernathy rumwühlen. Irgendwer muss ja Mable sein. Lady Eglington ist es sicher nicht, die heißt Samantha und die andere Lady namens Fedora kann es auch nicht sein. Wenn der Sturm nachlässt, kann ich ja den Chef mal nach einem Hubschrauber fragen."

Der Safe gibt sein Geheimnis preis

Die Ruhe im Haus war fast genauso beängstigend wie die stürmische Nacht davor. Der Rasen vor dem Salon war übersät mit Zweigen und Blättern. Im Hintergrund sah man das aufgewühlte Grau der stürmischen See. Das heisere Krächzen der Seevögel klang wie eine Beschwerde an den Sturmgott.

Lady Fedora stand am Fenster und trank eine heiße Tasse Tee. Als sie am Morgen erwacht war, hatte sie sich natürlich wie gerädert gefühlt. Eine Nacht auf einem alten, unbequemen Sofa war nicht empfehlenswert. Beanstock war bereits wach und hatte seinen verräterischen Stuhl in sein Zimmer zurückgebracht. Er wollte Lady Fedora nicht damit belasten, dass er die gesamte Nacht vor der Tür gesessen hatte. Danach hatte er sich sofort in die Küche begeben und Tee zubereitet.

Die Dame des Hauses hatte den Rest der Nacht ruhig verbracht und schlief noch.

Beanstock sah auf seine Taschenuhr.

Wo blieben die Köchin und Walter? Es musste dringend Holz hereingeholt werden. Die Kamine gaben nur noch ein leichtes Glimmen ab. Also kam auch kaum noch Wärme in den Raum. Mrs Abernathy hatte sich ebenfalls noch nicht blicken lassen. Er wusste nicht, was er von diesem vollkommen fehlenden Arbeitseifer halten sollte. Es war frustrierend. Aber er war hier nicht angestellt.

Trotzdem machte er sich an die Vorbereitungen für das Frühstück. Vielleicht hatte die Köchin Mrs Brans verschlafen, weil der Sturm so schrecklich getobt hatte.

Als Gonzales gähnend in der Küche erschien, schickte Beanstock ihn sofort in die Remise, um Holz hereinzuholen und die Kamine zu versorgen. Er nahm aus dem Bootroom einen alten Kittel und machte sich an die Arbeit.

Beanstock ging zum Zimmer der Hausdame und klopfte. Nach kurzer Zeit riss sie die Tür auf und sah ihn böse an.

„Was wollen Sie schon wieder?"

„Es ist bereits neun Uhr, Mrs Abernathy. Zeit für das Frühstück, will ich meinen."

„Darum soll sich die Köchin kümmern. Ich habe sehr schlecht geschlafen und muss mich erst fertigmachen."

„Die Köchin und Walter sind nicht erschienen. Ich werde nach dem Frühstück Gonzales zum Torhaus schicken."

„Tun Sie das", sprühte sie dem Butler entgegen und die Tür flog ins Schloss.

Beanstock bereitete etwas Einfaches vor, Toast, Butter, Marmelade, ein paar Früchte und frischen Tee. Er brachte alles in das Esszimmer. Der Kamin war eiskalt. Er schüttelte den Kopf und ging mit seinem Tablett hinüber zur Bibliothek und in den angrenzenden Salon. Lady Fedora stand immer noch am Fenster und blickte auf das tosende Meer.

Gonzales hockte vor dem Kamin.

Er hatte die Asche entfernt und frisches Holz hineingelegt. Inzwischen brannte ein schönes Feuer. Der Raum wurde langsam warm.

Beanstock nickte ihm anerkennend zu. Dann deckte er den kleinen Tisch vor dem Fenster.

„Das ist schön, Beanstock. Hier gefällt es mir auf jeden Fall besser als in dem riesigen Esszimmer. Lassen Sie uns die Mahlzeiten ab jetzt immer hier einnehmen. Das ist sicher auch einfacher für Sie und Gonzales. Der Raum ist viel kleiner und gemütlicher", sagte Lady Fedora.

Beanstock bemerkte die Resignation in ihrer Stimme.

Dann erschien Sir Percival mit seinem nie enden wollenden Humor und ihr Gesicht hellte sich sofort auf.

Beanstock winkte Gonzales, mit ihm in die Halle zu kommen.

„Señor Gonzales, ich möchte Sie bitten, zum Torhaus zu gehen und nach Walter und Mrs Brans zu sehen. Vielleicht geht es ihnen nicht gut oder sie haben verschlafen."

Gonzales nickte und ging in sein Zimmer, um seinen dicken Mantel zu holen. Dann machte er sich auf den Weg. Den Bentley ließ er vorsichtshalber in der Remise stehen. Wer weiß, was auf den Wegen herumlag nach diesem Sturm. Er wollte das nicht riskieren.

Nach dem Frühstück räumte Beanstock das Geschirr ab und versprach Lady Fedora frischen Tee aufzubrühen für Lady Samantha. Sie wollte dann wieder zu ihrer Freundin hinaufgehen.

Als der Butler die Halle durchquerte, kam von der Treppe

Mrs Abernathy mit einem Tablett.

„Ich habe Lady Samantha bereits versorgt. Sie müssen sich nicht bemühen. Sicher haben Sie alle Hände voll zu tun mit anderen Dingen", erklärte sie, rauschte an dem verblüfften Butler vorbei und verschwand in der Küche.

Beanstocks Blick ging nach oben. Er hatte einen Verdacht, den er noch nicht beweisen konnte. Er sollte dringend mit Inspector Duff darüber reden und er musste endlich sehen, was in dem Safe war.

Die Haustür flog auf und ein völlig durchnässter Gonzales kam hereingelaufen. Schnell verriegelte er die Tür hinter sich. Der Sturm des Vortages war scheinbar noch nicht ganz fertig und begann von Neuem zu wüten.

Beanstock sah ihn fragend an. Wo waren die beiden Hausangestellten?

„Das Torhaus ist leer. Ich war in allen Zimmern. An der Garderobe im Flur hingen keine Mäntel und Hüte. Die beiden sind fort", erklärte er außer Atem.

Beanstock nahm in der Halle den Hörer von der Gabel des Telefons und wollte wählen. Es war tot. Kein Ton kam aus der Muschel. Auch ein mehrmaliges Schlagen auf die Gabel brachte nichts.

„Der Sturm wird die Leitung zerrissen haben. Gonzales, ich benötige dringend den Schlüssel zum Safe", raunte Beanstock dem Chauffeur zu.

„Wenn ich den Safe sehen würde, könnte ich ihn vielleicht auch so öffnen, was meinen Sie?", fragte er ganz leise zurück. Beanstock räusperte sich.

„Gut, versuchen wir einen Moment abzupassen, wenn die

Hausdame irgendwo im Haus unterwegs ist", flüsterte er zurück. Hinter einer der Säulen in der Halle knackte es, dann war deutlich ein Kichern zu vernehmen.

„Brandon, sind Sie das?", fragte Beanstock. Aber als er nachsah, war dort niemand.

Mrs Abernathy war ausgerechnet an diesem Vormittag seltsamerweise ständig im unteren Bereich tätig. Sie lief den ganzen Morgen mit dem wuscheligen Staubwedel aus feinen Straußenfedern durch das Erdgeschoss. Sie putzte um die Säulen herum, sie putzte die Kaminsimse, sie strich über die Reihen der Regale in der Bibliothek.

Beanstock wurde nervös. Er war in dem Schlafzimmer der Baronets und sorgte dort für die nötige Ordnung. Gonzales beschäftigte sich inzwischen mit dem Holz und den Kaminen. Als er mit einem Arm voller Holzscheite in das Schlafzimmer kam, gab ihm Beanstock zu verstehen, dass es heute wohl nichts mehr werden würde mit dem Safe.

„Sie sind sehr ungeduldig, Señor, das kenne ich gar nicht von Ihnen", sagte Gonzales und lächelte.

„Wie sah es auf dem Weg zum Torhaus aus?"

„Es lagen ein paar Zweige, aber kein Baum war umgestürzt. Die Bäume stehen so dicht an dem Weg, die können gar nicht stürzen", erklärte Gonzales.

„Vielleicht wäre es gut, wenn Sie nach Rosefield fahren und dort nach der Köchin und Walter sehen. Vielleicht sind sie gestern Abend dorthin gegangen. Dann könnten Sie auch gleich bei der Polizei in Aberdeen anfragen, wann Inspector Duff wieder hier sein kann. Ich muss unbedingt mit ihm reden. Erkundigen Sie sich auch nach einem Handwerker für die Telefonleitung."

Gonzales nickte und machte sich sofort auf den Weg.

Beanstock beendete seine Arbeiten im Schlafzimmer der Baronets. Lady Fedora war bei ihrer Freundin und Sir Percival durchsuchte die Bibliothek nach interessanten Büchern über Legenden und Sagen der Umgebung. Er fand ein wunderbar illustriertes Buch über das Loch Ness Monster. Glücklich setzte er sich mit seiner Lektüre vor den Kamin und begann zu lesen.

Der Butler ging in die Küche, holte tief Luft und band sich dann Mrs Brans Schürze um. Der Lunch musste vorbereitet werden.

Er sah sich im Vorratsraum um, nicht ohne vorher einen Keil unter die Tür gerammt zu haben. So eine Überraschung wollte er nicht wieder erleben.

Ein paar einfache Kochregeln hatte er sich von Mrs Porkpie abgeschaut. Da die Hausdame wieder einmal nicht bereit war, behilflich zu sein, gab es Beanstock auf, sie irgendetwas zu fragen. Er tat es einfach so, wie er es gewöhnt war aus Parsley Manor.

Im Vorratsraum gab es verschiedene Büchsen mit Gemüse, Büchsen mit Obst, Nudeln und Reis. Dann waren da noch Brot, Butter und Eier in ausreichenden Mengen. Im Keller waren Kartoffeln zu finden, das wusste Beanstock. Es gab eine Menge verschiedener Büchsen. Wenn Mrs Porkpie das sehen könnte. Sie hätte sicher die Nase gerümpft. Manchmal griff sie zwar auch auf Büchsenware zurück, aber lieber nahm sie frisches Gemüse von Bauer Pitsch oder von ihr selbst eingekochte Leckerbissen.

Beanstock entschied sich für ein Omelett.

Das war einfach herzustellen. Das bekam sogar er hin. Er würde Schinken schneiden und zusammen mit den Eiern und einer Zwiebel anbraten. Dazu gab es Brot und Mixpickles. Er war mit seiner Auswahl zufrieden, stellte die große, eiserne Pfanne auf die heiße Herdplatte und tat ein Stück Butter hinein. Es ging gut voran. Die Zwiebeln wanderten in die Pfanne und es duftete angenehm danach. Dann schnitt er den Schinken klein und schlug die Eier in eine Schüssel. Wo war der Schneebesen? Mrs Porkpie verwendete immer so ein Ding. Er sah sich auf dem Regal über dem Herd um.

In diesem Moment platzte Gonzales aufgeregt in die Küche. Er sah ziemlich abgehetzt aus und schien vollkommen außer sich zu sein.

„Was ist passiert?"

„Sie werden es mir nicht glauben, Señor Beanstock. Die Brücke ist weg! Der kleine Bach ist ein reißender Fluss und auf der anderen Uferseite standen die Bengel mit ihrem Fußball und lachten sich kaputt über mein dummes Gesicht."

Beanstock war erschüttert.

„Haben Sie die Köchin gesehen?"

„Die stand auch auf der anderen Seite mit Walter, der mir zuwinkte, als würde ich zu einer Kreuzfahrt auslaufen. Es hätte nur noch gefehlt, dass er Konfetti wirft. Dieser Mann hat ein Gemüt! Was tun wir nun? Wir kommen hier nicht weg und die Polizei nicht zu uns. Außerdem sieht der Himmel schon wieder nach einem neuen Unwetter aus. Was riecht hier so verbrannt?"

Beanstock flog zum Herd und zog die Pfanne herunter.

Die Zwiebeln waren zu Kohle geworden.

Gonzales schüttelte den Kopf. Dann nahm er sich von dem Haken an der Wand eine Schürze und band sie hinten zu. Er schob den Butler beiseite.

„Tun Sie einfach Butlersachen. Ich übernehme die Küche. Ich bekomme das hin. Habe von meiner Mutter eine Menge Tricks gelernt und Sie wissen ja, wie gern ich immer in den Küchen herumsitze und mit dem Küchenpersonal flirte. Dabei habe ich auch schon einiges aufgeschnappt. Schauen Sie vielleicht einmal nach dem Kamin im Salon. Ich schaffe das hier allein."

Gonzales schüttete die verkohlten Zwiebelleichen in den Abfall, wischte die Pfanne aus und begann von vorn. Nach kurzer Zeit duftete es wunderbar nach Schinken, Zwiebeln und gebratenen Eiern.

Beanstock informierte die Baronets über die Lage. Lady Fedora war fassungslos.

„Wir können noch nicht einmal einen Arzt herbeiholen, wenn es Samantha schlechter gehen sollte. Das ist ein Desaster. Im Moment schläft sie, eigentlich schläft sie seit gestern andauernd. Das ist äußerst beunruhigend."

Beanstock holte aus dem Esszimmer das Geschirr und deckte den Tisch im Salon.

Dann kümmerte er sich um den Kamin. Gonzales hatte Holz hereingeholt. Das würde bis zum Abend genügen.

Gonzales, der Koch, hatte seinen großen Auftritt.

Er hatte die Mixpickles in eine hübsche Schale geschüttet, das Omelett auf eine Platte und mit etwas Petersilie abgerundet.

„Das haben Sie gezaubert, Gonzales? Ich bin schwer beeindruckt. Aber wir sollten es auch bei so einfachen Mahlzeiten belassen. Bevor die Köchin nicht wieder anwesend ist, müssen Sie keine Handstände wegen des Essens machen, Beanstock", erklärte Sir Percival und schob sich einen Berg Eier mit Schinken in den Mund.

„Das ist köstlich. Vielen Dank. Aber Perci hat vollkommen recht. Es ist nicht nötig, große Mahlzeiten vorzubereiten. Beim nächsten Mal helfe ich Ihnen. In meiner Studentenzeit habe ich des Öfteren gekocht und einfache Gerichte werde ich schaffen. Wir müssen jetzt zusammenrücken", sagte Lady Fedora.

Beanstock fühlte sich bei diesem Arrangement nicht sehr wohl, aber ein paar Tage würde es gehen. Er hatte da noch andere Dinge zu erledigen. Nachdem das Geschirr abgespült war und die Küche aufgeräumt, erschien Mrs Abernathy. *Gutes Timing*, dachte sich der Butler.

Sie machte Tee für Lady Samantha und wärmte eine Brühe auf, die Mrs Brans noch vor ein paar Tagen gekocht hatte. Dann stellte sie alle Dinge auf ein Tablett und machte sich auf den Weg zu Lady Samantha. Das war der Moment, auf den Beanstock gewartet hatte.

Gonzales sah nach, ob die Hausdame auf der Treppe nach oben verschwand. Er hielt den Daumen hoch und nahm seine Dietriche zur Hand.

Beanstock hielt in der Tür zur Halle Wache. Bei dem kleinsten Anzeichen konnte er Gonzales warnen. Die Baronets waren noch in der Bibliothek.

Die Zimmertür war kein Problem für den Chauffeur.

Dann nahm er das Bild ab, das ihm Beanstock beschrieben hatte. Es war ein sehr kleiner und sehr alter Safe. Das war schon einmal gut, denn mit den neueren Modellen kannte er sich nicht aus. Das hier war ein alter Pollux Safe von einer Traditionsfirma aus Liverpool. Gonzales´ Gesicht hellte sich auf. Er nahm einen Dietrich und begann zu arbeiten. Ein Zahlenschloss wäre schwieriger gewesen.

Beanstock stand noch in der Halle und horchte. Rüttelte dort oben nicht jemand an einer Tür? Er machte einen kleinen Schritt auf die erste Stufe und lauschte angestrengt. Es hörte sich an, als würde jemand an einer der Türen im Bereich der Schlafzimmer rütteln. Leise und vorsichtig schlich Beanstock nach oben. Im Flur zu den Schlafzimmern hörte er es.

Anscheinend war die Tür zu Lady Samanthas Schlafzimmer verriegelt. Er sah von Weitem den Schlüssel außen stecken. Mrs Abernathy saß in dem Zimmer fest, so wie er vor ein paar Tagen im Vorratsraum. Hinter ihm knarrte eine Diele. Jemand kicherte.

„Brandon?", flüsterte Beanstock. „Haben Sie ihr diesen Streich gespielt? Gut gemacht."

Dann ging er so leise wie möglich zurück, durch die Küche und in das Zimmer der Hausdame.

Gonzales erschreckte sich furchtbar, aber er hatte den Safe geöffnet. Der Butler erzählte von Brandons Streich.

„Sehen wir doch einmal, wieso eine Hausdame einen Safe besitzt und den Schlüssel nicht aus den Augen lassen will."

Es lagen einige Papiere darin, amtliche Dokumente über

die Besitzverhältnisse des Hauses, eine Geburtsurkunde von einer gewissen Mable Abernathy und ein schwarzer Kasten.

Beanstock öffnete ihn und fand mehrere Phiolen mit einer klaren Flüssigkeit. Einige waren bereits leer. Beanstock öffnete eine Phiole und roch vorsichtig daran. Es war ein blumiger Duft. Aber da war noch etwas Anderes in dieser Flüssigkeit, das streng roch.

„Was meinen Sie, was das ist? Parfüm doch sicher nicht. Wer bewahrt denn sein Parfüm im Safe auf?", fragte Gonzales und sah dem Butler interessiert zu.

„Holen Sie mir eine leere Flasche aus der Küche. Schnell. Und einen Krug Wasser."

Gonzales kam nach einer Minute mit einem leeren Flakon zurück, den er in einem Schubfach gefunden hatte.

„Ich habe ihn ausgespült", raunte er dem Butler zu.

„Sehr gut gemacht."

Beanstock füllte die Flüssigkeit aus den Phiolen in den Flakon und das Wasser in die Phiolen. Dabei achtete er genau darauf, dass die Flüssigkeit genauso hoch stand wie vorher. Dann kamen die Phiolen zurück in den Kasten und Gonzales schloss den Safe.

Nachdem die Zimmertür wieder verschlossen war, ging Beanstock nach oben und schloss die Tür zum Schlafzimmer der Hausherrin auf. Mrs Abernathy kam durch die Tür gestürzt.

„Das ist eine Unverschämtheit. Sie können mich hier nicht einschließen!", brüllte sie außer sich.

„Ich kann Ihnen versichern, dass ich schuldlos bin. Derlei Spielchen gehören nicht zu meiner Butlerausbildung."

Er drehte sich auf dem Absatz um und ließ die schimpfende Frau stehen.

Aber da der Weg zur Polizei und damit zu einem Rechtsmediziner nicht offen war, konnte Beanstock nicht sicher sein, ob er richtig vermutete. Er hatte den Verdacht, dass die Hausdame bereits seit einiger Zeit Lady Samantha unter Drogen setzte. Er vermutete ein Mittel, das Halluzinationen auslöste und in der weiteren Folge schläfrig machte. Wenn man die Erzählungen Lady Fedoras aus der früheren Zeit Lady Samanthas zugrunde legte, als die Dame eine aufgeweckte und liebenswerte Zeitgenossin war, dann blieb nur der Einsatz von Drogen als Erklärung.

Beanstock wusste schon eine Menge über Gifte und dergleichen. Aber ohne chemischen Test konnte man nicht sagen, was die Hausdame ihr gegeben hatte. Er vermutete, in jedem servierten Getränk und in jedem Essen war etwas enthalten gewesen, das da nicht hineingehört hatte.

Als er in die Bibliothek kam, um nach dem Feuer zu sehen, saß Sir Percival an dem kleinen Schreibtisch am Fenster und blätterte in ein paar Büchern.

„Sehr eigenartig, Beanstock. Es gibt hier so viele verschiedene Abhandlungen und Romane über Südafrika. Das könnte natürlich mit diesem Sir Eglington zusammenhängen. War der nicht Diamantenhändler und des Öfteren in Südafrika? Damit hatte er doch das Geld, um sich dieses Haus zu kaufen, oder?"

„Sehr richtig, Sir. Darf ich fragen, was das für Abhandlungen sind? Mich würde vor allem interessieren, wenn etwas über die Pflanzenwelt zu lesen ist."

„Oh ja, da habe ich etwas gesehen." Sir Percival war aufgestanden und ging an den Regalreihen entlang. Dann griff er zu einem rötlichen Band, sah ihn kurz an und nahm noch ein anderes Buch.

„Da haben Sie ein Buch über Pflanzen in Südafrika, speziell Blumen und Stauden. Das andere Buch ist von einem Botaniker geschrieben aus dem vorigen Jahrhundert. Etwas langweilig für meine Begriffe, aber sehr informativ andererseits."

Beanstock bedankte sich und legte sie einstweilen auf den Kaminsims.

Teatime. Zur Freude Sir Percivals gab es ein paar Kekse und Sandwiches mit Sardellencreme. Beanstock servierte an dem kleinen Tisch in der Bibliothek.

Er wusste die Baronets versorgt und zog sich in sein Zimmer zurück. Dank Gonzales brannte auch hier ein wärmendes Feuer. Als er aus dem Fenster sah, zogen zum beginnenden Abend schon wieder dunkle Wolken über den Himmel. Eine weitere Nacht mit heulendem Sturm und peitschendem Regen stand ihnen bevor.

Er vertiefte sich in die beiden Bücher und in dem Buch des Botanikers fand er schon bald einen Hinweis, der ihn auf eine Spur brachte.

Die Fächerlilie war weit verbreitet in Südafrika. Aus der Zwiebel konnte man einen Extrakt herausfiltern, der, in ausreichender Konzentration, Halluzinationen auslösen konnte. Die Naturvölker kannten diese Droge seit langem und nutzten sie, um Visionen zu erzeugen. Der Wirkstoff nannte sich Buphanidrin. Beanstock hatte davon gehört. Es wurde als starkes Schmerzmittel angewandt, musste aber genauestens dosiert werden, da es auch tödlich wirken könnte. Gut, dass er die Phiolenflüssigkeit ausgetauscht hatte.

Er war gespannt, was in den nächsten Tagen mit der Hausherrin passieren würde, wenn ihr nur Wasser verabreicht wurde. Trotzdem fehlte ihm noch ein Motiv. Mrs Abernathy hatte an dem Haus Interesse gezeigt, aber genügte dieses habgierige Motiv, um einen Mord zu verüben? Schließlich würde sie das Haus niemals besitzen. Oder versuchte sie, die Hausherrin zu bewegen, ihr das Haus zu überschreiben? Sehr schwierig.

Beanstock sah auf seine Taschenuhr. Schon achtzehn Uhr. Das Dinner musste vorbereitet werden.

Gonzales stand bereits, die Schürze umgebunden, in der Küche und putzte Zwiebeln und Mohrrüben. Daneben stand eine Schüssel mit Tomatensoße. In der Vorratskammer hatte er mehrere Büchsen mit eingekochten Tomaten entdeckt. Er pfiff ein Lied. Auf dem Herd stand ein riesiger Topf mit Wasser.

„Was haben Sie vor zu kochen?", fragte Beanstock und griff zu einer Schürze.

„Das, was ich am allerbesten kann. Makkaroni mit Tomatensauce, ein Rezept von meiner *Madrecita*. In der Spüle steht eine Schüssel mit Salat, putzen und kleinschneiden."

Dann fiel Gonzales sein Befehlston doch noch auf.

„Ich meine natürlich, bitte putzen und klein schneiden bitte, Señor."

Beanstock lächelte. Es waren seltsame Umstände. Das erforderte seltsame Verhaltensweisen.

Das Essen war ein voller Erfolg.

Sir Percival war begeistert. Seine Gattin drohte Beanstock mit erhobenem Zeigefinger.

„Sie sollten mir doch sagen, wenn Sie das Essen vorbereiten. Ich möchte helfen."

„Wenn My Lady helfen wollen, dann kümmern Sie sich um Lady Samantha. Sie wird in den nächsten Tagen sicher etwas nervös und unruhig werden."

Bevor er von seinen Recherchen berichtete, schickte er Gonzales vor die Tür des Salons. Er sollte aufpassen, dass sie keine ungebetenen Zuhörer hatten.

Wie erwartet war Lady Fedora erschüttert.

„Wie können wir ihr helfen? Kann ich etwas tun?"

„My Lady, wenn Sie vor allem nachts bei ihr bleiben könnten? Das Essen kann diese Frau nicht mehr vergiften, dafür haben wir gesorgt. Alles andere wird sich zeigen. Ich habe mir erlaubt, Ihnen ein Bett neben dem Kamin aufzubauen. Wir haben ein Einzelbett aus einem der anderen Gästezimmer aufgestellt. Dann haben Sie es bequemer. Ich habe Ihr Einverständnis vorausgesetzt."

Lady Fedora nickte. Sir Percival machte ein trauriges Gesicht. Wieder eine Nacht allein in diesem gruseligen Zimmer. Am liebsten würde er Beanstock bitten, ihm auch ein Bett im Zimmer der Hausherrin zu machen. Aber das würde seine Gattin nicht zulassen. Er schwieg.

„Wie soll es weitergehen?", fragte My Lady den Butler.

„Wir können nur abwarten und hoffen, dass die Polizei einen Weg zu uns findet oder dass die Brücke repariert wird. Darum habe ich die Hausdame auch nicht zur Rede gestellt.

Wir müssen einfach auf Hilfe hoffen. Machen wir das Beste daraus. Ich bin sicher, in ein paar Tagen geht es Lady Samantha wieder besser und sie kommt zu sich. Den Einflüsterungen von Mrs Abernathy wird sie dann hoffentlich nicht mehr glauben."

In diesem Moment gingen sämtliche Lichter im Haus aus. Beanstock vermutete schon seit einigen Tagen, dass das ebenfalls das Werk der Hausdame war. Sicher wollte sie verhindern, dass die Gäste nachts im Haus herumliefen.

Das Feuer im Kamin zauberte Schattenspiele an die Wände. Beanstock entzündete Kerzen, die zum Glück in ausreichender Menge vorhanden waren. Dann griff er zu der Taschenlampe. Seit ein paar Tagen hatte er die Lampe stets dabei. Er hoffte, die Batterien würden noch eine Weile durchhalten.

„Ich sehe nach der Hausdame. Gonzales, Sie bleiben bei den Baronets, bis ich zurückkomme."

Die Halle mit den breiten Säulen am Eingang sah verlassen aus. Beanstock war aber fast sicher, dass sich Brandon irgendwo versteckte. Er hatte bemerkt, dass der Junge zumeist nachts durch das Haus streifte. Scheinbar versorgte er sich dann mit genügend Essen für die langen Tage, die er in seinem Zimmer verschlief. So die Theorie von Beanstock. Was sollte aus dem Jungen werden, wenn das Haus verkauft wurde? Oder wenn seine Mutter, Mrs Abernathy, verhaftet wurde? Darüber würde man zu gegebener Zeit nachdenken müssen.

Beanstock ging durch die Küche, die nur vom Flackern des Herdfeuers etwas erhellt wurde.

Im angrenzenden Flur waren das Zimmer der Hausdame und verschiedene Wirtschaftsräume. Am Ende führte der Bootroom hinaus in den verwilderten Garten.

Er klopfte an Mrs Abernathys Tür. Nichts rührte sich.

Dann drückte er die Klinke, das Zimmer war verschlossen. Wo trieb sich diese Frau schon wieder herum?

Hinter seinem Rücken erklang das bekannte Kichern des Jungen. Die Tür zur Küche schlug zu. Beanstock lief zurück, aber da war Brandon schon wieder verschwunden. Der Junge war schnell.

Beanstock ging durch die Halle zur Treppe und horchte. Da war es wieder, das Kichern. Es klang hohl und lauter. Was wollte Brandon ihm sagen? Beanstock hatte die Ahnung, dass der Junge einfach manchmal nicht reden wollte.

Na gut, dachte er, *dann will ich dir folgen.*

In der nächsten Etage lief Beanstock zuerst zu dem Schlafzimmer Lady Samanthas. Er sah kurz in ihr Zimmer. Sie lag noch immer schlafend im Bett. Ihr Gesicht war schweißnass. Das konnte bedeuten, dass die Droge langsam ihre Wirkung verlor. Er würde später noch einmal nach ihr sehen. Jetzt musste er die Hausdame finden. Wer wusste, welche Ränke sie schmiedete?

Der Westflügel war als Aufenthaltsort wahrscheinlich.

Das Kichern Brandons kam in diesem Moment aus dem Westflügel. Im Haus war es kalt, aber hier hatte Beanstock das Gefühl, dass sein Blut gefrieren würde. Vor den hohen Fenstern in dem langen Flur tobte das Unwetter. So viele Stürme innerhalb einer Woche hatte er noch niemals erlebt. Es zehrte an den Nerven.

Das würde er natürlich niemals offen zugeben. Als Butler musste er wie eine feste Mauer dastehen und nicht wanken. Manchmal beneidete er Gonzales, der seinen Gefühlen freien Lauf ließ und sagte, was ihn berührte.

Er ging langsam weiter. Die Dunkelheit schien dick wie eine Nebelwand zu sein. Der schmutzige Fußboden war mit Fußspuren übersät. Die Polizei hatte sich vor Tagen hier umgesehen.

Er fühlte sich beobachtet. Als er sich blitzartig umdrehte und den langen Flur beleuchtete, war da nichts. Er sah nur aufgewirbelten Staub. Seine Ohren spielten ihm Streiche. Er hörte etwas, konnte es aber nicht einordnen. Wie Stoff, der über den Boden schleifte oder Schritte von nackten Sohlen auf dem Parkett. Kichern.

„Brandon, kommen Sie doch heraus. Ich tue Ihnen doch nichts. Ich will helfen."

War es denn wirklich Brandon? Vielleicht spielte die Hausdame ein gefährliches Spiel mit ihm. Sie hatte ihm mehr als einmal klargemacht, dass er im Haus unerwünscht war. Er fasste die Taschenlampe fester. Das konnte auch ein gutes Schlagwerkzeug sein.

Die offene Tür zum Kinderzimmer schlug mit dem tosenden Wind vor den Fenstern im Takt. Hinter Beanstock löste sich ein Schatten aus der Dunkelheit und verschwand schnell wieder. Er hatte etwas gehört, aber konnte niemanden sehen. Mit dem Rücken an der Wand schob er sich vorsichtig weiter voran. So konnte ihn niemand überraschen.

„Mrs Abernathy, es wäre besser, wenn Sie herauskommen und sich stellen. Ich weiß, was Sie getan haben. Sie haben Lady Samantha mit Drogen in den Wahnsinn getrieben, um an das Haus zu kommen. Sie sollten eigentlich wissen, dass auch wenn sie sterben würde, das Haus niemals Ihnen gehören könnte. Tragen Sie auch an dem Tod des Dienstmädchens die Schuld? Was ist mit dem Toten im Gartenhaus?", fragte Beanstock und versuchte die Hausdame so herauszulocken.

Die Fenster waren undicht und ließen den Wind hindurch. Dadurch bauschten sich die Vorhänge und wehten wie graue Nebelschleier über den Flur.

Stand da nicht jemand an einem der Fenster? Beanstock leuchtete und sah eine Gestalt vor dem Fenster. Die Frau stand mit dem Rücken zu ihm und rüttelte an dem Fensterknauf.

„Lady Samantha? Sind Sie das?", fragte Beanstock und lief schneller. Wie war sie so schnell hierhergekommen? Was hatte sie vor? Wollte sie sich aus dem Fenster stürzen? Je näher er kam, umso weniger erkannte er Lady Samantha. Diese Frau war viel größer und sehr mager. Ihr langes, fließendes Kleid schien sie wie Wasser zu umgeben. Es wogte im Wind mit ihren langen grauen Haaren.

Beanstock stand jetzt dicht vor ihr und wollte nach der Hand greifen, die immer noch am Fenster rüttelte. In diesem Moment drehte die Frau ihm das Gesicht zu.

Beanstock prallte zurück. Das war nicht Lady Samantha und auch nicht die Hausdame. Er kannte diese Dame gar nicht. Sie hatte endlich die Hand vom Fenster genommen und wandte sich ihm zu.

Ihr Gesicht war das einer Toten, eingefallen und grau mit

zwei hohlen Löchern, wo die Augen sein sollten. Sie riss den Mund weit auf und schien Beanstock anschreien zu wollen, aber es kam nur ein Heulen heraus. Beanstock taumelte zurück.

Ein Schrei, der von der Tür zum Westflügel kam, erschreckte ihn und er drehte sich von der Erscheinung weg.

Dort stand Lady Samantha mit ausgestreckter Hand und wies auf die Frau. Dann fiel sie ohnmächtig zu Boden.

In diesem Moment griff die Frau nach Beanstock. Er war wie versteinert. Kurz bevor sie ihn erreichen konnte, wurde er von einer Hand gepackt und weggestoßen.

Er sah sich nach seinem Retter um und stand allein im Flur. Die unheimliche Dame war verschwunden und sein Retter mit ihr. Beanstock vermutete, dass Brandon wieder einmal zur richtigen Zeit da gewesen war.

Er wollte zu Lady Samantha, aber sie war ebenfalls verschwunden. Sicher hatte sich Brandon um sie gekümmert. Was für ein seltsamer Junge.

Aus einem der Zimmer kamen laute Stimmen. Hatte er das vorher nicht gehört oder hatten diejenigen bis jetzt geschwiegen?

Er erkannte die Stimme von Mrs Abernathy. Sie wurde immer lauter. Die andere Stimme gehörte zu einem Mann.

Sie stritten über etwas. Um zu wissen, was dort passierte, musste er näher herangehen. Aber was war mit Lady Samantha? Sicher würde sich Brandon um sie kümmern. Von ihm kam keine Gefahr.

Leise schlich er zurück zu dem Raum mit den Stimmen.

Es war eindeutig Mrs Abernathy, die dort schimpfte.

Er horchte angestrengt.

„Das kannst du mir nicht antun. Nicht schon wieder!",
schrie sie.

„Ich kann tun und lassen, was ich will. Wenn sie erst einmal aus dem Weg ist, gehört mir wieder alles hier und du
bist einfach nur entbehrlich geworden. Du denkst doch nicht
etwa, ich, der Lord von Rosefield, heirate eine einfache
Hausdame? Was denkst du, wer ich bin? Mein Vater hat dieses Anwesen in den Ruin getrieben und an die Eglingtons
verkauft. An ein paar Neureiche, die sich hier aufgeführt haben wie die Prinzen von Kurdistan", schrie Lord Blaan.

„Ich allein habe Anspruch auf unseren Familiensitz. Ich
hätte Samantha auch geheiratet, wenn es sein müsste, aber
so ist es besser!", brüllte er noch lauter. Es polterte im Zimmer.

„Ihr verdammten Kerle denkt, ihr könnt mit mir spielen?
Ich werde dir zeigen, wie man spielt, du einfältiger Mistkerl!
George hat gedacht, ich würde gehen, wenn er der Herr im
Haus wird, aber da hat er sich geschnitten. Ich bin geblieben
und habe mit angesehen, wie mein Verlobter diese soge-
nannte Lady heiratete. Ich habe ihm das Leben zur Hölle gemacht hier im Haus. Als er dann verschwunden war, habe
ich es mit Lady Sherry genauso gemacht wie mit Samantha
Eglington. Nur bei ihr hat es nicht geklappt. Wie konnte ich
ahnen, dass sie sich Hilfe holt? Diese Leute aus Parsley Field
machen mich wahnsinnig!"

Es polterte erneut. Wurden die Herrschaften etwa schon
handgreiflich?

„Was meinst du, wenn ich der Polizei einen Wink gebe,

wer den Chauffeur über die Klippen geschickt hat?", fragte die Hausdame.

„Dann kann ich dem Inspector ja mal erzählen, wer die arme Juliette auf dem Gewissen hat. Was meinst du? Oder ich erzähle, wie Lady Sherry ihren Mann erschossen hat und du hast zugesehen", grummelte Lord Blaan.

„Juliette wollte stehlen. Meine Juwelen, die mir zustehen! George war diese schreckliche Trinkerin. Hat ihrem Gatten den Garaus gemacht. Die war doch nur noch im Sherrynebel und hat nichts mehr mitgekriegt!"

„Hier gehört nichts dir! Du bist einfach eine alte, hässliche Brotspinne!"

Das war sicher zu viel für Mrs Abernathy.

Beanstock hielt betroffen die Luft an. So etwas einer Dame zu sagen, mitten ins Gesicht, war eine schlimme Sache. Auch wenn es stimmte. Der Vergleich mit der alten Brotspinne war gar nicht so abwegig.

Als es drinnen nun gefährlich laut wurde, trat Beanstock ein, um das Schlimmste zu verhindern. Das ehemalige Kinderzimmer war ein Trümmerhaufen. Die beiden Kontrahenten hatten aus den Möbeln Kleinholz fabriziert und waren ohne Rücksicht auf den Spielsachen herumgetrampelt.

Mrs Abernathy stand über dem kleinen Lord Blaan mit einem hoch erhobenen Leuchter in der Hand, während der gute Lord versuchte, etwas aus seiner Jackentasche zu ziehen.

Ein Unglück war, dass in dem Leuchter noch eine brennende Kerze steckte, die nun davon geschleudert wurde. Beanstock sah ihr entsetzt nach.

Sie fiel auf einen Berg aufgehäufter Kleider und Spielsachen und alles fing sofort Feuer. Beanstock versuchte, das Feuer zu ersticken, aber alles, was es im Westflügel gab, war alt und brüchig. Er schaffte nur, den Vorhang ebenfalls in Feuer zu verwandeln. Als er sich zu den beiden Kämpfern umdrehte, hatte Mrs Abernathy seiner Lordschaft einen ordentlichen Schlag beigebracht. Aber seine Lordschaft hatte noch ein As im Ärmel. Er hatte aus seiner Jacke endlich die Pistole gezogen, legte an und der Schuss hallte wie eine Kanonenkugel durch die obere Etage.

Mrs Abernathy blieb liegen. Beanstock vermutete, dass sie tot war. Auf ihrem Kleid wurde ein dunkler Fleck immer größer. Er griff nach dem Revolver und nahm ihn dem verdutzten Lord ab, der gar nicht bemerkt hatte, dass er im Raum war. Dann griff Beanstock sich den Mann und schleppte ihn aus dem Westflügel.

Im Flur kam Gonzales gelaufen, einen Scheit Holz hoch erhoben, bereit zur Verteidigung des Butlers. Er half Beanstock mit dem Mann und sie verließen so schnell es ging den Westflügel. Das Feuer fraß sich bereits auf den Flur hinaus.

Dann sahen die beiden nach Lady Samantha. Sie lag in ihrem Bett und schlief ruhig. Er vermutete, die unheimliche Dame im Westflügel war Lady Sherry, die Samantha immer wieder in ihren Halluzinationen erschienen war. Aber wieso hatte Beanstock diese Dame auch gesehen? Er fand die Erklärung in den angespannten Nerven der letzten Tage. Das musste es sein.

Lord Blaan hatte die Situation genutzt, als man ihn kurz aus den Fängen gelassen hatte.

Er flog regelrecht aus der Haustür und verschwand in der Dunkelheit. Beanstock machte das keine großen Sorgen. Im Moment lebten sie auf einer kleinen Insel. Wo sollte der Herr hin?

Viel mehr sorgte er sich um die Baronets. Gonzales holte einen dicken Mantel und Schuhe aus dem Schrank. Sie zogen Samantha an und Gonzales trug sie nach unten. Währenddessen besorgte Beanstock Mäntel und Hüte für die Baronets. Er stand kurz unschlüssig im Schlafzimmer vor dem Schrank und sah sich um. Was sollte er schnell noch mitnehmen? Er hörte ein Räuspern.

Neben der Tür stand ein … Butler.

Er war nicht sehr groß, hatte einen leichten Bauchansatz und lockiges dunkles Haar. Er trug fast genau den gleichen Anzug wie Beanstock und ein Tablett. Er wies mit seiner behandschuhten Hand zu dem Sessel am Fenster. Dort stand die Handtasche Lady Fedoras und ihre Schmuckschatulle. Er schüttelte den Kopf und schien ungehalten, dass Beanstock nicht selbst darauf gekommen war. In der Tasche waren alle Papiere und das Geld. Beanstock schob die Schatulle hinein und wollte sich bedanken, aber da waberte nur noch leichter Dunst neben der Tür.

Im Flur liefen zwei Kinder mit einem Reifen an ihm vorbei. Sie trugen Schleifen im Haar und Kleidchen mit Spitzenbesatz. Sie lachten ausgelassen. Beanstock sprang zur Seite und sah den beiden Mädchen erstaunt nach. Am Ende des Flurs drehten die beiden sich um und winkten. Beanstock winkte zurück, dann besann er sich auf die Gefahr und lief zur Treppe.

Als er auf der ersten Stufe stand und Gonzales bereits halb unten angekommen war, lief ein riesiger schwarzer Hund an ihnen vorbei, sah zu Beanstock und Gonzales, bellte kurz und löste sich in Nebel auf. Gonzales wurde blass um die Nase und schnaufte.

„Kein Kommentar, Gonzales, bitte!", rief der Butler.

Sie waren endlich in der Halle angekommen. Der Raum füllte sich langsam mit Rauch. Es wurde höchste Zeit.

In der Tür zur Bibliothek erschienen die blassen Gesichter der Baronets.

„Sir Percival, Lady Fedora, wir müssen das Haus sofort verlassen! Es brennt im Westflügel und es wird keine Feuerwehr zu Hilfe kommen. Der Brand ist nicht aufzuhalten!", rief Beanstock und reichte den Herrschaften die Mäntel.

Neben den Säulen der Halle stand eine Dame in einem langen, perlenverzierten Kleid aus den zwanziger Jahren. Sie hielt einen Fächer aus Pfauenfedern in der Hand und lächelte Gonzales aufreizend an. Sie machte einen Kussmund und kam gänzlich hinter der Säule hervor.

Gonzales begann zu zittern. Hinter der anderen Säule erschien ein eleganter Herr in einem Smoking. Er schien wütend zu sein und waberte zu der Dame im Perlenkleid. In seiner Hand lag ein Revolver. Er zielte auf die Dame. Dabei schrie er etwas und drückte ab.

Beanstock, der zwischen ihnen stand, bückte sich, obwohl er genau wusste, dass er von einem Geisterrevolver nicht getroffen werden konnte. Lady Fedora verließ zum Glück gerade am Arm ihres Gatten das Haus. Sie hatten von dem ganzen Spuk nichts bemerkt.

Gonzales sah sich nach dem Butler um, der wie angeklebt am Fuß der Treppe stand. Als er dem Blick des Butlers folgte, stand weit oben ein Herr mit einem Degen in der Hand, einen federgeschmückten Hut auf den langen Locken und reich verziertem Halskragen. Neben ihm hatte sich der schwarze Hund niedergelassen. Der Mann kraulte ihm den Kopf und sah lächelnd zu Beanstock.

Dann hob er den Degen wie zum Gruß und löste sich auf. Das Bellen des Hundes verlor sich in den Fluren des brennenden Hauses.

Gonzales lief aus der Haustür, vorbei an den verblüfften Baronets und in Richtung der Remise. Dort stand der Bentley, ein Stück aus der alten Heimat Parsley Field. Eine kleine, sichere Insel nach diesem Albtraum. Erst dort hielt Gonzales schwer atmend an und verschnaufte. In dieses Haus würde ihn niemand mehr hineinbekommen.

„Dios mío", raunte er.

Die anderen folgten dem Chauffeur. Glücklicherweise stand dieses Nebengelass etwas weiter entfernt vom Haus. Dort konnten sie einstweilen unterschlüpfen. Als sie fast dort waren, drehte sich Lady Fedora um und sah zu dem grauen, unheimlichen Haus empor.

Sie schrie auf.

Beanstock hatte sich endlich aus seiner Starre lösen können und verließ als Letzter das Haus. Er sah hinauf und da stand inmitten der leckenden Flammen Mrs Abernathy, den Mund zu einem Strich zusammengekniffen, die Hände gefaltet und hoch erhobenen Hauptes. Die alte, zähe Dame hatte sich noch einmal aufgerappelt.

„Nun hat sie ihren Willen, es ist ihr Haus", flüsterte Beanstock erschüttert. Hinter der Hausdame erschien ein Schatten. Er griff nach Mrs Abernathy und man konnte sehen, wie sie sich versuchte zu wehren. Aber der junge Mann war stärker und sie flog. Als sie auf dem Hof unter dem Westflügel aufschlug, sah Beanstock zu Brandon am Fenster. Der junge Mann winkte ihm zu und lächelte.

Dann verschwand er in den Flammen.

Das Feuer hatte schnell auf das Dach übergegriffen. Als es dann aber den Ostflügel erreichte, begann es so stark zu regnen, dass sich Blasen auf dem Hof bildeten. Das Feuer wurde kleiner und nach einer Stunde war es erloschen. Es hinterließ einen rauchenden Westflügel.

Beanstock hatte ein paar Decken aus dem Kofferraum des Bentleys geholt und sie legten Lady Samantha auf die Polster. Lady Fedora setzte sich mit ihrem Gatten zu ihr und sie hielt ihre Hand.

„Sie schläft ganz ruhig. Sehen Sie, Beanstock? Das Gift ist scheinbar aus ihrem Körper und sie kommt zur Ruhe. Vielleicht wird doch noch alles gut."

Langsam und knarzend öffnete sich die Remisentür. Beanstock hatte sie hinter sich geschlossen. Gonzales bekam flatternde Augenlider.

Welcher böse Geist würde nun auftauchen und sie erschrecken? Hoffentlich kein toter Chauffeur. Wann nahm dieser Albtraum ein Ende?

Lady Fedora krallte ihre Hand in den Arm ihres Gatten, der aufheulte vor Schmerz.

Eine dunkle Gestalt stand in der Tür, nur beleuchtet von

den Blitzen des Gewitters. Sie machte einen Schritt auf die versammelten Herrschaften zu und hielt eine Laterne hoch.

Geister haben keine Laternen oder jedenfalls sehr selten, dachte Beanstock. *Ist das vielleicht Lord Blaan?*

„Ich habe das Feuer aber nicht gemacht! Das kann man mir nicht anhängen. Ich mache nur die Kamine!", rief der Mann und trat ins Licht von Beanstocks Taschenlampe.

„Walter!", riefen alle wie aus einem Mund.

Erleichtert begann Gonzales wieder normal zu atmen.

Ein neuer Tag, ein neues Glück

Der Hof des Hauses auf den Klippen wimmelte von Beamten. Ein Krankenwagen hielt und ein Arzt lief mit seinem Köfferchen zur Remise. Zwei Pfleger folgten ihm mit einer Trage. Kurz danach kamen sie wieder heraus. Lady Samantha lag auf der Trage, gut verpackt in warme Decken.

Inspector Duff und seine Kollegin Jamie Lamond sprachen auf dem Hof mit Beanstock. Ein Spurensicherungsteam war zusammen mit einigen Feuerwehrleuten im ausgebrannten Westflügel und sie begutachteten den Schaden. Spuren würden sich wohl kaum finden lassen. So wurde nur die Leiche der Hausdame abtransportiert. Dr. Sagart, der Rechtsmediziner, stand auf dem Hof und sah hinauf zu den Fenstern.

„Da werden dem Eigentümer aber die Ohren bluten. Das wird nicht billig. Komisch, dass der gesamte Ostflügel aussieht, als wäre nichts geschehen. Er ist natürlich verqualmt, aber noch vollkommen intakt", erklärte er einem Constable, der an der Leiche der Hausdame Wache hielt.

Der Mann sah so aus, als ob er das eigentlich gar nicht wissen wollte. Ihn hatte man mitten in der Nacht ins Revier beordert, um in ein Nest namens Rosefield zu fahren und beim Bau einer Behelfsbrücke zu helfen. Das kam ihm nicht sehr gelegen. Es war sein freier Tag und seine Frau hatte einen Vogel im Ofen, der auf ihn wartete.

Der angeforderte Hubschrauber war natürlich nicht genehmigt worden und hätte in den stürmischen Zeiten wohl auch nichts gebracht.

Im Wagen des Inspectors saß mit hängendem Kopf Lord Blaan. Man hatte ihn festgenommen, als er versucht hatte, durch den Fluss zu schwimmen. Dementsprechend sah der gute Lord wie ein ausgewrungenes Handtuch aus.

Beanstock brachte den Inspector auf den neusten Stand. Duff stand, an seiner geliebten Tabakspfeife saugend, auf dem Hof und hörte ihm zu. Dieser Butler hatte eine Menge zu erzählen. So ergab sich endlich aus dem ganzen verworrenen Gespinst ein klares Bild.

Sergeant Lamond notierte fleißig.

Vor ungefähr zwanzig Jahren erschoss Lady Sherry ihren Ehemann mit einem alten Armeerevolver. Sie ließ ihn einfach im Gartenhaus liegen, da ein Gärtner nach dem Weggang des alten Mr Abernathy, Vater der Hausdame, nicht mehr eingestellt werden würde. Das Haus Eglington befand sich im Niedergang.

Mrs Mable Abernathy war mit George Boman verlobt gewesen. Er hatte sie, ohne zu zögern, für die reiche Lady verlassen. Mrs Abernathy versteckte den Groll, den sie hegte, tief in ihrem Innersten. Sie wurde Hausdame und wusste, ihre Zeit würde kommen.

Lord Blaan erkannte die Affinität der Abernathy für dieses Haus und konnte sich wahrscheinlich auch denken, dass sie der alten Lady Leonora etwas einflößte, das zu Halluzinationen führte.

Um etwas gegen sie in die Hand zu bekommen, brachte er den Chauffeur Roger Felton im Haus unter. Er sollte seine Augen und Ohren sein. Dass er sich damit in die Hand eines Erpressers brachte, erkannte er viel zu spät. Daraufhin gab er Mr Felton bei einer Gelegenheit ein Betäubungsmittel und schob ihn mitsamt dem Wagen über die Klippen. So weit, so gut.

Juliette brauchte Geld und suchte wahrscheinlich bereits seit dem Tod Lady Leonoras nach etwas Wertvollem, das sie verkaufen könnte. Als Samantha Eglington auftauchte, hatte Mrs Abernathy bereits alle wertvollen Besitztümer im Westflügel versteckt. Das war ihr nicht entgangen. Also besorgte sie sich den Schlüssel und kam eines Nachts zurück zum Haus.

Sicher war die Hausdame an jenem Abend im Westflügel und bemerkte die junge Frau. Damit war ihr Schicksal besiegelt und Juliette flog nicht nach Hollywood, sondern mit Schwung aus dem Fenster auf den Hof vor dem Haus.

Lord Blaan versuchte, bei Mrs Abernathy zu landen. Wahrscheinlich hüpfte er ständig um sie herum, bis sie ihm glaubte, dass ihm etwas an ihr lag. Sie hoffte auf eine Hochzeit und wollte ihr Leben in diesem Haus, behängt mit kostbaren Juwelen und von Personal bedient, verbringen.

Lord Blaan dachte nichts dergleichen. Er wollte nur den alten Stammsitz seiner Familie zurückhaben.

Es war ihm seit seiner Kindheit ein Dorn im Auge, dass fremde Menschen sich in seinem Besitz breitmachten.

Er musste nicht standesgemäß in einem einfachen Cottage wohnen.

Der Plan der beiden war, Lady Samantha verrückt zu machen. Wenn sie nicht mehr zurechnungsfähig gewesen wäre, hätte ein Schriftstück mit ihrer Unterschrift Lord Blaan das Haus zurückgegeben und mit den versteckten Juwelen hätte man alles wiederaufbauen können.

Beanstock gab dem Inspector die Flüssigkeit aus den Phiolen.

Er wies darauf hin, dass er eine Giftpflanze aus Südafrika verantwortlich für den Zustand Lady Samanthas machte. Wahrscheinlich die Fächerlilie. Er hatte darüber einige Abhandlungen in den Büchern gefunden, die ihm Sir Percival in der Bibliothek herausgesucht hatte. Da der Vater Lady Leonoras seinen Reichtum den Diamanten aus Südafrika verdankte, war das gar nicht so weit hergeholt.

Die Sache mit den Geistern erwähnte er lieber nicht.

„Und nun ist der schöne Plan dahin, Lord Blaan geht ins Gefängnis und Lady Samantha hat kein Zuhause mehr. Was für eine irre Verschwendung", meinte der Inspector traurig und stopfte seine Pfeife neu.

„Was Lady Samantha Eglington noch nicht weiß, da sie in den letzten Tagen nicht ganz bei sich war, ist, dass wir gemeinsam mit Sir Percival die kostbarsten Stücke aus dem Westflügel in eines der leer stehenden Gästezimmer im Ostflügel gebracht haben. Da dieser Teil des Hauses intakt geblieben ist, steht der Renovierung des Herrenhauses nichts im Wege", berichtete Beanstock stolz.

Gut, dass Sir Percival diese Idee gehabt hatte. Vor allem

die wertvollen Gemälde waren eine ziemliche Plackerei gewesen.

„Das ist ja eine tolle Geschichte, Mr Beanstock, aber eines verstehe ich noch nicht", erklärte Jamie Lamond.

Beanstock sah sie fragend an.

„Wer ist dieser Brandon, den sie ständig erwähnen. Der junge Mann, der ihnen mehrmals aus der Patsche geholfen hat. Ich habe ja die Akten zum Haus im Archiv von Aberdeen durchgearbeitet. Da sind einige interessante Geschichten zutage gekommen.

Unter anderem hat hier einmal in den zwanziger Jahren ein Mann seine Frau erschossen, weil sie ein flotter Feger gewesen war und jedem schöne Augen gemacht hatte. Dann gab es da noch diesen Hund, der seinem Herrn bei einem Duell das Leben gerettet hatte, und ich habe von zwei kleinen Mädchen gelesen, die hier im Haus eines Tages verschwunden sind. Man stellte damals das gesamte Haus auf den Kopf, hat die Kinder aber nicht gefunden. Wahrscheinlich sind sie irgendwo hineingefallen und kamen nicht mehr heraus. Traurig.

Es gab eine Menge Berichte von diesem Haus. Und einige sagten sogar, es würde hier spuken. Ein alter Mann aus Rosefield, mit dem ich sprach, war der felsenfesten Meinung, dass er eines Nachts, als er mit seinem Boot unterwegs war, auf den Klippen vor dem Haus einen Butler mit einem Tablett in der Hand gesehen hatte. Er soll ihm sogar zugewunken haben. Als er sich bei Gelegenheit nach dem Butler erkundigt hat, hat man ihn ausgelacht. Im Haus war nur dieser Hausdrache Abernathy, niemals ein Butler, angestellt.

Was für ein Schwachsinn. Und dann war da noch diese Sterbeurkunde", erklärte sie.

„Davon hast du mir noch gar nichts erzählt", sagte Duff.

„Ich dachte eigentlich nicht, dass es für den Fall relevant sein könnte. Also, diese Urkunde wurde etwa vor vierzig Jahren ausgestellt. Der Name des Toten lautete Brandon Eglington, Sohn von Leonora Eglington und George Boman, verheiratet mit der Dame. Die Todesursache wird mit Unfall angegeben. Ich habe dann noch einmal nachgefragt und erfuhr, dass sein Vater entgegen der Bitte seiner Frau mit dem damals sechzehnjährigen Brandon aufs Meer zum Segeln hinausfuhr. Zurück kam nur Mr Boman-Eglington. Viele Wochen später fand man die Leiche des Jungen am Strand. Das war dann wohl das Motiv der Lady, ihrem Gatten George eine Kugel zu verpassen."

Beanstock sah mit gemischten Gefühlen zum Haus empor. Brandon lebte schon so lange nicht mehr? Er war gar nicht der Sohn der Hausdame? Warum hatte sie ihn, als er nachgefragt hatte, nicht darauf hingewiesen? Wahrscheinlich fand sie es witzig, ihn in dem Glauben zu lassen.

„Also, Mr Beanstock, wer hat Ihnen dann geholfen?", fragte Duff und grinste über das ganze Gesicht.

Beanstock war sprachlos. Das kam nicht oft vor.

„Das muss ich mir dann wohl eingebildet haben. Bitte entschuldigen Sie mich. Ich möchte die Köchin bei Ihrer Arbeit unterstützen." Beanstock räusperte sich, lockerte seinen zu eng gewordenen Kragen und ging schnellstens davon.

Inspector Duff sah seine Kollegin an.

Jamie Lamond angelte in ihrer Manteltasche nach einem

Toffee und dann lachten beide lauthals.

Die Köchin Mrs Brans hatte in der Remise eine provisorische Küche eingerichtet. Der ehemalige Chauffeur hatte dort gewohnt und eine Kochmöglichkeit gehabt.

Sie brühte am laufenden Band Tee für die Polizisten und Sir Percival auf. Beanstock lief mit einem großen Tablett herum und versorgte alle Anwesenden. Er hatte mit einem Taschentuch vor dem Mund aus der völlig verrauchten Küche ein paar Packungen Kekse, mehrere Büchsen Tee, Zucker, Tassen und Becher besorgt. Leider roch nun sein guter Anzug nicht besonders gut. Aber das war nicht zu ändern. Die kostbaren Pelzmäntel im Zimmer der Hausdame hatten durch den Rauch sicher auch gelitten. Sir Percival erklärte dem Butler daraufhin, dass das nichts ausmachen würde, da Lady Fedora echte Pelze verabscheute und er von früheren Gesprächen wusste, dass Lady Samantha ebenfalls diese Meinung vertrat.

Lady Fedora war mit ihrer Freundin in das Krankenhaus nach Aberdeen gefahren. Gonzales war dem Krankenwagen gefolgt, um für die Damen zur Stelle zu sein, falls er gebraucht wurde. Ihm war es sehr recht, von dem alten Spukhaus wegzukommen.

Am Nachmittag war die Polizei fertig mit ihrer Arbeit. Die Feuerwehr hatte sichergestellt, dass keine Glutnester mehr im Haus Schaden anrichten konnten. Die Spurensicherung mit einem sichtlich zufriedenen Dr. Sagart hatte sich bereits am Mittag verabschiedet. Die Todesursache der Hausdame war keine große Sache, meinte er, sie hatte eine Schussverletzung im oberen Thorax. Der Tod trat nach dem

Sturz ein. Er hätte den Tod der Dame gern noch genauer ausgeführt, bekam aber einen bösen Blick von Duff, der sich die Sache auch so gut vorstellen konnte.

Lord Blaan of Rosefield war wieder trocken und begann sich bereits wieder zu beschweren. Er redete ohne Unterlass auf den wachhabenden Constable neben dem Polizeiauto ein. Der Mann hatte eine stoische Art und seine Ohren auf Durchzug gestellt.

Inspector Duff schickte den Lord mit zwei Polizisten nach Aberdeen. Er wollte nachkommen und dann mit dem Verhör beginnen. Der kleine, hüpfende Lord würde lange Zeit im Gefängnis verbringen, wenn er einen guten Anwalt hatte. Ansonsten drohte ihm der Strick für den Mord an dem Chauffeur.

An der Brücke wurde bereits gearbeitet. Inspector Duff hatte sich am Tag vorher mit einem Schlag auf den Tisch des Bauunternehmers durchgesetzt, dass sofort eine Behelfsbrücke hermusste. Der Mann war zuerst nicht begeistert gewesen, da er den hüpfenden Lord Blaan, der eigentlich bezahlen müsste, gut kannte. Der Inspector hatte ihn dann gefragt, ob seine Firma noch eine Weile bestehen sollte. Daraufhin hatte der Bauunternehmer seltsame Tatkraft an den Tag gelegt, sämtliche Arbeiter mobilisiert und gebaut, was das Zeug hielt. Die Rechnung würde dann Lady Samantha präsentiert werden.

Inspector Duff rieb sich zufrieden die Hände. Endlich war diese leidige Angelegenheit beendet. Das hatte ihn Nerven gekostet. Er ging mit seinem Sergeant in die Remise, um sich zu verabschieden.

„Nun, Mr Beanstock, wir werden uns verabschieden. Ihre Aussage ist aufgenommen. Mit Sir Percival haben wir ebenfalls gesprochen. Bevor Sie den Heimweg antreten, möchte ich Sie bitten, im Polizeirevier Aberdeen vorbeizukommen und Ihre Aussagen zu unterschreiben. Dann steht Ihrer Abreise nichts mehr im Weg. Ich habe Ihre Adresse, wenn es noch weitere Fragen geben sollte. Ich hoffe, Sie haben nur dieses eine Mal Detektiv gespielt, das sollten Sie nicht zur Gewohnheit werden lassen. Dafür ist die Polizei da. Auf Wiedersehen." Der Inspector nickte zum Abschied und ging mit seiner Kollegin zum Wagen.

„Ein kurzer Halt bei Nikolai?", fragte er, als beide im Auto saßen.

„Ich wäre dir sehr verbunden. Es wäre mir eine wahre Ehre, vor dem Verhör des besagten Lords eine Ruhepause bei unserem Freund einzulegen", antwortete sie.

Inspector Duff sah sie abschätzend von der Seite an.

„Wie redest du denn?"

„Ich werde mich ab jetzt so gewählt wie Mr Beanstock ausdrücken", erklärte sie und streckte den Rücken durch.

Als der Wagen langsam an der Remise vorbeifuhr, hörte man bis in die Küche das laute Lachen der Insassen.

Am Abend dieses Tages erschien der Bentley. Lady Fedora und ihre Freundin, in eine dicke Decke gehüllt, waren zurück. Der Arzt hatte ihr gute Gesundheit bescheinigt und ihr ein Beruhigungsmittel gegeben. Nach einer Stunde Schlaf war es Lady Samantha so gut gegangen, dass sie hatte gehen wollen.

Eigentlich hätte sie dort eine Nacht bleiben sollen, aber sie hatte sich dagegen entschieden.

Was sollte nun werden? Erschüttert sah sie zu dem zerstörten Westflügel hinauf. Aber in ihrem Gesicht regte sich die alte Samantha mit ihrer unerschöpflichen Tatkraft und Energie. Lady Fedora sah es gern.

„Mrs Brans, wie sieht es im Torhaus aus? Könnten wir dort ein paar Tage bleiben?", fragte sie die Köchin.

„Aber natürlich, My Lady, das ist kein Problem. Es gibt dort eine Küche und einen Salon, sehr einfach eingerichtet, aber sehr gemütlich. Dann haben wir in der ersten Etage einige freie Schlafzimmer, die ich herrichten kann. Das wird gehen", erklärte Mrs Brans mit Freude in der Stimme.

„Ich werde gleich mal das Feuer im Kamin machen", kam es von Walter. Das war nun mal seine Passion.

Beanstock ging noch einmal zurück in das Herrenhaus.

Die Bekleidung der Baronets würde zwar furchtbar nach Rauch riechen, aber darum würde sich Beanstock auf Parsley Manor kümmern. Er packte die Koffer der Herrschaften. Gonzales kam widerwillig mit. Er kümmerte sich um das Heruntertragen. Auf jeder Treppenstufe hielt er kurz inne und sah sich um. Er hoffte inständig, dass die perlenbesetzte Dame nicht auftauchen würde. Ihre eigenen Koffer holte der Butler allein. Gonzales weigerte sich, so weit hinaufzugehen.

Am Ende holte der Butler auch noch die kostbaren Juwelen aus dem Gästezimmer. Sie sollten lieber nicht ungeschützt hierbleiben. Schließlich war es das Kapital, das Lady Samantha für den Aufbau benötigte.

Aus der Küche trugen die beiden Herren noch ein paar Kisten mit Lebensmitteln, sowie Bekleidung für Lady Samantha aus ihrem Zimmer. Dann konnte es zum Torhaus gehen. Beanstock wollte zu Fuß folgen.

Beanstock sah sich kurz in der Halle um. Es war still, eine seltsame, mit Händen zu greifende Stille. In der rauchgeschwängerten Luft tanzte Staub. Die Unwetter der letzten Tage hatten sich beruhigt und ein vorwitziger Sonnenstrahl stahl sich durch die Fenster herein.

Beanstock sah zu der furchtbaren Standuhr, die Lady Samantha so gehasst hatte. Sie war umgestürzt. Überall lagen Glassplitter und das Uhrwerk lag verteilt auf dem Boden. Als hätte jemand mit einem Beil darauf herumgehackt.

„Sie hat das Ding von Anfang an gehasst", kam es leise hinter einer der Säulen hervor.

„Brandon? Sind Sie das?"

„Hallo, Mr Beanstock", sagte der junge Mann.

Nun bemerkte Beanstock auch, dass Brandon in der gesamten Zeit ihres Hierseins immer die gleiche Kleidung getragen hatte. Er hätte besser darauf achten sollen. Dann wäre ihm vielleicht viel früher einiges klargeworden.

„Wird sie hierbleiben? Oder geht sie fort? Das Haus ist so furchtbar leer ohne Samantha. Ich habe das kleine Mädchen so geliebt. Sie war noch ganz winzig damals. Ich habe sie immer im Kinderwagen gefahren und später dann festgehalten auf ihrem Schaukelpferd. Wie sie gejuchzt hat. Sie war so ein liebes, fröhliches Kind. Ich wollte sie nicht verlassen. Das müssen Sie mir glauben, Mr Beanstock."

„Ich weiß, Brandon. Es war nicht Ihre Schuld."

Brandon kam näher und setzte einen Fuß auf die erste Treppenstufe.

Er sah unendlich traurig aus.

„Ich war wirklich sehr glücklich, als meine kleine Sam zurückkam. Fast hätte ich sie nicht erkannt. Sie ist ja eine Dame geworden. Meine kleine Sam. Aber tief in ihr drin ist sie noch das lustige Kind. Ich musste sie beschützen. Das verstehen Sie doch, oder? Diese giftige, alte Abernathy hat allen im Haus das Leben zur Hölle gemacht."

„Aber ja, Brandon. Sie werden sie nicht verlieren. Lady Samantha will das Haus wiederaufbauen. Es wird schöner als je zuvor und sie wird hierbleiben, bei Ihnen. Werden Sie weiterhin für sie da sein können?"

„Ich werde immer da sein. Die anderen sind nicht sehr oft hier. Die beiden Mädchen spielen den ein oder anderen Streich, sie wissen schon, sie verriegeln gern Türen. Aber sie waren ja auch noch so klein, als sie in dieses Loch gefallen sind. Das muss man verstehen. Ich habe sie alle unter Kontrolle. Der alte Butler ist manchmal etwas anstrengend. Aber das stehe ich durch. Meine Mutter ist zum Glück fort. Sie hat Samantha schon zu Lebzeiten übel mitgespielt. Als sie dann diese Albträume bekam, machte sie sich einen Spaß daraus, das arme Mädchen zu erschrecken. Sie wird nie wieder erscheinen, dafür haben wir gesorgt."

„Dann mache ich mich jetzt auf den Weg. Ich wünsche Ihnen, dass Sie zur Ruhe kommen. Leben Sie wohl, Brandon, das ist etwas seltsam ausgedrückt, entschuldigen Sie."

„Sie müssen sich nicht entschuldigen, Mr Beanstock. Ich habe Ihnen zu danken. Wir alle."

Brandon ging weiter nach oben auf der Treppe und wie aus einem Nebel erschien der schwarze Hund und hechelte aufgeregt um Brandon herum. Der junge Mann lächelte, kraulte dem Tier den Kopf und löste sich vor Beanstocks Augen auf.

„Alle Gute für Sie, Brandon, alles Gute", flüsterte Beanstock, drehte sich um und verließ das Herrenhaus auf den Klippen.

Daheim

Die Heimreise verlief sehr still.

Nach einem kurzen Halt in Aberdeen, wo sie in der Polizeistation ihre Aussagen unterschrieben, machten sich die vier Reisenden endlich auf die Fahrt nach Hause. Diesmal würde es keinen Zwischenstopp in Edinburgh geben.

Zu einem Imbiss hielt Gonzales erst kurz vor Grantchester an. Die Baronets wollten nirgends einkehren. Beanstock hatte deshalb einen gut ausgestatteten Picknickkorb organisiert. Es war ein ungewöhnlich sonniger Herbsttag. Eine schöne Abwechslung nach den Stürmen in Schottland.

Nachdem die Decke am Ufer des *River Cam* ausgebreitet lag, begann Beanstock den Korb auszupacken.

Lady Fedora setzte sich und klopfte mit ihrer Hand auf die Decke. Sie sah Gonzales und Beanstock aufmunternd an.

„Wir sind hier ganz unter uns, Beanstock. Sie setzen sich jetzt mit Gonzales zu uns und wir machen gemeinsam eine Pause. Ich bitte Sie. Vergessen Sie, was Sie auf der Butlerschule eingeimpft bekamen", erklärte sie.

Gonzales ließ sich das nicht zweimal sagen, setzte sich auf eine Seite der Decke und begann den Tee zu verteilen.

Sir Percival winkte Beanstock, der noch unschlüssig war. Stocksteif und unbeholfen ließ er sich auf einer winzigen Ecke der Decke nieder. Da hatte der Chauffeur bereits mit großem Appetit einige der kleinen Gurkensandwiches verschlungen. Es war eine Ausnahme und das musste es auch bleiben, dachte sich der Butler und seufzte. Lady Fedora drückte ihm einen Teller mit einem Hühnerflügel in die Hand.

„Wissen Sie, Beanstock, was ich nicht verstehen kann?", fragte Lady Fedora.

Sie war nach dem Essen aufgestanden und stand nun am *River Cam*. Der Butler war ihr gefolgt. Sie sahen einer Gruppe Enten zu, die lauthals lamentierten. Im Hintergrund unterhielten sich Sir Percival und Gonzales über die Anschaffung eines neuen Wagens.

„My Lady?"

„Ich verstehe nicht, dass man Brandon nicht gefunden hat im Haus. Was ist aus ihm geworden? Ja, er hat mich genervt und geärgert, aber das hat er nicht verdient. So umzukommen in den Flammen oder erstickt am Rauch. Samantha hat sich dazu nicht geäußert, als ich sie gefragt habe."

„Ich würde meinen, der junge Mann konnte sich retten und ist auf und davon. Was soll er noch im Haus?"

„Vielleicht haben Sie recht. Es war ein seltsamer Besuch, meinen Sie nicht auch?"

„In der Tat, My Lady. Ich hoffe, Lady Samantha wird glücklich dort auf den Klippen und erlebt niemals wieder so einen Albtraum."

„Wissen Sie, Beanstock, mein Friseur, der schon so manches Mal den Nagel auf den Kopf getroffen hat, sagte einmal zu mir, *Du bestellst dir deine Geister selbst.* Ist das nicht sehr philosophisch? Er würde einen guten Psychiater abgeben, habe ich ihm bescheinigt. Aber da meinte er nur, er wäre genau da, wo er sein wolle."

Die Einfahrt von Parsley Manor kam in Sicht. Niemand vom Personal wusste, dass sie zurückkamen. Lucinda hatte zwar an fast jedem Tag Mrs Argyle mit Fragen gelöchert, wann Beanstock endlich wieder da sein würde, aber heute rechnete man nicht damit. In der Vergangenheit war es üblich gewesen, dass der Butler ihre bevorstehende Ankunft avisiert hatte.

Nun rollte der Bentley über den Kies vor dem Haus. Es war später Nachmittag und die Sonne begann sich rot zu färben. Neben dem riesigen Ginkgo kniete der Gärtner Herringbone und jätete Unkraut. Er meinte zwar immer Lady Fedora gegenüber, es gäbe gar kein Unkraut, nur unangenehme Kräuter, aber er rupfte sie trotzdem aus. Neben ihm lag Mortecai friedlich schlummernd in der Sonne.

Im Küchengarten sah Beanstock Filomena und Lizzy in einem Liegestuhl. Filomena, die Zofe Lady Fedoras, hatte eine Näharbeit in der Hand und Lizzy putzte fröhlich plaudernd Schuhe. Mrs Argyle erschien in der Tür zur Küche und sagte etwas, was Beanstock nicht verstand, da der Bentley nun vor der Haustür anhielt.

Wie auf ein Zeichen kam aus dem hinteren Garten Junior laut bellend gelaufen. Luci war dicht hinter ihm.

Als sie ihren Freund sah, lief sie zum Wagen, riss die Tür auf und umarmte Beanstock.

Lady Fedoras glockenhelles Lachen alarmierte daraufhin den Rest des Personals. Mrs Argyle kam aus dem Küchengarten, Harrison aus dem Haus mit Eimer und Besen. Mrs Porkpie lief herbei, den tropfenden Löffel noch in der Hand und Junior gebärdete sich wie ein Wilder. Mortecai war das zu viel. Er verabschiedete sich mit einem kurzen Miau und lief in Richtung des Gewächshauses davon.

„Ich bin auch noch da, meine Kleine, was ist mit Gonzales? Werde ich nicht begrüßt?", fragte der Chauffeur und stieg lächelnd aus.

Luci lief zu ihm und sprang in seine Arme. Gonzales machte einen Rundumtanz mit dem Mädchen. Sie lachte und krähte vor Freude.

Beanstock räusperte sich.

Als am Abend alles wieder in seiner gewohnten Weise ablief, saß Beanstock neben Luci im Küchengarten auf der Bank und sie packte das Geschenk aus, das er ihr aus Schottland mitgebracht hatte. Sie konnte es kaum erwarten, faltete aber das Geschenkpapier ganz vorschriftsmäßig, so wie es der Butler ihr gezeigt hatte. Es durfte nichts verschwendet werden.

Dann hielt sie die wunderschöne Puppe hoch und staunte.

Es war ein Schotte. Er trug einen schottischen Kilt aus rot und grün gestreiftem Stoff und Beanstock erklärte Luci, dass man in Schottland Tartan dazu sagte. An einem winzigen Gürtel über dem Rock hing eine Ledertasche. Die Puppe hatte weiße Strümpfe mit roten Troddeln an den Seiten und schwarze Schuhe an.

Über einem weißen Hemd trug sie eine schwarze Weste mit goldfarbenen Knöpfen. Auf dem Kopf saß eine Schottenmütze mit einer Feder an der Seite.

„Sie ist wunderschön!", staunte Luci. „So eine Puppe habe ich noch niemals gesehen. Vielen Dank, Mr Beanstock", rief das Mädchen und umarmte den Butler.

„Ich freue mich. Nun ab ins Bett. Es ist spät. Schlaf gut, kleine Luci."

Luci hüpfte davon.

Beanstock musste an den hüpfenden Lord denken. Er holte tief Luft.

„Ich wünsche dir nur das Beste für deine Zukunft, kleine Luci", flüsterte er in die sternenklare Nacht.

Er war froh, wieder hier zu sein, auf Parsley Manor, wo es keine Geister und keine Mrs Abernathy gab.

Nach einer Weile gesellte sich Mrs Argyle mit zwei Gläsern Sherry zu ihm.

„Die Baronets sind bereits zu Bett gegangen und ich glaube, Gonzales schnarcht seit einer Stunde. Es war wohl eine sehr anstrengende Reise", sagte sie und reichte dem Butler ein Glas.

Beanstock sah das Glas mit dem goldfunkelnden Sherry lange und intensiv an. Mrs Argyle wunderte sich.

„Möchten Sie etwas anderes trinken, Sir?", fragte sie.

Beanstock schüttelte den Kopf.

„Es war eine Erfahrung der besonderen Art, Mrs Argyle. Sie können sich in Ihren kühnsten Träumen nicht vorstellen, wie sich die Hausdame dort benommen hat. Am Ende haben Gonzales und ich das Haus auf den Klippen geführt. Irgendwann erzähle ich davon, aber heute will ich einfach den Abend genießen."

Viele Monate später kam ein dicker Brief aus Rosefield an. Lady Fedora holte Beanstock dazu und zeigte ihm den Brief.
„Sehen Sie sich das einmal an, ist das nicht wunderbar?"
Sie reichte ihm Fotos.
Vor dem Herrenhaus stand Lady Samantha in einem wunderschönen Chiffonkleid, das Haar hochgesteckt und mit einer Brosche verziert.
Sie lächelte glücklich.
Das Haus war nicht wiederzuerkennen.
Die Fassade war neu gestrichen, das Dach erneuert, einige der Fenster ausgetauscht und vor der Haustür standen zwei neue, große Töpfe voller blühender Rosen.
Den Westflügel hatte man nicht wiederaufgebaut. Stattdessen zierte diese Seite nun ein hübscher Turm mit einer Spitze obenauf.
Im Hintergrund sah man einen Gärtner arbeiten. Bereits jetzt sah der Garten gepflegter aus. Die Büsche beschnitten, neue Rosen gepflanzt. Und auf einem anderen Foto konnte man sehen, dass nun an der Stelle des alten Gartenhauses ein Pavillon mit Tisch und Stühlen stand.
Dann gab es noch ein paar Bilder der Innenräume. Alles hatte sich zum Guten verändert.
Lady Fedora hielt sich das eine Foto ganz nah vor das Gesicht. Sie kniff die Augen zusammen.

„Beanstock, sehen Sie mal. Ist da nicht an einem der Fenster das Gesicht von Brandon zu sehen? Er winkt Samantha zu. Sehen Sie doch!", rief sie erfreut. „Dann ist es ihm doch gelungen zu überleben. Das freut mich."

„In der Tat, My Lady, in der Tat", sagte Beanstock, verbeugte sich und ging lächelnd zurück in sein Büro.

Beanstock – Mord auf Parsley Manor
Beanstocks erster Fall: Ein untergetauchter Spion und eine geheimnisvolle Mordserie.

Beanstock – Das Gänseblümchenkomplott
Beanstocks zweiter Fall: Eine Selbstmordserie in London und die geheime Dienstbotenverbindung Daisy Chain.

Beanstock – Die Barke des Teremun
Beanstocks dritter Fall: Ein geheimnisvoller Skarabäus und eine skrupellose Grabräuberbande.

Beanstock – Mörder an Bord
Beanstocks vierter Fall: Eine turbulente Kreuzfahrt und ein mörderischer Betrüger.

Beanstock – Ein Whisky zu viel
Beanstocks fünfter Fall: Eine kriminelle Londoner Society und ein mörderischer Rächer.

Beanstock – Das Haus der Lady Sherry
Beanstocks sechster Fall: Eine unerwartete Erbschaft und eine schottische Mordserie.

Das sagen die Leser:
„Für mich kann dieser Fall ("Mörder an Bord") mit den Fällen der von mir so geschätzten Agatha Christie mithalten..."
(Max S.)

Weitere Infos unter: awbenedict.de/beanstock

251

Peter Scott und die Löwen von England: Band 1
Ein Schüler an einem College in England, ein Tor in eine
fremde fantastische Welt, ein mächtiger Gegner:

Peter Scott und der chinesische Drache: Band 2
Peters Kampf gegen Verrat, Rache und Machtgier geht weiter,
ein neues turbulentes Abenteuer in den Untergrundstädten und
ein geheimnisvoller chinesischer Drache:

Das sagen die LeserInnen:
*"Dieses Buch zu lesen war, wie damals den ersten Teil von
Harry Potter zu lesen. Es ist eine fantastische und mystische
Welt." (Christina von Bookish_in_wonderland)*

*"Ein fantastisches Buch, welches wirklich für jede Altersgruppe
empfehlenswert ist. Eine zauberhafte und magische Geschichte,
bei der viel gelacht und gerätselt werden kann und wunderbare
Charaktere, die einzigartiger nicht sein könnten.
(Sahra von Magische Bücherwelt)*

Signierte Taschenbücher erhältst du unter:
awbenedict.de/shop

A.W.Benedict lebt in Magdeburg. Sie arbeitet als Autorin und Illustratorin. Ideen für Bücher bevölkerten seit langem ihren Kopf.
Ihre Kinder brachten sie schließlich auf den Gedanken, diese Geschichten aufzuschreiben.

Ihre erste Buchreihe handelt von dem Butler Arthur Reginald Beanstock, der als Hobbydetektiv verzwickte Fälle lösen muss. Die ersten vier Bücher finden sich mittlerweile in den Kindle-Bestsellerlisten auf Amazon.

Neben ihrer Leidenschaft für Kriminalgeschichten schreibt sie Jugendbücher. 2018 ist das Buch Stormy erschienen. Seit 2019 gibt es die Fantasyabenteuer Reihe um Peter Scott, der in eine fremde fantastische Welt abtaucht.